# 黄龍の耳

大沢在昌

# 目次

# 黄龍の耳

# 第1章　誕　生

# 1

ヨーロッパ大陸からつきだした〝長靴〟、イタリア。その北端、けわしいアルプス山脈によってスイスと国境をへだてられた山岳地帯に、岩肌にそびえるような修道院があった。

ぎざぎざの岩山に、高地特有の薄い植物相がへばりつき、山あいには数軒の農家が点在しているだけだ。それより少し南に下れば、シーザーやアウグストゥスなどローマ皇帝に愛されて以来、避暑地の伝統をうたわれるコモなどの湖水地方があり、百キロ南には、ファッションの発信地として世界に知られた商業都市、ミラノがある。

が、修道院は、わずか百キロの距離で、それら華やかな街とは、まったく隔絶された、荘厳で静寂に満ちた世界を保っていた。

南アルプスの岩山にそびえるロンバルディア・ルネサンスの壮大な建築は、見る者を圧倒する迫力を備えている。さまざまな色大理石をはめこまれ、精巧な彫刻をほどこされた壁面が、透明で清冽（せいれつ）な空気の中に異彩をはなっていた。

内部に一歩足を踏みいれれば、ゴシック様式に、その建築はかわり、フレスコ画が描かれた円天井（まるてんじょう）のもと、百数十本という柱に支えられた迷路のような大回廊が走っている。しかもその回廊の周囲にはいくつもの個室があり、石造りの部屋の中では、十五世紀から五百年間、まったくかわらずに戒律を守りつづけてきた修道僧たちが暮らしているのだ。

これだけの大建築であるにもかかわらず、観光客はもちろん、ふもとの村人ですら、足を踏みいれることはない。

彼ら修道僧に課せられた戒律は厳しい。文字通り、晴耕雨読で、晴天の日は自らの糧を得るために畑をたがやし、雨の日は、厖大な宗教書、美術書、文学書などを学ぶことで暮らしている。

その生活は質素で、現代社会ではおよそ考えられないほど禁欲的である。

沈黙は美徳——広大な建造物の中は、祈りを捧げるときのほかは、ぴんとはりつめた静けさが支配している。

あらゆる意味で、そこは別世界である。


静かなノックの音が僧院に響き渡った。

「入りなさい」

イタリア語で応じたのは、質素な僧服を身にまとった、八十近い老人だった。この修道院の院長である。

木の扉を押して、院長の部屋に足を踏みいれたのは、長身の東洋人の若者だった。二十歳になるかならずか、という年頃である。

「修道僧トマスだね」

深い皺を顔に刻み、髪もヒゲもまっ白に染まった老院長は、東洋人の若者に訊ねた。

若者は膝をつき、頭をたれて、その言葉を肯定する意を表した。

「言葉を口にしてよろしい」

院長はいった。

「ありがとうございます」

若者はうつむいたまま答えた。着ている僧衣は、院長のものよりさらに粗末で、ところどころ破れ目を自らの手で縫いあわせたあとがある。

「トマスよ、お前がこの修道院にきて、何年になる」

「六年。じき、七年になるかと思います」

「十三、のときだったな。お前が遠い、東洋の国からやってきたのは」

「はい、院長」

「山を降りるときがきたようだ」

若者は驚いたように、さっと顔をあげた。

毎日の厳しい修行生活で、陽に焼け、ひきしまった顔に、すんだ光の満ちた瞳がはまっている。そして、初めてその若者の顔を見たなら、誰もが驚かされるだろうことは、大きく、立派な、その耳だった。

整った顔だちをこわしてしまうほど、大きいわけではない。しかしその耳たぶは厚く、人相に詳しい者なら思わず唸り声をあげるほど豊かな福相を示していた。さらに、額の中央、眉間のやや上には、ぽつんと星のようなホクロがある。

さらに奇異なのは、その右耳の耳たぶに小さいとはいえない穴が開いていることだった。そこには、金色の輪がはまっている。それが生まれつきの穴なのか、ピアスをはめるために開けたものなのかは、わからない。

日本では古来、耳たぶに穴（凹みのことだが）のある人物は、蛇をおそれぬ勇気をもつという、いい習わしがある。この耳の凹みは、遺伝によってひきつがれる、外形上の特質である。

「さきほど、イギリスはロンドンの法律事務所から手紙が届けられた。お前はそれをもってロンドンにいかねばならない。そのあとのことは、ロンドンの弁護士が教えてくれるだろう」

若者は無言で床に目を落とした。横顔には悲しげな色があった。

「ずっとここで暮らしていけたら、と思っておりました」

低い声で若者はいった。

院長は首をふった。

「そうはならぬことを、お前は、ここにくる前、知らされておったのだろう」

「はい」

「お前は今日より、修道僧トマスではない。ロンドンの弁護士からの手紙には、お前の

ための パスポートや航空券がそえられてあった」

若者は無言で頷いた。

「何があったのかは、わかっているだろうね」

「はい、院長」

「では祈りなさい。遠い東洋の国で、神に召されたお方のために。私も祈ろう」

「ありがとうございます」

院長室に祈りの言葉が低く響いた。

祈りが終わった。顔をあげた若者の瞳は濡れていた。

「部屋に戻り、仕度をするがいい。修道院をでたら、迎えの者が待っている。ふもとの村の農夫だ。その者がトラックでお前をミラノ行きのバスの乗り場まで連れていってくれるだろう。バスでミラノに着いたら、鉄道に乗りかえて、ローマに向かうがよい。ローマからロンドンへは、飛行機が予約してあるそうだ」

院長はいって、ロンドンから送られてきた封筒をさしだした。若者はそれをおしいただいて、再び頭をたれた。

「そうそう、トマスよ、服はあるかな」

院長室を退出しようとした若者に、院長はいった。

若者は困ったような表情を浮かべ、首をふった。

「いえ、この修行服しか。ここに参ったときに着ていた服は、今はもう、とても……」

「そうであろうな。なにせお前は十三だったのだから……。村の者にいって、何かあう洋服を借りるがよい」

「はい」

「ではいきなさい」

若者は扉を開き、何かいいたげに院長の顔を見つめた。院長は無言で首をふり、微笑みを浮かべた。

若者は頭をたれ、扉を閉じた。

若者が自分の部屋へと大回廊をわたっていく足音が、ひそやかに響いてきた。

院長は閉じられた扉をじっと見つめ、耳をすませていた。そしてその足音が聞こえなくなると、本当に小さな、自分だけにしか聞こえない声でつぶやいた。

「神よ、あの若者をお守りください」

2

若者が農民から借りたのは、だぶだぶのジーンズと生地の厚い作業シャツだった。どちらも、痩せてひきしまった体つきの若者には、大きすぎた。

それでも礼をいい、若者はその服を着て、ミラノ行きのバスに乗った。ミラノからは列車に乗ってローマに向かう。

見るものすべてが原色で明るく、目もくらむほど華やかだった。何しろ十三のときに、あの修道院に入れられて以来、ふもとの村をのぞけば、まったく外界に触れたことがなかったからだ。

だが言葉の問題も含めて、若者に不安はなかった。厳しい修行生活の中で、世界のさまざまな名著、芸術に触れてきたし、語学も、イタリア語だけでなく、ラテン語、英語、フランス語、ドイツ語を学んできた。もちろん、母国語である日本語も、院長の命令で、決して忘れることがないよう日本からもってきた書物を口にだしてくりかえし読んでいた。

それらの本はすべて、修道院の図書館においてきた。

若者の荷物といえば、本当に最低限の身のまわりのものを詰めこんだ布袋と、ロンドンの弁護士事務所から送られてきたという封筒だけだ。

ローマに着いたのは、修道院をでた日の翌日の朝だった。封筒には、ミラノ―ローマ間の寝台特急の切符も入っており、それに若者は乗ったのだった。

若者はそこで道を訊ね、地下鉄に乗りこんだ。ローマの国際空港、レオナルド・ダ・ヴィンチ空港は、ローマ市街から三十キロほど離れた郊外にある。

飛行機のチケットは、列車がローマに到着する時間をきちんと計算して、とってあった。若者は出国手続きを終えるとそれほど待つことなく、ロンドン行きの旅客機に乗りこむことができた。

封筒の中には、イギリスの通貨、十ポンド紙幣が五枚ほど入っていた。そして細長い、タイプ文字を打った紙片が一枚。

「ヒースロー空港からタクシーに乗り、フリート・ストリートの〈ゴードン法律事務所〉へ」

ヒースロー空港は、暗く陰鬱（いんうつ）な建物だった。ざわざわとしているのだが、イタリアのような活気がない。人々は皆、厳しいか疲れた顔つきをしている。

ロンドンは雨だった。

タクシー乗場を見つけた若者は、そこから、ずんぐりとした背の高い黒い車に乗りこんだ。運転手に、

「フリート・ストリートのゴードン法律事務所へいってください」

と、英語で告げた。

運転手は、

「シティだね」

若者にはわからない意味の言葉をつぶやくと、タクシーを発進させた。

ヒースロー空港からロンドンへは、高速道路を走るのだが、若者はタクシーの窓から、灰色の空とその下のくすんだ街並みをながめた。

石でできた建物はどれも四角く古びていて、色彩がない。雨のせいもあって、空と地面のあいだにほとんど境がないように見える。

あらゆる意味でロンドンは、ローマやミラノとはちがう街のようだった。

ローマへ向かう寝台特急の中で、若者はほとんど眠れなかった。不安ではなく、それは、これから何をすればよいのか、という迷いに似た気持のせいだった。

最初にしなければならないことはわかっている。日本に帰ることだ。

だが日本に帰ってからのことは、何もわからない。

ロンドンで待つ弁護士たちは、それを自分に教えてくれるだろうか。

そんなことはありえない、とわかっていた。自分が受けついだものは、自分以外、世界の誰も、手にしていない。だが、その本当の力がどんなものなのか、彼自身もよくは知らないのだった。

タクシーにゆられているうちに、ようやく睡魔が若者をおそってきた。瞼(まぶた)が重くなるにつれ、ごちゃごちゃと街並みのいりくんだ、灰色のロンドンが近づいてくるのがわかる。

が、眠りには勝てなかった。

「ミスター、ミスター」

声に若者は目を開いた。タクシーは止まっていた。

まじめそうな顔つきの運転手がふりかえっていった。

「ゴードン法律事務所の前ですよ」

「あ、ありがとう」

若者はいって、タクシーを降りた。助手席の窓から、紙幣を運転手に渡す。

「こんなにはいらない。お釣りです」

若者に紙幣を返し、さらにコインを足して、運転手はメーターを戻すと走り去った。

石畳の上に残された若者はあたりを見渡した。

道の両側に、のしかかるようにして古びた石造りの建物が連なっている。建物と建物の間はぴっちりとすきまがなく、それはまるで背の高い壁のようだった。

石畳の歩道をいきかう人は誰も急ぎ足で、制服のようにダークグレーにピンストライプの入ったスーツを着ている。小雨が降っているのだが、傘をさしている人は少ない。脇目（わきめ）もふらず急ぐそれらの人が、多く手にもっているのは、細く棒のように固く巻いた、こうもり傘だった。

雨が降っているのに、傘を広げようとはしないとは、奇妙な人たちだ――若者は思った。

車道は、ひっきりなしに車がいきかっている。バス、トラック、乗用車、運転している人間は皆、むっつりとして不機嫌そうだ。

ときおり、クラクションが鋭い叫びをあげる。

「エクスキューズ・ミー」

立っていた若者は、足早に通りかかったスーツの男に押しのけられた。男は目をまっすぐ前方に向け、歩いていく。何かよほど気にかかることでもあるのか、若者を押しのけたときもその表情は上の空だった。

だが若者は道ゆく人々を観察しているうちに、この街を歩く人が、男女の区別なく、皆そうであることに気がついた。

緊張し、急いでいて、他の者に無関心なのだ。一刻も早く、自分の居場所にたどりつこうと、脇目もふらず歩いていく。

話しあったり、笑ったり、景色をながめている人はひとりもいない。

若者にとっては、初めてみる、大都会の人々の姿だった。

ローマでも、時間があれば若者は同じような人々の姿を観察できたかもしれない。が、空港に向かうため地下鉄にすぐ乗ってしまったし、それはラッシュにはまだ間のある早朝の時間帯だったのだ。

今、若者が立っているのは、ロンドンの経済の中心、シティと呼ばれる金融街の一角だった。ニューヨークのウォール街と並び称される、銀行、証券会社、保険会社のオフィスなどが軒を連ねる一帯だ。

目まぐるしく人々がゆきかっているのは、そこで生きる彼らにとっては当然だった。が、南アルプスの岩山に建つ、外界から孤絶された僧院で育ってきた若者には、あまりに、ゆとりのない、心を失った姿に思えた。

若者は我にかえった。

〈ゴードン法律事務所〉を訪ねなければならない。

あたりをきょろきょろと見回し、そして、自分が今立っている目の前に、大理石に〈ゴードン法律事務所〉と刻みこまれた建物があったことに気づいた。ガラスでできた扉に、真鍮(しんちゅう)のパイプが走っている。ガラス板にも、小さく金文字で〈ゴードン法律事務所〉の名が入り、営業時間と電話番号が記されていた。

若者はガラス扉を押して、中に入った。

中は、天井の高い、大理石をしきつめたフロアが広がっている。

正面に受付があり、その横にエレベーターがあった。受付には、髪の短い金髪の女性が、やはりピンストライプのスーツを着てすわっている。

若者が近づいていくと、女性は手もとから顔をあげた。眼鏡をかけている。

「何でしょうか」

口にはしたものの、目には明らかに不審と警戒のいりまじった表情が浮かんでいた。シティには、今若者がしているような、ジーンズにワークシャツといったいでたちの人間はやってこない。まして東洋人ということで、道に迷った人間、とでも思ったのかもしれない。

「ミスター・ゴードンに、お会いしたいのですが」

「お約束は？」

若者は首をふった。女性は、話は終わったといわんばかりに手もとに目を戻した。

「ミスター・ゴードンはお約束のない方にはお会いになりません」

若者は困惑して、女性を見つめた。なぜこの人がこんなに自分に冷たく応じるのかわからなかった。

「あの、手紙をいただいたんです」

「どなたからですか」

女性は顔をあげず、訊ねた。

「ミスター・ゴードン、だと思います」

若者は布袋から封筒をとりだした。女性の前にさしだす。

女性はそれを受けとると、表書きを読み、不審そうに若者を見つめた。

「この手紙はあなたあてに？」

拾ったのではないかと疑っているようだ。

「そうです。正確には、私のいた修道院の院長あてに届いたものですが」

女性は受付台の上にのった電話に手をのばした。受話器をとり、ボタンを押す。

「ミスター・ゴードンに、手紙をもった方が面会にみえています」

そういって、相手の言葉に耳を傾けた。電話にでた人物は、若者の容姿について訊ねているようだ。受付の女性の目が、自分の顔のあたりにそそがれるのを若者は感じた。

「そうです。おっしゃる通りの方です」

受話器から相手の声が大きくなって洩れてきた。女性の目が驚いたように広がった。

「はい、はい。わかりました」

受話器をおろすと、信じられないように瞬きをして、若者を見つめた。口調ががらりとかわっていた。

「今、ミスター・ゴードンが参ります。どうか、お待ちください」

若者はにっこりと笑った。

「ありがとう」

そしてエレベーターの方を向いた。女性はその横顔を盗み見ると、小さく首をふった。

チン、という音がして、エレベーターの扉が開いた。そして中から、頭のはげあがった、濃紺のスリーピースを着た紳士が転げるようにとびだしてきた。

紳士は若者を無視してあたりを見回し、あたふたと受付に近づいた。

「ミス・グラント、お客さまはどこかね!?」

「こちらですけど」

女性の手が若者をさした。紳士は若者をふりかえり、一瞬、絶句した。頭のてっぺんから爪先までその風体を観察し、

「し、失礼ですが……」

といって、若者に歩みよった。

紳士は若者の右耳をのぞきこんだ。

「おお、まちがいない。まちがいない。まさしく、あなたは、ミスター・ナツメのご子息だ！」

紳士は叫んだ。

数分後、若者と紳士――ゴードン法律事務所の所長、弁護士のアーサー・ゴードンと名乗った――は、建物の二階にある応接室で向かいあっていた。

応接室には革ばりの重厚なソファがおかれ、壁ぎわには暖炉があって、赤々と火を燃やしている。その上には、ずらりと代々の法律事務所長であった弁護士の肖像画がかけられていた。

赤い髪をのばした四十くらいのスーツの女性――ゴードンの秘書が、紅茶をポットに入れて、運んできた。

ゴードンと若者の間にあるマホガニーでできたテーブルには、書類ケースが積まれていた。

「お茶をどうぞ」

「ありがとうございます」

若者は礼をいって、濃い紅茶にミルクをそそいだ。舌が焼けるほど熱い。

ゴードンはそのようすを見守り、やがて口を開いた。

「まず、おくやみを申しあげます。ミスター・ナツメ。お父さまは立派な紳士でした」

若者は無言で頭をさげた。

「お父さまが亡くなられたのは、こちら(ロンドン)の時間で五日前の午後八時でした。その後、トウキョウの弁護士から私どもに連絡があり、こちらでお預かりしていた遺言にしたがって、イタリアにお手紙をさしあげたというわけです」

若者は頷いた。ゴードンは書類をとりあげた。

「お父さまののこされた遺言は、大きく分ければ三つです。

その第一点は、全財産は、ミスター・ナツメ、あなたに相続していただく、ということ。第二点は、お父さまの死去にともない、あなたが、新しくナツメ家の当主となられ、ナツメキロウエモンのお名前を受けつがれる、ということです」

「ナツメキロウエモン」

若者はつぶやいた。ゴードンは、書類の向きをかえ、日本語で記されたサインを若者に見せた。

『棗(なつめ)希郎右衛門』

「ナツメというのは、こちらではジュージューブと呼ぶ植物の名だそうですね」

ゴードンはいった。若者は頷いた。

「そう、聞いています」

「ナツメキロウエモンのお名前を名乗るのは、あなたが四十五人めだと、書類には書いてあります。歴史のある、立派なお家柄なのですな」

若者は答えなかった。

ゴードンは身をのりだした。

「そして、これが第三点です。お父さまが亡くなられた結果、その死の瞬間から、ナツメ家当主に伝わる、ある力が効力を発揮しております。あなたはそのお力を有効かつ世の中のために使われて、新たなるナツメ家の当主となるべく努力されなければなりません」

「力……」

「その力のコントロールは、あなたが生まれて以来、その右耳につけられた金の輪によってなされます。その輪を外せば、力は最大限になり、さまざまなできごとが、あなたの身に起こるでしょう。お父さまは、それによってあなたが自分を見失われることがないよう、お心を痛めていらっしゃいました」

ゴードンはいって、さっと和紙で作られた封筒をとりだした。

「これは、お父さまからあなたにあてて遺されたお手紙です。今は開封されない方がよいでしょう。あとでおひとりになってからゆっくりお読みになることをおすすめします」

若者は頷いた。

「それではホテルをおとりしてありますので、そちらにご案内します。あ、いや、その前に、ミス・ミッチェル」

「はい、所長」

秘書の女性が近づいた。

「ミスター・ナツメを、サヴィル・ロウにご案内しなさい。ターナーの店がいいだろう。この方にふさわしいお洋服を何着かみつくろってさしあげるのだ。最高級のものだけを選ぶように。靴もシャツもベルトも、すべてだ。ターナーは、私の紹介だといえば、大急ぎで仕立ててくれる筈だ」

「承知いたしました」

　ゴードンは若者に向きなおった。

「ホテルは、お父さまがご愛用になった、ザ・サヴォイです。もちろん、ロンドンで、いや、世界で最高のホテルです。費用のことはお気になさらぬように。ナツメ家のお世話をさせていただくのは、ゴードン法律事務所の誇りですから」

　若者は困って首をふった。

「僕はそんな贅沢は望んでいません」

「わかっております。ですが、そうさせていただきたいのです。それにもうひとつ、お願いがあります」

「何でしょうか」

　ゴードンは深く息を吸いこんだ。

「ロンドンにご滞在のあいだは、どうかその右耳のピアスをおとりにならないでいただきたいのです」

「これですか」

若者はいって、金の輪に手をのばした。とたんにゴードンの顔がひきつった。

「いけません！　どうか、どうか、おとりにならないでください。ここがシティであることをお忘れにならないように。証券取引所もすぐそばにあるのです。ロンドン経済、いやヨーロッパ経済全体に、大混乱が生じてしまいます」

若者は金の輪から手をおろした。

「大丈夫です。生まれてからずっとはめてきたんです。簡単には外れません」

ゴードンはほっとしたように、つきだしていた両手をおろした。

「よかった。日本行きのチケットをおとりします。一刻も早く、お帰りになられることを、おすすめします」

若者は頷き、立ちあがった。

「いろいろとしていただき、感謝します」

「とんでもない。もし何か必要なことがあれば、いつでもミス・ミッチェルにお申しつけください」

ゴードンはいった。若者は、深々と頭をさげた。

3

ザ・サヴォイは、テームズ川のほとりに建つ、ヨーロッパスタイルの豪華なホテルだった。ストランドの大通りから、少し奥まった位置の入口には、ショーファー（運転手）の乗った、リムジンや、ロールスロイス、ベントレー、ベンツなどが、次々と横づけにされ、着飾った紳士や淑女が降りたつ。

一階のフロアは、奥に入るほど広くなり、フロアの中心にはオーケストラバンドがいて、食事や飲み物をとる客たちのために演奏をしている。

若者――棗希郎右衛門がホテルに着いたのは夕刻ということもあって、タキシードやイヴニングドレスで正装した人々ばかりが目につく。

希郎は、「背広」の語源にもなったサヴィル・ロウ・ストリートの洋服店でとりあえずミス・ミッチェルが買った、キャメルのジャケットにダークグレイのスラックス、といういでたちだった。ミス・ミッチェルはほかにも希郎のために、シャツ、ネクタイ、ソックス、パンツに至るまでてきぱきと大量に洋服を買いこみ、それらを近くの馬具専門店で買った牛革のボストンバッグにしまいこんだ。

「そのお金は僕が――」

といいかけて、封筒に入っていた残りの十ポンド札をとりだした希郎は息を呑(の)んだ。何とボストンバッグの値段だけで、千ポンド近い値札がついていた。

希郎は沈黙せざるをえなかった。北イタリアの修道院で暮らしてきた七年間は、贅沢やお洒落(しゃれ)とは、まるで無縁な時間だった。お金などまったくもたなかったし、また、なくても暮らしていけたのだ。

希郎は、洋服を着がえたあと、洋服店の店主が今まで希郎の着ていたワークシャツとジーンズをさもきたなそうに捨てようとするのを、あわてて制した。

「これは借りものなんです。お返ししなければなりませんから」

きちんと畳んで、バッグにしまいこむ。が、さすがに靴を買ったときは、それまではいていた修道僧のサンダルを捨てざるをえなかった。これから先、こうした洋服を着る暮らしの中では、サンダルをはく機会はない。

靴屋の店員は、指先でつまんだサンダルを屑籠(くずかご)の中に放りこんだ。それを悲しい思いで、希郎は見つめた。

ホテルに着くと、チェックインの手つづきはすべて、ミス・ミッチェルがおこなった。ポーターが部屋までバッグを運びさると、希郎はミス・ミッチェルに向きなおった。

「たいへんな思いをさせてしまって」

希郎は頭を下げた。

「いいえ、どうぞこれをおもちください」

頰(ほお)に薄くソバカスを散らした、赤毛の婦人、ミス・ミッチェルはいってキイをさしだした。

「はい」

「それからミスター・ナツメ、このホテルはたいへん格式が高いところですので、ロビーに降りられるときは必ずネクタイをされることをおすすめします。お食事はできれば、ダークスーツ着用の方がよろしいでしょう」

「わかりました」

「それからこれを」

いって、ミス・ミッチェルは肩にかけていたバッグから金色のカードをとりだした。

「もし、何かほかに入り用なものがあれば、このカードをお使いになってください。裏のこの白いところに、あなたのサインをなさって、あとはお店で同じサインをするだけでけっこうです」

「これは？」

「クレジットカード、というものです。買い物の代金は、あなた名義の銀行口座からひきおとされます」

「しかし僕は銀行口座なんてもっていません」

「お父さまが、あなたのお名前で、スイスのチューリッヒ銀行にお作りになっていますわ。残高のことはご心配にならなくてけっこうです」

「でも、そんな……」

ミス・ミッチェルはにっこりと笑った。

「あなたのロンドン滞在がすばらしいものになることを。ミスター・ナツメ」

「何とお礼をいっていいか」

ミス・ミッチェルは、受付にいた金髪の女性とはちがって、年配だがとても感じのいい女性だった。

そのミス・ミッチェルが、希郎の言葉を聞くと、不意に頬を赤らめて、もじもじとした。

「何か?」

「あの、ミスター・ナツメ、お願いをしてよろしいですか」

「ええ。もちろん。僕でできることなら」

ミス・ミッチェルは唇をなめ、うつむいた。

「キス、をしていただければ、と」

「え」

希郎は自分の耳が信じられなかった。

「あなたに、祝福のキスをしていただければ、とても嬉しいんです」

希郎はまじまじとミス・ミッチェルを見つめた。ミス・ミッチェルはまっ赤になり、消えいりそうな声でいった。

「ナツメ家の方は、世界で最も幸運をひきつける才能をもっていらっしゃると、ミスター・ゴードンから聞きました。わたしは、この年になるまで独身で、できれば素敵な殿方にめぐりあって結婚をしたい、と願っております。どうか、その幸運をわたしにお与えいただければ……」

「僕にそんな力があると……?」

「ええ」

きっぱりと、ミス・ミッチェルは頷いた。

希郎は、自分の母親のような年の女性を見つめた。そして決心していった。

「わかりました。僕でお役に立つことなら」

「ありがとう、ありがとうございます」

ミス・ミッチェルはいって、おずおずと恥じいりながら頬をさしだした。

超一流ホテルのフロントの前である。大勢の人々が、ふたりを見ていた。

が、希郎は覚悟を決め、ミス・ミッチェルの頬にキスをした。自分の顔もまっ赤に染まっているのがわかった。

ミス・ミッチェルは、目に涙を浮かべ、ありがとうをくりかえした。そして逃げるように、ザ・サヴォイの玄関に向かって歩きさっていった。

いったい、こんなことで本当に彼女は幸せになれるのだろうか。

呆然（ぼうぜん）とそれを見送って、希郎は思った。生まれて初めて、女性にキスをしたのだった。

部屋は、テームズ河畔（かはん）を見おろす、最上級のツインルームだった。

そこに案内されると希郎は、喉（のど）の渇きを覚えた。備えつけの冷蔵庫を開くと、見たこともないようなさまざまな種類の壜（びん）が並んでいる。

ジュース、サイダー、コーラ、ビール、ワイン、シャンペン、それにトニックウォーターやソーダ水もある。冷蔵庫のかたわらには、ブランデーやスコッチウイスキーのミニチュアボトルがずらりとおかれていた。

その中から希郎はミネラルウォーターの壜をとりだした。水だけは、日本にいた子供時代とちがって、水道の水を飲まないくせがついていた。

修道院では、井戸からくんだ水を、一度わかして、飲んでいた。

窓ぎわの、ふかふかとした布ばりのソファにかけ、希郎はミネラルウォーターを飲んだ。修道院の井戸水の方がはるかにおいしかった。

修道院のことを思いだすと、希郎はふと寂しくなった。厳しいが、家族のように暮らしていた修道僧の人たちのことを思った。

皆、神に仕(つか)える、すばらしい人々だった。自分はこれから先、どうなっていくのだろうか。

希郎はそこで、ゴードンから渡されていた、父の手紙を思いだした。

十三のときに別れ、それきりついに会えないまま亡くなってしまった父からの手紙だ。

ジャケットのポケットから、和紙でできた封筒をとりだし、封を切った。

「我が子へ」

手紙の書きだしは、その言葉で始まっていた。修道院へもっていった本以外の日本語を目にするのは、久しぶりのことだった。

院長の命で日本語を忘れないようにしていてよかったと、希郎は思った。こうして七年たった今も、父の肉筆の手紙を読むことができるのはそのおかげだ。

「我が子へ。

君がこの手紙を読むとき、私はこの世にいない。したがって、君が棗希郎右衛門だ。この手紙は、棗希郎右衛門が棗希郎右衛門にあてて書いたものなのだ。

君はもう、私の顔を忘れているかもしれない。私は君を、イタリアの山奥にある修道院に入れた。ひょっとしたら君は、そのことで私を恨んでいるかもしれないね。実の父親なのに、何と薄情な人間なのだろう、と。

だが、わかってほしい。これは、すべて君のためなのだ。

生ある者は必ず死を迎える。そしてそれは老いた者から始まるのが、自然の摂理だ。その摂理にしたがえば、私は君より先に死ぬ。そのとき起きるであろう、さまざまな厄介なできごとから、私は君を守りたかったのだ。

いったい、何が起こるというのだ？　君は私にそう問いたいにちがいない。だがそれを記す前に、君には語る機会のなかった、棗家のことを書かせてほしい。

君や私が血をひく棗家は、遠く奈良時代からその名を伝えている、古い家柄だ。およそ千二百年もつづいている。

家柄が古いからといって、君や私が、他の人よりも上に立つという意味で、これをいっているわけではない。大切なのは、家柄ではなく、棗家に伝わる血筋のことなのだ。

鏡を見てほしい。

君はもう、自分の耳の形が他の人とはややちがっていることに気づいている筈だ。そう、この耳の形こそが、棗家に伝わる血筋の証なのだ。

我々の先祖は、奈良時代、今の中国から日本に移ってきた者らしい。棗、という珍しい姓は、そのためだ。そして、その先祖もまた、君や私と同じ、珍しい耳の形をしていたと考えられる。

この耳の形は、棗家の人間がもつ、ある〝運〟を象徴している。

いくら修道院にいたとしても、君はここで笑うかもしれない。耳の形と運命のあいだに、いったいどんな関係があるのだ、と。

どうか真剣に、私の言葉を読んでほしい。

関係は、あるのだ。それはいわば、私や、これから君がもつであろう、力の、存在の証明なのだ。そして、君の右耳の耳たぶにあいた穴、それもまた生まれつきのものであり、君がこれから背負うことになる、ふたつの〝運〟と〝力〟の証なのだ。

この〝運〟は、代々、棗家の当主にのみ、受けつがれる。棗家の当主、すなわちこの手紙を書いている時点では私、が生きている間は、私にのみ、その〝運〟は働いている。私が死ねば、君に働くことになる。だから、今は、君の〝運〟だ。

ここまで読んで、君は今、奇妙な気持がしているにちがいない。

いったい、〝運〟だとか、〝力〟だとか、何を私がいいたいのかと。

では、いおう。

この〝運〟とはすなわち、〝金運〟のことだ。〝力〟とはすなわち、女性を惹きつける〝魅力〟のことだ。

棗家の者には、常識では考えられないほど、この〝運〟と〝力〟が備わっている。それは、自らの努力や希望とは、何のかかわりもないものなのだ。

君はまた疑問に思うだろう。

財力を得る〝金運〟と、女性を惹きつける〝魅力〟、このふたつを兼ね備えることのどこが、『厄介なできごと』なのか、と。

確かに〝金運〟も〝魅力〟も、世の人々は皆、これを欲しがっている。だが、過ぎたるは及ばざるがごとし、という言葉もある。このふたつを兼ね備えたことにより、人生をあやまり、かえって不幸の淵に立たされるかもしれないのだ。

君は、唐という中国の古代国家の名を知っているだろうか。棗家は、その唐朝、第六代皇帝、玄宗につながる家系とされている。

玄宗は、律令制の立てなおし、地方行政の区画化、辺境の地への節度使の配備など、すぐれた政治手腕で、『開元の治』といわれる善政をしき、賢帝ぶりをうたわれた人物だった。だが、その賢帝も、ひとりの美女を愛し愛された結果、国を失い、失意のうちに死を迎えることになる。美女とはすなわち、楊貴妃だ。

この玄宗の人生そのものが、まさしく棗家の当主の〝運〟と〝力〟を象徴している。

皇帝となる〝運〟、そして絶世の美女を手にいれる〝力〟、しかしそのふたつが重なったとき、国は乱れ、人心は苦しめられた。

君の耳にはめられている金の輪は、その〝運〟と〝力〟をおさえこむものなのだ。その輪をはめている限り、君自身の運命は、それによって変化はしない。が、外したら最後、財力と女性による厄介事が、雪崩のように君に襲いかかってくるだろう。

私が君を修道院に入れた理由が、これでわかったことと思う。

私が死に、その瞬間から棗家の当主となった君が、何も知らずにその金の輪を外せば、そうしたさまざまなトラブルが君を巻きこんでしまう。私は、それをさけたかったのだ。

この〝運〟と〝力〟は、あるいは、失意のうちに亡くなった玄宗皇帝の『呪い』かもしれない。笑ってはいけない。この〝運〟と〝力〟の大きさは、経験するまでは信じられないほど途方もないものなのだ。

だが、このふたつを役立てよう、と思うなら、それはまた、君にとってたいへんな武器になる。

私は静かに生きることを望んだ。この日本には、棗家のもつ〝運〟と〝力〟を知る人がいて、彼らの中には、それを自分たちのために利用しようと考える者がいた。私は、そういう人々から身を隠すことを願った。そして君を、遠くへと追いやった。

不幸なことだが、君の母は病弱で早くに亡くなり、君をひとりにせざるをえなかったわけだ。

どうか冷たい父を許してほしい。

さて、この長い手紙も、そろそろ筆をおくときがきたようだ。もはや、私から君に伝えることは、そう残っていない。

君は、君自身に与えられた、この運命を、君のもっとも納得する形で受けいれてほしい。金の輪を、いつ、いかなるときに、外すのも、あるいは再びはめるのも、それは君の自由だ。だが、決して悪用されることのないよう、気をつけてほしい。

そして最後にくれぐれも、財運と女性による厄介事が不可分であることを忘れずに。君が財を得た瞬間から、女性によるトラブルが君を待ちかまえているのだ。

第四十五代　棗希郎右衛門殿

第四十四代　棗希郎右衛門
父より」

二日後、希郎はゴードン法律事務所を訪ねた。ゴードンは日本の弁護士と連絡をとりあい、希郎の、相続にともなうさまざまな問題の解決にあたっていたのだ。

希郎は、ゴードンがさしだした何枚もの書類に次々にサインをしていった。その中には、英文だけでなく和文の書類もあり、それらはファックスで東京から届けられたものだった。希郎のサインを得た後、書類は、航空便で日本に送られる、とゴードンは説明した。

すべてのサインを終えたあと、ゴードンは例によって熱い紅茶を注文した。そのポットを運んできたのが、ミス・ミッチェルではないことに希郎は気づいた。

「これですべての手続きは完了です。あとは日本にお帰りになるだけです」

ゴードンはほっとしたのか、上機嫌になっていった。

「あの、ミス・ミッチェルは？」

ポットとカップをおいて、若い女性秘書が立ちさると、希郎は訊ねた。

「ああ、彼女は、ついきのう退職しました。十五年もつとめてくれた有能な秘書だったのですがね」

ゴードンは残念そうに首をふった。

「そうですか。お世話になったお礼をいいたかったのですが」

「私から伝えましょう。この週末、結婚式に招待されているのです」

「結婚式？」

「ええ。驚きましたよ。秘書としては秀(すぐ)れていましたが年齢(とし)もいっており、結婚はもう無理だと私も思っていたのですがねえ。何と突然に、わが法律事務所の取引相手の紳士から求婚されたのですよ。その方は、貴族の家柄に育って、人望も財力も申し分がなかったのですが、お若い頃に奥さんを亡くされて、以来、ずっと独身をつづけてきたのです」

　希郎は驚きをかくせなかった。

「ミス・ミッチェルが結婚……。あの方は、それでお幸せに？」

「それはもう。あるいは以前から、ミス・ミッチェルはその方に好意をよせていたのかもしれませんが。一も二もなく、プロポーズにオーケーしたと聞いております」

「……そう、ですか」

　偶然の一致だ。そうに決まっている——希郎は思った。ゴードンの表情を観察したが、あのキスのことは何も聞かされていないようだ。

「とにかく私も意外で、びっくりしました。あれだけの紳士なら、たとえ後添い（のちぞい）とはいえ、もっと若くてきれいな女性を選ぶこともできたでしょうに。これは、ミス・ミッチェルには内緒ですが」

　ゴードンは声をひそめていった。

「ところで、サヴィル・ロウの方からは、ご注文の服は届きましたか？」

「ええ。今朝、早くに」

「よかった。それでは新しい秘書にいって、明朝にでもトウキョウへたつ便をとらせましょう」

「あのう、ミスター・ゴードン」

「何でしょう」

「僕は父からの手紙を読みました。確かにそれには、ナツメ家に伝わる不思議な〝運〟と〝力〟のことが書いてありました。しかし、正直なところ、僕はもうひとつ、それを信じる気持にはなれないのです」

「わかります。しかし――」

いいかけたゴードンを制し、希郎はいった。

「試してみることで、あなたや、誰かほかの人々に迷惑をかけるのは、僕も嫌です。だからといって、これをずっと封印しているわけにはいきません。僕は一生、この耳のもつ運命とつきあっていかなければならないのですから」

ゴードンは考えこんだ。

「そう、ですね……」

「どこか、人々に迷惑のかからない場所で、少しだけ試してみる、という方法はないでしょうか」

希郎はいった。ゴードンはまだ考えていた。

「どれほどのものかわからない限り、それをコントロールするすべも見つからないと思うのです」

「……わかりました。ミスター・ナツメ、あなたはギャンブルの経験はありますか」

「ギャンブル？　賭けごとのことですか」

「ええ」

「いいえ」

　ゴードンは微笑んだ。

「そうでしょうね。何しろあなたは神に仕える身だった方だ。もし、あなたが、ご自分のもつ力を試してみようと思われるなら、ギャンブルはいかがです。申しわけありませんが、ロンドンではそれはご容赦ください。ロンドンにもカジノはありますが、それらは皆、会員制の小さなクラブで、あなたのように強い運をおもちの方がいけば、会員の中から破産する人がでかねませんから」

「では、どこで？」

「アメリカ合衆国。ラスヴェガス、という街があります。街全体がすべてカジノで、世界中からギャンブルをやるために人々が集まってきます。このヨーロッパにも、モナコという、カジノのある街がありますが、そこはさけたほうが賢明でしょう。何かと格式にうるさいところですから」

「ラスヴェガス……」

「そこならば、すべての人間にチャンスは平等です。アメリカという国は、そういう国ですから。ただし、お気をつけていただきたいのは、ラスヴェガスの支配者は、マフィアという犯罪組織だ、という点です。彼らは決して表にはでてきませんが、ラスヴェガスにやってくるギャンブラーたちから吸いあげた金はすべて、マフィアの懐におさまっているという噂です」

希郎は、ゴードンがラスヴェガスをすすめる理由がわかったような気がした。犯罪組織が相手なら、どれほど〝運〟をつかおうと、被害者に同情する必要はない、というわけだ。

もうひとつの〝力〟の方はどうだろう。父は、女性によるトラブルと財力は決して分けられない、と書いていた。もちろん、それも試してみなければわからない。犯罪組織の牛耳っているような街でトラブルに巻きこまれたら、それこそ生命の危険があるのではないだろうか。

だが希郎は決断した。世界最大のギャンブル都市と犯罪組織。〝運〟と〝力〟の大きさを試してみるのに、これよりふさわしいところはないではないか。

「わかりました。ラスヴェガス行きの切符をとってください。そこへいって、僕はこのピアスを外してみることにします」

希郎はいった。

## 4

ラスヴェガスは、砂漠地帯に突如として出現した歓楽の都だった。

ロンドンからアメリカ、ロスアンゼルスに国際線で飛んだ希郎は、そこで国内線に乗りついだ。

ロスアンゼルスを離れて一時間、アルプスのふもとにあった北イタリアの山岳地帯とはまるでちがう、赤茶けた湿りけのない台地の上を飛行機は飛びつづけた。

飛行機が降下を始めると、乾ききった砂漠に、雲が巨大な影を落としているのがわかる。何百キロという距離にわたって、家一軒ない砂漠が広がり、その中を貫くように道路が一本走っている。

そしてその道路の行く手に、まるで蜃気楼（しんきろう）のような街、ラスヴェガスがあった。

今まで人っ子ひとりいない荒涼とした、砂と岩の大地がつづき、そして何の前触れもなく、キラキラとガラスが陽光を反射する高層ビルの群れが現われる。

林立する高層ビル群は、すべてホテルだった。きらびやかなネオンが、食事、飲み物、ショー、そしてカジノの娯楽をうたいあげている。原色のネオンがきらめき、ダンサーが踊る。ルーレットテーブルが回り、スロットマシーンがコインを吐きだす。

何もかもが、砂漠の上に作りだされた幻想のような光景だった。

ホテルの規模は巨大で、そこに働く人、泊まる人をあわせれば何千人という人間が、一個の建物の中にいて、それはまさしく、ひとつの街だった。

二十四時間、ネオンが輝き、音楽が流れ、機械が働き、人々がうごめいている。それらはすべて、ギャンブルという、金を賭けた遊びを中心に動いているのだ。

空港からホテルへ向かうタクシーに乗りこんだ希郎は、この信じられないほどきらびやかな街の光景に目を吸いよせられた。

この街が特殊であることは、希郎にもすぐわかった。

大都市とは、ふつうそこで働く人々を中心に発達するものだ。市場が立つ。そこで物を買ったり売ったりするために、人々が集まる。売る物を作る人、買った物をさらに別の人に売る人。あるいはそこに集まる人のために食事を提供する店。そうして、街とは、産業を中心にふくらんでいく。

だがラスヴェガスはちがった。ここでは何も作りだされない。この街は、遊ぶことそのものを目的にして、作られた街だ。

たとえば産業の発達する街には、海や河は不可欠である。港があれば、そこに外国からの荷物が到着する。河があれば、その荷を積んだ船が、さらに上流へと運ぶことができる。

世界中の大都市は、皆、港と河をもっている。いや、港と河があったからこそ、そこは大都市になったのだ。

ラスヴェガスには、そういう交通の便は何もない。にもかかわらず、世界中から旅行者が集まっている。

それは、すべてあとから作りだされた、人工の娯楽を得るためだけを目的に集まってくるのだ。

希郎は、何もない砂漠の大地にこれだけの別世界を作りあげる人間の力のすごさを感じた。そして、人間が生きていくためには、自然によって与えられた、すでにある喜びだけでなく、こうして作られた人工の喜びもまた、必要なのかもしれない、と思った。

修道僧のように、信仰に生きる人を別にすれば、人間はなぜか、人の多いところへと惹かれていく。人が多くいる都会は、確かに便利だろう。だが理由はそれだけではない筈だ。

ちょうど磁石が多くの鉄粉をひきつけ、ふくらんだその鉄粉が、さらにまわりの鉄粉を吸いよせて大きくなっていくように、人が多く集まるところには、さらに多く人を集める吸引力が発生するのだ。

そしてラスヴェガスほど、その吸引力の正体がはっきりしている街はないだろう。

すなわち、ドル。金が、人を吸いよせているのだ。

ゴードン法律事務所が希郎のために用意したのは、ラスヴェガスでも最大の〈ネロスパレス〉、ネロ皇帝の宮殿、という意味の名をもつホテルだった。

ホテルでありながら、そこはカジノであり、劇場であり、ショッピングセンターだった。

スロットマシーン、カード、サイコロ、ルーレット、ありとあらゆるところで金がとびかっている。

ホテルに一歩足を踏みいれた瞬間から、外界とは完全に遮断される。晴れているのか、曇っているのか、昼なのか、夜なのか、季節がいつなのか、まったくわからなくなる。

もし時計をしていなければ、延々とつづくショー、決して閉店することのないアーケード、そして従業員(ディーラー)こそ交代するが、客がいる限りオープンしているギャンブルテーブルに、時間の観念をまったく失ってしまうにちがいない。

希郎は、ボーイの案内で、ふつうのツインルームに案内された。ゴードンには、高価な部屋を予約する必要はない、といってあったのだ。

このホテルは、ザ・サヴォイとはちがい、客の服装にはあまりうるさくないようだ。ショートパンツにTシャツや、アロハにジーンズといった格好の人々がたくさんいる。イギリス人とアメリカ人の気質のちがいかもしれない、と希郎は思った。

とはいえ、ミス・ミッチェルに買いそろえてもらった衣服に、ジーンズのようなカジュアルはない。農民に借りたジーンズとワークシャツは、お礼の手紙をそえて、ロンドンからイタリアに送り返してしまった。

ロンドンで買った衣服を着るほかないようだ。

希郎は荷物を解(ほど)くとシャワーを浴び、サヴィル・ロウのテイラーで仕立てたスーツを着けた。濃紺のダブルのスーツだった。

鏡に自分の姿をうつしてみる。

わずか数日間しかたっていないのに、自分が修道院にいた頃に比べ、大きく変化しているような気がした。

最初にサヴィル・ロウのテイラーで買ったジャケットとスラックスを着け、ネクタイをしたとき、試着室の鏡の中にいる自分には、まるで似合わない、と思ったものだ。

だがそのときのミス・ミッチェルのすすめもあって、ザ・サヴォイで髪を切り、さっぱりとしたヘアスタイルになると、スーツが決して不自然ではない。ゴードンのすすめたテイラーはさすがに、希郎の体にぴったりのスーツをあつらえてくれたのだった。

希郎は、鏡の中の自分の右耳を見つめた。

金色に輝く輪がそこに光っている。

(外そうか)

手をのばした。

一瞬、ためらいがあった。今すぐでなくともよいのではないか。

手をおろした。

上着のポケットから財布をとりだした。それは十三のとき、日本を旅だつ前に、父からもらったものだった。ほとんど使うことはなかったのだが、七年もたつと古びて、すりきれている。

七年前に別れた父の顔を、希郎はまだ覚えている。

厳しくて、優しい顔だった。こちらの気持ひとつで、無口な父は、怒っているようにも、笑っているようにも見えた。そして、手紙にもあった通り、父は、誰にもわずらわされず、ひっそりと生きることを願っていたように思える。

父はいつも右耳に、小さな絆創膏を貼っていた。幼かった頃、希郎は、

「お父さま、そのお耳、イタイイタイなの？」

と訊ねたものだ。すると父は少し困ったように、

「うん」

と頷いたものだ。

父は、自分の〝運〟と〝力〟を解放したことがあったのだろうか。ふと、希郎は思った。

希郎が覚えている限り、父がその絆創膏を外している姿を見たことはない。

希郎自身は、物心ついたときすでに、この耳に輪をはめられていた。そして、

「この輪は、お守りなのだから、決してとってはいけないよ」

と教えられていた。小学校にあがり、クラスメイトにからかわれたりすることもあったが、いつしか体の一部となったピアスの存在は、希郎には気にならぬものとなっていた。

希郎は我にかえり、財布に目を戻した。

中には、百ドル紙幣がぎっしりと詰まっている。ゴードンが用意してくれた金だった。

（いくらあるのだろう）

ざっと見ただけでも百枚――一万ドルはある。日本円にして百万円以上だ。

修道院にいたら、こんな大金は、一生かかっても遣いきれるかどうか。

だが賭けごとなら、それはひと晩のうちに消えてしまうことすらある。いや、ひと晩どころではない。一時間で消えてしまうかもしれないのだ。

(とにかく、試してみよう)

希郎は、部屋をでて、ホテルの下の階にあるカジノにいってみることにした。

〈ネロスパレス〉のカジノは、大きく五つに分かれていた。

ルーレット、バカラ、クラップス、ブラックジャック、そしてスロットマシーンだ。

バカラとブラックジャックはトランプのカードを、クラップスはサイコロを、使う。

ルーレットは回転盤のついたルーレットテーブルを、スロットマシーンは、レバーをひくと窓の中をぐるぐると絵が回る機械を使う。

ほかにも、ホテル内のレストランや劇場にある電光掲示板を使ったビンゴのようなゲームや、風車のようなボードを回して、止まった位置で賭け金をやりとりするものなど、ありとあらゆるところで金が動いている。

カジノフロアを、希郎はゆっくりと観察して回った。時刻が夕刻少し前ということもあって、中はごったがえしている。何百台と並んだスロットマシーンには、人々がとりつき、コインの入ったカップを手に、ひとりで何台ものマシーンに次々コインを落としては、めまぐるしくレバーをひいている者もいる。

ブラックジャックのテーブルは、ひとりのディーラーに数人の客、という組みあわせで、すわっている客たちを相手に、若い女性ディーラーがすばやくカードを配っていく。この賭けは、ディーラー対客ひとりひとり、という形でおこなわれているようだ。テーブルには、それぞれ「ミニマム」と「マキシマム」の表示があって、賭けに参加できる最低限度額と最高限度額が決められ、それはテーブルによってちがう。人がたくさん寄っているのは、やはり、上限が二百ドルくらいまでのテーブルで、最低が百ドル、最高が千ドル、というようなテーブルには、客がおらず、ディーラーは暇そうにカードをいじくっている。

人が集まっている、という点では、これらのふたつに並んで多いのが、ルーレットだった。回転盤の玉が最後に止まった位置の数字、ゼロから三十六までをめぐって、金を賭けるゲームだ。賭け方は、ひとつの数字から、複数の数字、数の大小、偶数、奇数、赤、黒（数字はどちらかに色分けされている）に至るまでさまざまで、的中した場合の払い戻しも賭け方によって額がかわってくる仕組だ。

希郎はひとつひとつのゲームのうしろに立って、どんなルールで進められているのかを注意深く観察した。

スロットマシーンでは、大当たりは確率によるところが大きい。だから、ずっと大当たりのでていない台で、そろそろと見ると、客は当たった場合の払い戻しが大きいように、投入するコインの数を増やす。

とはいえ、中には当たってばかりいる台もあって、そういう台にぶつかった客は喜色満面で、ジリリリリというベルの音とともに吐きだされるコインを拾い集めていたりする。

また、ブラックジャックでは、それぞれのテーブルにいる女性ディーラーとは別に、黒服を着けた監督係のような男がいて、ディーラーと客のツキの関係をクリップボードでチェックしている。そしてディーラーの側の負けがこみ始めると、さっとディーラーを交代させて、ツキをかえようとするのだ。

ルーレットのテーブルには、台のいちばんいい場所を占領していながら、めったに金を賭けようとしない銀髪の老婆がいた。この老婆は、次々とでる数字を克明に手帳にメモしているのだ。そして、十回か二十回に一回、チップを、ひとつの数字におく。ひとつの数字に賭けて、それが当たれば、三十五倍の儲けになる。十ドルを賭ければ、三百六十ドルが戻ってくるのだ。だが、そうしている老婆が必ず当てているかというと、そうでもないようだ。

希郎はカジノ全体を観察しているうちに、子供の頃、父に連れられていった祭りの縁日を思いだした。このフロアすべてが、縁日の屋台のようで、客たちはある種の興奮状態に包まれ、現実生活を忘れてしまう。

しかも、スロットマシーンをのぞくと、賭けの大半は、現金ではなくチップをやりとりしておこなわれる。チップには、現金につきまとうような、「もったいない」という感覚がない。チップをどれほど失っても、客は財布の中をのぞくまでは、自分の負けた額に気づかない仕掛けだ。

ルーレットとブラックジャック、スロットマシーンのだいたいの要領を把握した希郎は、まずいちばん簡単そうなスロットマシーンに挑んでみることにした。

百ドルのうちの五十ドル分を二十五セントコインに両替する。二百枚だ。両替所でカップに入れてもらい、一台の機械に近よった。

コインを入れる。レバーをひくと、窓の中を絵が回転し始める。何種類かの果物や文字の入った絵だ。そして止まったとき、左右、斜めなどに、同じ絵が一列に並ぶと、当たりだ。絵によって、数の多い種類が並んだときは払い戻しは小さく、少ない種類の絵が並ぶと、払い戻しも大きくなる。

希郎の選んだ台は、あまり当たりのでる機械ではなかったようだ。たまに絵がそろって戻ってはきても少額で、たいていは、バラバラの絵が並び、「インサート・コイン（お金を入れてください）」のランプがともるだけだ。

一時間とたたぬうちに、コインの入っていたカップはカラになった。

希郎は息を吐いた。失ったのは、自分が額に汗して働いて得た金ではない。だから、失ってもどこか他人事のような気がする。しかし、もしこれが自分の、苦しい思いをして得た金だったらどうだろう。

くやしくて、とり戻そうと、もっと金を機械につぎこむかもしれない。

ギャンブルとは恐ろしいものだ、と思った。

突然、どよめきが聞こえ、希郎はそちらに目を向けた。ひっきりなしにどこかでスロットマシーンのベルが鳴り、ディーラーの叫ぶ声が響く。さわがしいカジノフロアにあっても、そのどよめきは充分、希郎の耳をひきつけるものだった。

どよめきは、ルーレットのテーブルが並んだ方角だった。中でも、賭け額の最も大きなテーブルだ。

希郎はそちらに近づいていった。話し声が聞こえてくる。

「あの日本人、すごいぜ」

「毎日いるらしいじゃないか」

「いくら稼いだ？　十万ドルじゃ利かないだろう」

テーブルの正面に、シルクのシャツの胸をはだけた日本人の中年男がすわり、山のように積まれたチップを前にしていた。

チップの色は、一枚五百ドルを示す、最高額の金色だ。

男は小柄で陽に焼け、ずんぐりとした体つきに、無精ヒゲをのばしていた。たった今、聞こえてきた言葉通り、積みあげられたチップの山は、十万ドル（一千二百万円）を下らない。

高額を賭けた数字を的中させたらしい。

だが男は無表情で、嬉しそうな顔ひとつ見せない。

そして希郎は、その隣にすわる女性に目を奪われた。

年齢は、二十四、五歳だろうか。長い髪を高く結いあげ、紺の着物を着て帯をきりっと結んでいる。色白で、切れ長の涼しげな目をもち、頰のあたりに何ともいえずやさしげなふくらみがあった。

和服姿の女性を見るのは、何年ぶりだろう。和服の女性は幼い頃失った母の面影をよみがえらせる。

「やってられないな、日本人はよ」

「ついていけないよ、まったく。金にモノをいわせて賭けてくるんだから……」

周囲のギャラリーがそう英語でささやいているのが、聞こえてくる。

それでも男は眉ひとつ動かそうとしない。ルーレットテーブルのディーラー（クルピエ）が回転させた盤に玉を投げこむと、砂でもまくように無雑作に、一枚五百ドルのチップを数字が並んだテーブルの上にバラまき始める。

その数は、二十枚、一万ドルをこえている。そしてまき終えると、手もとにおいてあった金属製のシガレットケースから煙草を一本抜きだした。

カチリッ、音がして、かたわらの和服の女性がライターの炎をさしだした。男は煙草に火をつけ、当然といった顔つきで礼もいわずに目をルーレット盤に戻した。

またそれが、レディファーストを重んじるアメリカ人たちには、不遜で傲慢な仕草と目にうつるらしい。あからさまな舌打ちや、つぶやきが、希郎の耳に入ってきた。

クルピエの背後にすわる黒服の男が、チン、とベルを鳴らす。回転盤のスピードが落ち、このあと玉の止まる数字が予測できそうになってくると、もうこの回の賭けは受けつけませんという合図だ。

　高速で回転していた盤がゆるゆるとスピードを落とし、カラカラとはねるように動いていた玉が、やがてひとつの数字の溝の上で停止する。

　クルピエがものうげな声で、

「二十八、黒」

　と宣言する。

　溜息や喚声がもれる。すきまのない小型の熊手が動き、テーブル上の当たり数字ゾーン以外のチップがかき集められる。そして、当たったチップには配当を足し、賭けた人間の前に押しやられる。

　日本人の男は今度は、賭けたチップの大半を失った。

　それでも表情はかわらない。

　再びチップをまき始める。

（いったい、どんな人なのだろう）

　ギャラリーに混じって遠巻きに見ていた希郎の胸にそんな疑問がわきあがってきた。

　きっとすごい大金持にちがいない。これだけ高額の賭けを、ギャラリーの話によれば連日、つづけているのだ。

　だがよく見ると、男の目は赤く、あまり眠っていないようだし、顔色も陽焼けはしているが決してよくはない。どうやらかなり長い時間、ここで賭けつづけているようだ。

また、クルピエの宣言が聞こえた。

「十二、赤」

ギャラリーがどっとどよめいた。

テーブルの「十二」の数字の上に、日本人の男がおいた五百ドルチップが十枚重ねられている。

五千ドルの三十五倍、十七万五千ドルが、男の勝ち額だ。

クルピエと背後にすわる黒服とが、あわただしく何ごとかをささやきあった。配当に出す五百ドルチップの数が足りなくなり、別のテーブルから運ばれてくる。

希郎は、もう我慢できなくなった。ちょうど、テンガロンハットをかぶった白人の大男が、日本人の正面の席から立ちあがったところだった。

日本人があまり高額を賭けつづけるので、やっていられない、という顔つきだった。

空いた席にすわる者は、誰もいない。

希郎は、「失礼」といいながら、ギャラリーをかきわけ、その椅子に腰をおろした。

クルピエと背後の黒服が驚いたように希郎を見た。他の客も希郎を見る。目を向けなかったのは、向かいの日本人の男だけだ。

希郎が手にチップをもっていないのを見て、クルピエが首をかしげた。

「ミスター？」

希郎は財布をとりだすと、中に入っていた百ドル札をすべてさしだした。

「五百ドルに」

クルピエが目をみはった。札が黒服に渡され、すばやく数えられた。

九十九枚――九千九百ドルだ。今度は希郎の背後でざわめきがおきた。

「また日本人かよ」

「いや、若すぎる。中国人じゃないか……」

十九枚の五百ドルチップと四枚の百ドルチップが希郎の前に届けられた。

クルピエが気をとりなおし、玉を投げこんだ。背後の黒服が、今度はじっと希郎を見つめている。

日本人の男がチップをまき始めた。男の賭けは、今度はファーストゾーン、ゼロ、ダブルゼロをのぞく、一から十二までの、特に八を中心としたあたりに集中していた。

希郎はゆっくりと息を吸いこんだ。男はいぜん希郎には目を向けていない。が、かたわらの女が興味深げに希郎を見つめていた。

希郎はチップをまいた。別に理由はなかった。自分の年、二十を中心としたセカンドゾーンに五枚の五百ドルチップをおいた。

チン、とベルが鳴らされる。

カラカラカラ、という音が弱まり、やがて玉が一点で止まった。テーブルにつく、すべての人の目が盤を凝視する。

「二十四、黒」

クルピエが、ちらりと希郎を見た。希郎のまいたチップのうち一枚が、二十、二十一、二十三、二十四の四つの数字の枠の接点におかれていた。九分の一、八倍の配当が、賭けたチップに足して支払われる。

五枚を賭け、九枚が戻ってきた。さしひき二千ドルを希郎は勝ったことになる。

向かいの男は賭けたチップすべてを失った。だが、希郎には目もくれない。

希郎は今度は、男が賭けていたファーストゾーンに、今勝った九枚すべてをおいた。

男はセカンドゾーンとサードゾーンの中間、二十二から二十七までのあたりと、十三、十四に、チップをおいた。

盤が止まった。

「三十一、黒」

希郎のも、男のも、チップはすべて奪われた。

残った希郎のチップは、五百ドルが十四枚、百ドルが四枚だ。男の前には、まだ山のようにチップがある。

玉が投げこまれた。

希郎は再び、前と同じファーストゾーンにチップをおいた。男も、二十五から三十までと、さほどかわらない位置だ。

「二十九、黒」

どよめきがおき、再び男の前にチップの新たな山が築かれた。

四度目の勝負。

希郎は十から十五までの数字、男は、一、二、三のみっつに集中的に賭けた。希郎の賭けたのは再び五枚。

「八、黒」

玉が止まったのは、男と希郎のチップのちょうど中間の数字だった。

五百ドルチップは、あと四枚となった。

玉が投げこまれた。

希郎はその四枚をサードゾーン、二十五から三十六にちらばした。男はファーストゾーンだ。

「十四、赤」

ふたりとも負けだ。

希郎の前には、あと百ドルチップが四枚、残っているだけだ。

希郎は二枚を十九から三十六までのビッグゾーンに賭けた。

男はまた何枚ものチップを、九を中心としたあたりに賭けている。

ベルが鳴った。

「十一、黒」

男のチップが何枚か十一の上にあった。山にチップが足される。

希郎の残りは、百ドルがあと二枚。

「失礼、戻りますから」

希郎はいって、席を立った。男が初めて希郎を見た。面白がっているような、奇妙な表情だった。

希郎はギャラリーをかきわけ、ルーレットテーブルを離れると、トイレを捜した。

トイレを見つけ、中に入った。洗面台の鏡の前に立つ。

(外すのは今しかない)

声があった。希郎は鏡をのぞきながら、ゆっくり右耳に手をのばした。

金の輪には、ごく小さな留め金がついていた。その留め金が、スプリング式の爪で輪の端と端をつないでいる。

手がすべった。なかなか外れない。二十年間、ずっとはめつづけてきた輪だった。

ようやくのことで、留め金が動いた。

「チリン」

音をたてて、輪が大理石をはった洗面台の上に落ちた。

希郎はそれを拾いあげた。別に、自分自身には、これといって変化は感じない。

財布をとりだした。空っぽだった。その中に輪をおさめ、懐にしまった。

ルーレットテーブルに戻った。日本人の男がまたもや的中させ、チップの山を築いたところだった。

「失礼、失礼」

希郎はくりかえしながら、わずか二枚のチップしか残っていない、自分の席にすわった。

　クルピエが希郎を見た。黒服が笑顔で、クルピエにいうのが聞こえた。イタリア語だった。

「パンツの中にお洩らししちゃったんじゃないのか」

　クルピエがニヤリと笑った。ふたりともイタリア系なのだった。希郎にイタリア語は理解できないと思ったにちがいない。

　希郎はにっこり笑い、イタリア語でいった。

「オシメは、十九年前にとれましたよ」

　クルピエと黒服の目が、とびださんばかりに広がった。唖然として、言葉もだせないでいる。

　ふたりはやがて能面のような無表情になった。

　玉が投げこまれた。

　希郎は、二枚残ったうちの一枚を、最初と同じ二十においた。日本人は例によって何ごともなかったかのように四から八までの数字を中心としたファーストゾーンに、チップをまいている。

（さあ、お父さん。棗家の血を試してみるよ）

希郎は心の中でつぶやいた。

カラカラカラカラ……。そして、チン、とベルが鳴る。

いっせいにどよめきがあがった。

「ゼロ」

クルピエが宣言した。ゼロとダブルゼロは、そのものに賭けない限り、いっさい配当はない。したがってゼロに賭ける人間は少ない。そのときも、ゼロに賭けた客はひとりもいなかった。テーブルの上のすべてのチップがかき集められ、クルピエのもとに回収された。

希郎は呆然とした。外れたのだ。

棗家の〝運〟は、いったいどうしたのだ。

黒服が薄笑いを浮かべ、希郎を見た。その目は、（参ったか、若造め）といっている。

希郎はツバを飲んだ。喉がカラカラだった。自分が想像していたのとは、まったくちがう結果がでている。

チップはあと一枚。百ドルだけだ。さっきまで百二十万円あった金は、わずかに一万二千円しか残っていない。

玉が投げこまれた。勝負は容赦なくつづいている。

希郎は最後の一枚をとりあげた。どこに賭けようというアテはなかった。頭の中はまっ白だ。

テーブルの方に手をのばしかけたとき、

「つっ」

希郎は低く呻いた。突然、右耳の耳たぶに熱いような痒いような、何ともいえない強い刺激を感じたのだ。希郎は右手を思わず、耳にやった。

そのとき、チップがぽろりと手からこぼれた。円形のチップはテーブルに落ちると、ころころと転がり、数字の枠の方へ動いていった。そして、ぱたりと倒れた。

十三の上だった。

はっと思ったとき、チン、とベルが鳴った。もう変更はきかない。

カラカラカラ……音が低くなっていき、ついに玉が止まった。

一瞬、間があった。クルピエがどもった。

「サ……サーティーン、黒」

おおっという声がテーブルの周囲であがった。希郎の最後の一枚の百ドルチップは、三千六百ドルとなって、かえってきた。

## 5

〃運〃がついにやってきたのだった。まちがいない、希郎は確信した。

三千六百ドルのチップを、今度は、二十に賭けた。もう、あれこれ悩む必要はなかった。心に浮かんできた、たったひとつの数字に賭ければよいのだ。

「二十、黒」

クルピエが震える声でいった。十二万九千六百ドルが、希郎の手もとに山となって届けられた。

ルーレットテーブルのギャラリーはもはや、黒山といってよかった。ひとつのテーブルに、途方もない勝ちかたをしている客がふたりもいて、そのどちらもが東洋人だ、という噂が、カジノ中を駆けめぐっていた。

希郎は、十万ドルを無雑作に四に賭けた。日本人の男は、もはや希郎を無視できなくなっていた。ちらちらと、希郎に目を向けながら、チップをまく。その額は、希郎に勝るとも劣らない。

だが――。

「四、黒」

あきらめたようにクルピエがいう。日本人をのぞくほかのすべてのそのテーブルの客は、今や希郎の賭ける数字に、我先に相乗りをしようとして手をのばしていた。

三百六十万ドル――四億三千万円が、希郎の前に積まれた。そしてその直後、ベルがけたたましく鳴らされた。

いっせいにギャラリーが溜息をついた。

クルピエが身をのりだし、希郎にいった。

「申しわけありません。当テーブルは、今夜はこれで営業を打ち切らせていただきます」

きっぱりとした口調だった。クルピエは、日本人の男にも、同じことをいった。

男の前にあったチップの山は、そのほとんどが希郎の前に移動していた。もちろん、希郎の勝った額はそれだけではない。

「うむ」

男が低く日本語で答えるのが希郎に聞こえた。苦虫をかみつぶしたような表情になっている。

「わかりました」

希郎はいって、五百ドルチップを十枚、クルピエの方に押しやった。文字通り、チップだった。

「サンキュー・サー」

クルピエはいって頭を下げた。が、顔にはくやしげな表情が浮かんでいる。

クルピエの背後にいた黒服が希郎に歩みよってきた。

「チップは今すぐ現金におかえになりますか？」

「お任せします」

「まだしばらく、当ホテルにご滞在を？　ミスター・ナツメ」

手早く、希郎のことを調べあげたらしい。

「そのつもりです」

　希郎は微笑んでいった。

「では、今後の宿泊代は、すべて当ホテルもちとさせていただきます。お部屋もスイートをご用意させていただいて」

　希郎は驚いた。

「そんなことを――」

「私は当ホテルサブマネージャーのブルーノと申します。勝利者(ウイナー)となられたお客さまに万一のことがあっては、当ホテルの評判にかかわりますので、どうかサービスをお受けいれください」

　ブルーノの表情は真剣だった。

　そしてその言葉は、さっそく実行された。希郎は、客室の最上階の四十階にある、二間つづきの広大なスイートルームに部屋を移された。

　ベッドルームには巨大なベッドが並び、もうひとつの部屋には応接セットがおかれ、果物がテーブルの上に山盛りにされている。しかもホテルでの飲食代もすべてホテルもちとなることを知らされた。

　いったいどうしてこんなサービスをするのだろう。希郎は首をひねらずにはいられなかった。

　本来ならホテルにとって、希郎は巨額を奪った〝敵〟である。その〝敵〟の部屋代や食費をタダにしていては、いつまでたっても、ホテル側の負けを回収できないではないか。

カジノから新しい部屋に戻った希郎は、窓から、眼下に輝くラスヴェガスのネオンの洪水を見おろした。

まさかいい部屋に移しておいて、気分よくさせたところを襲って、勝った金を奪ってしまうなどという、山賊めいたことをホテル側が考えているとも思えない。

ホテルの窓から見おろすネオンの海は、手前のあたりがいちばん華やかで、距離が遠ざかるにつれて光が少なくなり、遠くなると、一点の明りすら見あたらない。

〈ネロスパレス〉は、ラスヴェガスのメインストリートの、ほぼ中心部に建っている。だから、周辺部が最も明るいのだ。そして、遠くなるにつれ、周囲を砂漠で囲まれたラスヴェガスには人家が少なくなる。明りがないのは、そこから先は無人の砂漠地帯が広がっていることを示している。

何十キロ、いや何百キロ、という距離にわたって人っ子ひとりいないのだ。

日本では、何百キロも人家が一軒もない、ということは考えられない。イタリアでも、北部山岳地帯を別にすれば、そんなことはありえないだろう。第一、何百キロも移動すれば、ヨーロッパでは隣の国にいき着いてしまう。

希郎は突然、空腹を感じた。考えてみれば、ラスヴェガスに着いて以来、何ひとつ口にしていないのだった。

下のレストランに食事にいこう——希郎は思った。ひとりでいることにはまったく苦痛を感じないが、この広大な部屋では、何となく落ちつかない。

そのとき、ドアにつけられたチャイムが鳴った。希郎はドアののぞき穴に近づいた。

ブルーノから、

「見知らぬ者が部屋を訪ねてきたら、絶対に中に入れてはいけません。あなたが大金を勝ったことは、じきにラスヴェガス中に知れわたりますよ」

と、いわれていたのだ。

のぞき穴の向こうに立っていた人物を見て、希郎は驚いた。

ルーレットテーブルにいた、和服の美女だった。鍵を開け、ドアをひいた。

女は、思いつめたような不安げな表情を浮かべている。希郎がドアを開けると、目をみひらいた。

「あの……突然、お邪魔して、申しわけありません」

日本語がその唇から発せられた。七年ぶりに聞く日本語に、希郎の胸はときめいた。

「いえ……」

希郎はドアを手でおさえたままいった。女はひとりだった。連れの、あの男はいない。

「……入ってもよろしいでしょうか」

女がいい、ようやく希郎は気づいた。

「あ、はい。どうぞ。でも——」

「あの人なら、今、シャワーを浴び、眠っています。もう二十時間以上もずっとルーレットをやりつづけていたのですから」

女の言葉に、希郎はびっくりした。

「そんなに長く？」

「ええ。あの人とわたしがラスヴェガスにきて、今日で三日めです。その間に、あの人がベッドで眠ったのは、最初の日の晩の何時間かだけですわ。あとはずっと、ルーレットやブラックジャックなどをやりつづけていて」

信じられない、希郎は首をふった。そして、応接セットをさした。

「それならあなたもさぞ疲れたでしょう。どうぞおかけください」

「ありがとうございます。わたし、倉橋由加（くらはしゆか）と申します」

女は頭を下げ、ソファのひとつに腰をおろした。

「あ……僕は――」

「棗さんですね。ホテルの者からお名前をうかがいました」

「え、ええ。よろしく」

希郎は頭を下げた。

「それで、いったい、どんなご用でしょう」

「今日、棗さんのすばらしい勝ちかたを、わたしずっと見ていました」

「はい」

「乗さんがたった百ドルから、三百六十万ドルをお勝ちになるのを見て、お願いできるのは、この方しかいない、そう思ったのです」

由加は真剣な表情でいった。

「お願い――？」

「わたしを、あの男、宇佐見から奪っていただきたいんです。もう、疲れました。くたくたなんです。どうか宇佐見の手からわたしを解放してください」

由加の目には涙がたまっていた。今にもすがりつきそうな由加を、希郎はあわてて制した。

「待って、待ってください。いったい、どういうことですか。お金が必要なのですか」

「そうではありません」

由加は首をふった。そして話し始めた。

由加は、銀座の一流クラブのホステスだった。すわっただけで何万円という金をとられ、客は一流企業の重役や政治家といった、大物ばかりの店だ。だが、そういう店では、ホステスは自分の客を何人呼び、彼らがいくら店で金を使うかによって給料が決まるのである。ひと月に、自分の客がいくら店で使うかについては厳しいノルマがあり、それを果たせないと、かえって店側に借りとなるようなペナルティもある。

また客が店で使った金については、「売りあげ」といって、ホステスには、その場で払う客を別にすれば、店にかわって料金をとりたてる義務もある。つまり、自分の客が羽ぶりのよいうちは、ホステスも高額の給料をもらえるのだが、羽ぶりが悪くなって遊んだ金を払えなくなると、ホステスは客にかわってその料金を店側に払わなければならなくなるのだ。

　たとえばお客に会社の社長がいて、景気のよいときは、飲んで遊んだ金をばんばん払ってくれていたのが、悪くなって、「ちょっと待ってくれ」というようになったとする。ホステスはそういう場合、その客の飲み代を店にたてかえて払う。そんな客に限って、十万や二十万の金ではない。何百万という金額である。そして、その客の会社が倒産するとどうなるか。たてかえた金は、決して戻ってこない。

　たてかえるといっても、ホステスにも払える限度がある。したがって、彼女が払いきれなかったその客の料金は、彼女の、店側に対する借金となって残るのだ。

　由加には、そういう借金があった。そして悪いときには悪いことが重なるもので、あてにしていた客が次々と減り、借金は利子もついてどんどんふくらむ一方だった。

　そんなとき由加の前に現われたのが、宇佐見だった。宇佐見は一流会社の経理部の課長で、由加の窮状を聞くと、ぽんとその借金を払ってくれたのだ。

　だがいくら一流会社とはいえ、宇佐見は一介の課長にしかすぎない。そんな大金を個人的にもっているとは由加には思えなかった。ありがたいが、もしかしたら会社の金を横領したのではないか――由加は不安になった。

そしてその不安はあたった。宇佐見はギャンブルが好きで、何億という会社の金を使いこんでいたのだ。そして由加に渡した金も、会社のものだった。

ある晩、由加は突然、宇佐見から呼びだされた。

宇佐見はいった。

『俺が会社の金を横領していたことが、もうすぐばれてしまう。重役が金の動きを怪しんで、大がかりな検査をすることになったんだ。俺は最後の手段として、会社から三億をひきだした。この金をもってラスヴェガスへいこうと思う。もしこれが十億に増えれば、それを会社に渡し、俺のことを警察に訴えないよう頼んでみるつもりだ。十億に増やせるかどうか、人生のかかった勝負なんだ。そのための、ラスヴェガスへの旅に、お前もいっしょにきてほしい』

やはり、と由加は思った。警察が動けば、このことはスキャンダルになる。そして自分も仕事を失うかもしれない。最悪の場合、一度返せたと思った借金を、再び背負う羽目になるかもしれない。

宇佐見は失敗すれば刑務所に入る覚悟のようだった。一流会社の課長の座を奪われ、犯罪者の責めを負うのだ。

由加には断わることはできなかった。断われば、自分を救った宇佐見を見捨てることになる。

店に休みを届け、ふたりは翌朝の便でラスヴェガスへと、東京を飛びたった。

そしてこのホテルにきて以来、宇佐見はギャンブルをしつづけているのだ。

「幸いに宇佐見は、わずかですがもってきた三億を四億近くまで増やすことに成功していました。ひょっとしたら、本当に十億になるかもしれない――わたしもそう思いました。

ところが今日、あなたが現われ、宇佐見は、もっていたお金のうちの一億近くを失ってしまいました。負けは明日にでも、またとりかえせるかもしれません。ですが、わたしはもうくたくたなんです。日本をたって以来、宇佐見のそばをかたときも離れず、ついていました。もうどうなってもいい、自由になりたい、そう思い始めました。でも、宇佐見がとてもそんなことを許してくれるとは思えません。そこでお願いです。宇佐見と賭けをしてください。そして勝ったら、わたしを自由にする、と宇佐見に約束させてください。

今日初めてお目にかかったあなたに、こんなお願いをするのが、どれほど無理なことかはわかっています。狂っている、そういわれてもしかたがありません。でもわたしには、ほかに頼れる人がいないのです。もう一日でも宇佐見といっしょにいるくらいなら、死んでしまった方がどれだけ楽だろう、そうとすら思えてきたんです」

話し終えた由加は、そのままぐったりと背中をソファに預け、目を閉じた。涙が頬を伝っていた。

そしてその言葉が嘘(うそ)でない証に、目の下には、疲れと睡眠不足による隈(くま)が黒く浮かんでいた。

希郎には、由加のいう、銀座のクラブの借金など、よくわからない話もあった。ただ、由加がぎりぎりまで追いつめられていて、それを救える可能性があるのは自分しかない、と彼女が思いこんでいるのは理解できた。

「死んではいけません。神は自殺を禁じています」

希郎がいうと、由加はぱっと目をひらいた。

「不思議なことをおっしゃるのですね。あなたはクリスチャンなのですか」

「僕はつい先週まで、イタリアの修道院にいました」

「まさか……。わたし、あなたはてっきり、どこかの大金持のお坊っちゃんで、ギャンブルの天才だと……」

希郎は微笑んだ。

「賭けごとをしたのは、今日が生まれて初めてです」

「信じられないわ。でも、もしあなたが神に仕える身なら、わたしを見捨てない筈だわ。そうでしょう?」

「あなたは僕に、宇佐見さんと、あなたを賭けた勝負をしろというのですか」

「そうです。わたしにはお金でお礼はできません。ですからもしあなたさえよければ、わたしをあなたにさしあげます。わたしを好きになさってけっこうです。今すぐでも」

いって、由加は帯に手をかけた。希郎にはその仕草の意味がわからなかった。

「何をしようというのです？」

希郎が訊ねると、由加は不思議そうに希郎を見た。そして不意に驚いたようにいった。

「棗さんは、いったいいくつのときから修道院にいたのですか」

「十三です」

「それじゃ……まさか……」

「何でしょう」

希郎は訊ねた。由加は泣き笑いのような奇妙な表情になっていた。

「いいえ。いいんです。わたしが愚かでした。そうよね。こんな無茶なお願いを見ず知らずの人に押しつけようというのが、おかしいんです」

そして立ちあがった。

「どうしたんです？」

「忘れてください。あなたを誘惑して助けてもらおうと思ったわたしが馬鹿だったんです」

そのままふらふらとドアの方に歩みよった。病人のような心もとない動きだった。

「待ってください」

希郎は立ちあがった。由加はドアノブに手をかけてふりかえった。希郎はいった。

「宇佐見さんがよいとおっしゃるなら、その勝負を受けましょう」

由加の目がぱっと広がった。

「本当ですか!?」

「本当です」

希郎は頷いた。その瞬間、右の耳が燃えるように熱くなるのを感じた。

6

翌朝、希郎と宇佐見は、スイートルームの応接室で向かいあっていた。かたわらには由加が不安げに腰かけている。

宇佐見は由加から話を聞き、希郎の部屋を訪れたのだった。

「由加から話は聞いた。私と、勝負をしたいそうだね」

「ええ」

宇佐見の顔色は、一夜の睡眠を経ても、良くなってはいなかった。どす黒いままだ。

宇佐見はそこで一拍おき、部屋の中を見回した。

「すばらしい部屋だな」

「ホテルが用意してくれたのです。それも不思議なことに料金はいらない、といって」

希郎はいった。宇佐見はにやりと笑った。

「棗くんはラスヴェガスへはよく——?」

「初めてです。ギャンブルをしたのも」

　そのことは由加から聞いていなかったのか、宇佐見は驚いたような顔になった。

「そうか。では不思議に思うのも無理はない」

「宇佐見さんには理由が？」

「ああ、簡単なことだ。まず、ホテルとしては君にトラブルにあってほしくない。勝った金を強盗にでも奪われるようなことがあったら、客たちは皆、ホテル側を怪しむからな。ホテルがわざと襲わせたのではないか、と。そんなことにでもなったら誰もこの〈ネロスパレス〉にはこなくなる。

　そしていちばん大事なのは、ホテルは君に一日でも長く滞在してもらいたい、ということだ」

「一日でも長く？」

「そう。なぜか。簡単だ。一日でも長ければ、それだけ君はギャンブルをする機会が多くなる。そして今度は、ホテル側は二度と君には負けないだろう。プロのクルピエは狙(ねら)った数字にルーレットの玉を落とすことができる。君が勝ち分のすべてを吐きだすまで、ホテルは何日でも無料で泊めてくれるよ」

　そうだったのか――希郎は疑問が解けた。しかし、もしそうなら、宇佐見もまた、十億を勝つことは不可能なのではないか。

　それを訊ねた。

「心配は無用だ。私のことをお聞きのようだから申しあげるが、私が勝つときは、一気にカタをつけるつもりだ。五億を私が手にしたときに、ゼロか、倍か、そういう勝負をするのだ。もちろんイカサマはさせない。それくらいは、私もギャンブルを知っているのでね」

そんなことが本当にできるのか、希郎にはわからなかった。

「僕はギャンブルに関しては、まったくの素人です。でも宇佐見さんが受けてくださるのなら、勝負をしたいと思っています」

希郎はいって、懐から小切手をとりだした。ホテル側に昨夜のうちにいって用意させた、三百万ドルの小切手だ。

「これを私との勝負に？」

「ええ。あなたも五億を手に入れるまでには、まだまだ時間がかかる筈です。しかし僕と勝負して勝てば、今おもちの金とあわせて、すぐ五億になるでしょう。ただし、あなたに賭けていただきたいのは、お金ではありません。ここにいる由加さんです」

「由加を!?」

さすがに宇佐見は驚いた。

「由加と三百万ドルを賭けろ、というのかね」

希郎は頷いた。話しているうちに、希郎は、この男が根っからの悪人とは、思えなくなってきた。たぶん、宇佐見は、本当にギャンブルが好きなのだ。そして、その一点こそがこの男の人生を狂わせてしまったのだ。

「本気かね」

「本気です」

宇佐見は由加をふりかえった。

「お前は、それで……」

由加はこわばった表情を浮かべ、小さく頷いた。そのようすをしばらく見つめ、宇佐見は希郎に目を戻した。

「なぜ、由加を――？」

希郎は首をふった。

「その質問にはお答えできません。どうします？　お受けになりますか」

宇佐見はぐっと目を広げ、テーブルの上の小切手をにらんだ。迷っているように見えた。が、ギャンブルに関しては素人の希郎に、負ける筈はない、と思ったのか、顔を上げ、希郎の目を見た。

「わかった、やろう」

勝負はカードでおこなうことになった。電話で、ボーイに新しいカードをふた組届けさせる。

「ブラックジャックではどうだ？」

その新品のカードの封を切り、イカサマが仕掛けられていないかシャッフルしながら調べて、宇佐見はいった。

「けっこうです」

ブラックジャックとは、二十一を最高得点とするゲームである。エースは、一または十一と数え、絵札はすべて十に数える。

親と子に分かれ、親はまず自分のカードを一枚ひき、さらに子に伏せたままのカードを一枚配る。子は自分のカードの数字を見て賭け額を決める。次に親は二枚目のカードをひいて表を見せる。そして二枚目以降の子のカードを配る。二十一をこえなければ、子は何枚でもカードを要求することができる。二十一をこえればその時点でアウト、賭け金は親のものとなる。二十一以下で、子が止めた（ステイ）とする。最初の一枚目以外は、子のカードはすべて表を向けられている。

親はそのカードを見ながら、伏せていた自分のカードを開け、三枚目以降のカードをひく。親もまた二十一をこえればアウトである。

ここで重要になるのは、絵札の存在だ。五十二枚のカードのうち、十と絵札は十六枚、三・二枚に一枚は、絵札なのだ。初めの二枚の計が、十三や十四といった小さい数字で、もっと強い数になろうともう一枚ひいた結果、絵札がでて二十一をこえアウト、というケースは多い。

カジノでは、親は十七に達するまでカードをひかなければならないことになっている。

十五や十六でもう一枚ひき、二十一をこえない確率はかなり低い。また逆に、十七以上になった時点で、さらにカードをひく権利は親にはない。逆に子は、自分の手の総計がいくつであってもステイする権利がある。

こう書くと子の方が一見有利なようだが、ひとりの親に複数の子、という対決だと、トータルでは親に有利な展開となる。

また最初の二枚が十（または絵札）とエースの組みあわせなら、「ブラックジャック」で、親ならば子の賭け金を総どり、子ならば賭けた額の一・五倍の配当を受けとることができる。

「親はどちらが？」

ラスヴェガススタイルのルールでやることで合意すると、宇佐見がいった。

「どちらでも」

希郎はいった。

「では多い数をひいた方、ということで」

宇佐見はカードを伏せたままテーブルにおいた。希郎は一枚をとって表返した。「七」だった。宇佐見がカードをひき、「十二」を見せた。

宇佐見はカードを手にとり、慎重にシャッフルした。そしてし終えるとカードをテーブル上においた。

「カットを」

希郎は右手をのばし、カードの山の上半分をもちあげ、かたわらにおいた。

宇佐見はカードの山を手にとることはせず、残った下半分の最初の一枚を伏せたまま自分の前におき、次の一枚をやはり伏せて希郎の前においた。

希郎は宇佐見の鋭い視線を感じながら、そのカードを手にとった。スペードの五だった。

宇佐見が自分の二枚目のカードを開いて見せた。

希郎はゆっくりと息を吸いこんだ。

ハートのクイーンだ。片方に絵札がある、ということは、残りの数字によっては、この瞬間に勝負がつく可能性を意味している。

宇佐見の伏せられた一枚がエースならば、希郎は二枚目のカードをひくことなく勝負に敗れる。

しかもこの勝負に二度はない。三百万ドルすべてをこの一回に、希郎は賭けたのだ。

希郎は無言で小切手をふたりの中間に押しやった。

「いいのかね?」

宇佐見がいった。カジノでは「インシュランス(保険)」というルールがあって、親の見せ札がエースや絵札など、強い場合、賭け金の半額を先に払って、親に「ブラックジャック」がでたときの被害を半額におさえることができる。宇佐見はそれを訊ねたようだ。

「けっこうです」

希郎はいった。宇佐見は伏せられたもう一枚をもちあげ、のぞいた。すぐに「ブラックジャック」を宣言しなかったところを見ると、エースではないようだ。が、カードを戻し、希郎に向けた目には自信がこもっていた。

もう一枚も絵札なのだ——希郎は思った。きのう、ブラックジャックのテーブルを観察していて、絵札どうしの組みあわせが非常に多いことを知った。

宇佐見は無言で希郎に二枚目のカードを表にして配った。クラブの九だ。

十四——難しい数字だった。さらにひけばアウトになる確率はかなり高い。が、ステイすれば、宇佐見の隠された数字が六以下でない限り、負けは決定する。

「もう一枚ください」

希郎はいった。わずかに宇佐見の目が広がった。が何もいわず、さらに一枚を配った。

宇佐見がすっと息を吸いこんだ。ハートの六だった。

二十。強い数字だった。これで希郎が負ける確率はぐっと低くなった。宇佐見が絵札と絵札の抱きあわせで二十なら、この勝負は引き分けだ。そうでなければ、宇佐見が三枚目をひく組みあわせで、そこで二十一にならない限り、希郎に負けはない。宇佐見が最初の二枚で二十一（ブラックジャック）ではないことはわかっている。

そのとき、希郎の右耳がかっと熱くなった。きのうと同じだった。最後の百ドルチップを賭けようとしたときだ。

「もう一枚を」

宇佐見が今度こそ驚いたように目をみひらいた。希郎の見えているカードの総計は十五。かくされている一枚が絵札でないのは、希郎がアウトを宣言していないことでわかっている。希郎の四枚目がよほど小さな数字でない限り、アウトになるのは決定的だ。

宇佐見から見ても、希郎が無謀な賭けに挑もうとしていることは明らかだった。

宇佐見の口もとに嘲(あざけ)るような笑みが浮かんだ。勝ちを確信した笑いだった。もし宇佐見が、希郎の伏せられたカードを見たら、もっと自信をもったにちがいない。

宇佐見が四枚目をおいた、その瞬間、信じられない、というように宇佐見の目が、かっと広がった。

スペードのエースがその指先の下から現われた。

「けっこうです」

希郎はいった。宇佐見はいっぱいに広げた目でくいいるように希郎を見つめた。

「ステイ、ということかね……」

「はい」

宇佐見の表情が険しくなった。希郎の見えているカードの総計は十六。もう一枚を足して、十七以下というのはありえない。

が、希郎の最初のカードがよほど小さい、たとえば、二や三、といった数字なら、総計は十八、十九になる。

宇佐見のもう一枚が絵札なら、宇佐見に勝ちがある。そう思いなおしたようだ。

宇佐見はさっと、伏せていたカードを表返した。

ダイヤのキングだった。やはり、絵札の抱きあわせだったのだ。

宇佐見はまっすぐに希郎を見た。

希郎はゆっくりと伏せていたカードを開いた。

現われたスペードの五を見て、宇佐見は息を詰まらせた。

「そんな……そんな馬鹿な！」

希郎は無言だった。

「き、君は、二十から、もう一枚、ひいたというのか!?」

「二十では勝てない、そう思ったからです」

「しかし……！」

宇佐見はおかれたスペードのエースをひったくるようにとりあげた。裏の模様を必死の形相で確かめる。明りにすかしたり、指先で角をいくども触った。

やがてそれをテーブル上に放りだした。

「信じられん……。カードに細工はない」

そしてのろのろと希郎を見た。

「君の勝ちだ。由加は君のものだ」

「ありがとうございます」

希郎は頭を下げた。由加を見ると、目をつぶり、ぐったりとしている。

その目がぱっと開いた。宇佐見が突然、叫んだからだ。

「もう一度、勝負をしてもらいたい！」

宇佐見は立ちあがると、スラックスのポケットから真鍮の小さな鍵をとりだし、叩きつけるようにテーブルにおいた。

「この鍵は、ホテルのセイフティボックスのものだ。中には、日本円で二億、ドルで七十万ドル、あわせて三億近くが入っている。このキイと由加を賭けて、もう一度、勝負をしてもらいたい！」

「宇佐見さんっ」

由加が悲鳴のような声をあげた。だが宇佐見はそれにはかまわず、にらみつけるように希郎を見すえた。

「私は、君の申しこんだ勝負を受けた。だから君も一度だけは、私の申しこんだ勝負を受ける義務がある」

「宇佐見さん、やめて、お願い！」

「静かにしろ。これは私と彼との勝負だ。お前は関係ない！」

宇佐見は由加には目もくれず、希郎にいった。希郎は静かに口を開いた。

「宇佐見さん、もしあなたが負ければ、そのときは、このラスヴェガスでの賭けの資本を、すべて失うことになるのですよ」

「かまわん。由加は、私にとって勝利の女神だ。ラスヴェガスで勝ちぬくには、どうしても必要なのだ。もしこいつを奪われたら、私には勝負をつづける意味はない」

由加は呆然と宇佐見を見つめた。

「わかりました」

希郎は答えた。由加が両手で顔をおおう。すすり泣きがその指のあいだから聞こえてきた。

宇佐見は、使っていないもうひと組のカードの封を切った。

「もう一度、ブラックジャックを？」

希郎は訊ねた。

「今度は君が勝負を受けたんだ。君が決めたまえ」

「そうですか」

いって、希郎は少し考えた。心の中に、あるゲームのことが浮かんできた。本当に小さな子供の頃、亡くなった母親や父とやった遊びだ。

「では、『ババ抜き』を」

宇佐見は唖然としたように口を開いた。

「『ババ抜き』だと!?」

「ええ」

宇佐見は唇を強くひき結んだ。目が希郎を通りこし、窓の外を見つめた。

やがて宇佐見の口もとに、苦い微笑みが浮かびあがった。

「私も、ずいぶんいろいろなバクチをやってきたが、『ババ抜き』にこんな大金を賭けるのは初めてだ。面白い。やろうじゃないか」

そしてカードをシャッフルした。

「どちらが配る?」

「お任せします」

宇佐見は頷いて、切ったカードを無雑作にまき始めた。中にはジョーカーが一枚入っている。

配り終えると、ふたりはカードの束を手にした。ルール通り、同じ数字の組みあわせを捨てていく。

希郎の残りは五枚、宇佐見の残りは四枚となった。ジョーカーは希郎の手の中だ。

「とりたまえ」

宇佐見がいった。希郎は、宇佐見の手の中から一枚を抜いた。ダイヤの七で、手の中のクラブの七とともに捨てる。

宇佐見が、希郎のスペードの十二を抜いた。ハートの十二とともに捨てる。

希郎は宇佐見から、今度はクラブの二をとった。手の中のダイヤの二とともに捨てる。

宇佐見の手には、一枚だけカードが残っていた。希郎の手には二枚。

ジョーカーとスペードの九だった。

宇佐見が希郎からとる番だった。九をとれば、宇佐見の勝ちだ。宇佐見は、目を細め、まるで表側を見抜こう、とでもいうように、希郎のもつ二枚をにらんだ。

希郎の手の、左側に九が、右側にジョーカーがある。

宇佐見の手がのびた。左側に手がかかった。一瞬、手が止まった。迷ったのだった。

そして右側のカードを抜いた。

ひいていったジョーカーを見た瞬間、宇佐見の顔はこわばった。そして子供のように両手をうしろに回すと、二枚のカードの位置を入れかえた。

つきだす。

希郎は手をのばした、宇佐見のもつ、二枚のカードが小刻みに揺れていた。宇佐見の手が震えているのだった。

希郎は迷うことなく、向かって右側のカードを抜いた。

その瞬間、宇佐見は無言で希郎を見た。そして静かに残った方のカードを開くと、テーブルにおいた。

ジョーカーが笑っていた。

「君の勝ちのようだ」

宇佐見は低い声でいった。希郎は頷いた。抜いたのは、ハートの九だった。

宇佐見は長い息を吐きだし、胸のポケットからシガレットケースを抜くと、煙草を一本とりだして火をつけた。

その目は虚ろで、遠く、ラスヴェガスの街の彼方にある砂漠を見つめていた。

「宇佐見さん……」

由加がつぶやいた。

「何もいわないでいてくれるか」

宇佐見はおだやかにいった。そして静かに煙草を吸いつづけた。

希郎は宇佐見から目をそらせなかった。たった今、希郎は、この男からすべてを奪いつくしたのだった。

宇佐見にはもう、賭けるものは何も残っていない。

「そう……これでいいのだな」

宇佐見は納得したようにつぶやき、希郎を見やった。

「結局、こうなる運命だったんだ。何日もかかってこうなるか、半日でなるか、結果は同じだったろう」

「宇佐見さん――」

希郎はいった。宇佐見は厳しい表情になっていった。

「頼むから、後悔や同情はしないでくれ。私も君を恨まない。君は勝者、私は敗者だ。それだけのことだ。ギャンブルとは、そういうものさ」

希郎は息を呑み、そして頷いた。そうするほかなかった。無駄な言葉をかけるべきでない、そんな気がした。何を、どう、いおうと、その言葉は死者を鞭打つに等しい。

宇佐見が立ちあがった。

「棗くん、由加のことはお願いする。日本に無事、届けてやってくれ」

さっぱりとしたいい方だった。

その意味に気づいた由加が悲鳴をあげた。

「いや、いやよ。宇佐見さん、そんなのいや！」

「見苦しい、やめんか！」

身をよじって叫ぶ由加を、宇佐見は一喝(いっかつ)した。そして一転して、やさしい声になっていった。

「日本に帰ったら、悪い夢は忘れることだ」

宇佐見は希郎を見おろした。

「では頼みます」

深々と頭を下げた。

希郎は、喉もとまでこみあげてくる言葉を懸命におさえていた。

この勝負はなしにしましょう。由加さんも、あなたのお金も返します。必要なら僕のこの三百万ドルをさしあげたっていい。

だが、それを口にするのは、敗者よりも低い地位に宇佐見をつき落とすことになる。

それは死よりもつらい屈辱を宇佐見に与えることだ。

希郎は無言だった。ただ、応(こた)えるために、頭を下げた。

宇佐見はほっとしたように頷いた。そして静かに由加に微笑みかけると、部屋をでていった。

部屋のドアが閉じた瞬間、由加が泣きくずれた。その泣き声を聞いていられずに、希郎は立ちあがり、窓べに歩みよった。

たまらない気分だった。

まさしく父の言葉の通り、希郎は望んでもいない大金を手に入れると同時に、ひとりの女性の出現によって、ひとりの男を絶望のどん底に追いやってしまったのだ。

そしてそれは避けえないできごとだった。

どれだけ窓べにたたずんでいたろう。由加の泣き声は、低いすすり泣きにかわっていた。

希郎は、はっと目をみひらいた。

夕陽の落ちかける、ラスヴェガスの街のはずれ、茫漠と広がった砂漠地帯をいく、ひとりの人影を見たように思ったのだ。

その先は何百キロと、無人の砂漠がつづいている。人影は、徒歩で、よろめくように先へ先へと向かっていた。

その本当に小さな、豆粒のような姿が、宇佐見のように見えたのだ。

希郎は瞬きし、砂漠のその方角に目をこらした。

だが、もはや赤い残照を浴びる広大な土地に、動くものは何ひとつ見えなかった。
日本に帰ろう。
希郎は、強くそのことを思った。

# 第2章　外人墓地の秘宝

# 1

希郎は日本にいた。ラスヴェガスでの宇佐見との勝負に勝ち、宇佐見の愛人だった由加と、宇佐見の金三億円、そして希郎の、ルーレットで得た勝ち金三百万ドル以上が、ともにあった。

希郎は由加の願いを受けいれ、宇佐見に勝負を挑んだ。その勝負の目的は、由加を自由の身にする、ただそれだけの筈だった。が、由加を希郎に奪われた宇佐見は、今度は自分の持ち金すべてと由加を賭けた勝負を希郎に挑んだのだ。

そして希郎は勝った。

すべては、父から受けついだ棗家の血によるものだということはわかっていた。

希郎の右の耳たぶには、生まれつき、小さいとはいえない穴が開いている。

これは棗家の〝運〟と〝力〟をもつ者の証である。その〝運〟と〝力〟は強大で、一国をも混乱におとしいれかねないという〝伝説〟すらある。それを制御するための、〝封印〟が、耳たぶにはめられた金のピアスなのだ。

ラスヴェガスで、初めて希郎は、そのピアスを外した。〝運〟と〝力〟が効力を発揮した。

〝運〟と〝力〟は、希郎に、望まぬ大金とひとりの女性を与えた。そして、ひとりの男からは、すべてを奪いつくし、絶望の果てへと追いやった。

ラスヴェガスでの勝負の翌日、希郎は由加をともなって、アメリカを離れた。棗家の血がどれほどの〝運〟と〝力〟をもつか、ラスヴェガスで試し、その威力を知った今、アメリカにとどまる理由はなかったからだ。

成田空港に降りたった希郎は、七年ぶりに故国、日本の地を踏んだ。

十三のときに、父、第四十四代棗希郎右衛門によって北イタリアの修道院に預けられた希郎は、以来、父が亡くなるほんの十日ほど前まで、ただの一度も、その修道院の建つ南アルプスの山を降りることがなかったのだ。

成田空港のロビーで、希郎は由加に一枚の小切手をさしだした。それは、ラスヴェガスのホテル〈ネロスパレス〉で、宇佐見から受けとった金も含め、すべての勝ち金をかえたものだった。

額面は五百九十万ドル、日本円にして七億円以上の金額である。

「これをあなたにお渡ししておきます」

なにげなく受けとり、その数字に目をやった由加は驚愕したのか、息を呑んだ。

海外からの、入国、帰国、旅行客でごったがえす、成田空港到着ロビーにあっても、和服姿の美しい女性と、二十そこそこのたくましく整った容貌の若者の組みあわせは人目を惹いていた。

海外ロケから帰ってきた俳優なのでは、というように、いきかう人がふたりの顔をのぞいていく。

「こ、これを、わたしに……」

由加の声は、悲鳴のように細く、高かった。

「ええ。あなたにも借金がおありでしょうし、宇佐見さんも、会社からもちだしていたお金があったと聞いています」

「で、でも、わたしがもしこれを黙ってもち逃げしたら……」

希郎はにっこり笑った。

「僕はあなたにさしあげた。ですから、それをあなたがどう使おうと、それはあなたの自由です」

「棗さん――」

それきり、由加は言葉を失ったように、希郎を見つめた。

希郎の脳裡(のうり)には、夕陽(ゆうひ)の落ちかかるネヴァダ砂漠を、ひとり歩き去っていった宇佐見の姿が焼きついていた。

――頼むから、後悔や同情はしないでくれ。私も君を恨(うら)まない。君は勝者(ウィナー)、私は敗者(ルーザー)だ。それだけのことだ。ギャンブルとは、そういうものさ。

そういいのこし、ホテルの部屋をでていったのだ。

宇佐見との最後の約束は、由加を無事、日本に連れ帰ることだった。

それを果たした今、希郎には、由加と行動を共にする理由がなかった。由加は、宇佐見から自分を自由にしてくれるなら、その代償に、肉体を提供すると、希郎に申しでていた。が、むろんのこと、希郎は由加に指一本、触れていなかった。

「——わかりました」

由加はようやくいって、こっくりと頷いた。

「このお金はすべて、宇佐見さんのご家族にお渡しします。そしてわたしは、もう一度、生まれかわったつもりで働いてみます」

希郎は笑顔で頷いた。

「それはすばらしいことです。あなたに神のご加護があるのを祈っています」

「ありがとうございます」

由加は深々と頭を下げた。

「それでは、ここでお別れしましょう」

希郎は明るくいった。

「はい……。わたし、棗さんのことは、一生、忘れません。もし棗さんに何か困ったことが起きたら、わたしにできることなら、何でもします。それに、この日本でいくあてのないようなときは、いつでも、わたしの家を訪ねてくださいね」

由加はいって、ハンドバッグから手帳をとりだし、住所を走り書きすると、破りとって希郎の手に押しつけた。

「ありがとう」

希郎は微笑み、右手をさしだした。おずおずと応じた由加の手をしっかりと握った。

「それでは、お幸せに――」

希郎はいって、ボストンバッグを手に歩きだした。少しいってふりかえると、流れる人波に逆らうようにして立つ由加が、涙をいっぱいにためた目で、希郎を見送っている姿が見えた。


(さて)

成田空港からのリムジンバスで、東京都内に到着した希郎は、街に一歩踏みだすと、大きく深呼吸した。

東京は、ロンドンやローマと同じく、人と建物の多い街だった。

これからこの街で、自分は何をすべきなのか。この耳のもつ運命と、どのように対決して生きていくのか。

希郎の手は、無意識に右耳に触れていた。

今そこには、再び、封印のピアスがはめられている。

(そうだ)

希郎は思いついた。日本には、父の墓がある筈だ。その父の墓に参って、帰国したことを報告すべきではないだろうか。

希郎の母は、希郎がまだ本当に小さいときに亡くなっていた。その遺骨は、母の故郷に葬られたと聞き、一度も墓参りをしたことがなかった。

　父の墓はどこにあるのだろう。

　それを知るには、父の葬儀いっさいを手配した東京の法律事務所を訪ねるのがいちばんだった。

　希郎は、その法律事務所の知らせを受けた、ロンドンのゴードン法律事務所からの手紙で、修道院のある山を降りたのだ。

　リムジンバスを降りたシティ・エア・ターミナルの待合室で、希郎はボストンバッグを開いた。中に、ゴードン法律事務所で渡された、相続に関する書類が入っている。東京の法律事務所の名は、そこに記されている筈だった。

　まもなく、希郎は法律事務所の名を知った。「大河内(おおこうち)法律事務所」といい、所在地は、東京の銀座。書類のサインは、その事務所の代表、大河内重範(しげのり)弁護士がおこなっている。

　希郎は、シティ・エア・ターミナルの売店で、英文の東京案内地図を買った。日本文の地図が売り切れていたのだ。七年間の修道院での暮らしで、イタリア語、英語、フランス語、ドイツ語、ラテン語が身についている。

　厳しい修行生活の中で学んだのは、語学だけではない。世界のさまざまな名著に原語で接し、絵画や彫刻などの芸術にも触れて、希郎自身はまるで気づいてはいないものの、ほとんどの日本人がはるか足もとにも及ばぬような、高い教養を身につけていた。

　希郎の財布の中には、ふたり分のチケットを買い、小切手を作ったあとの残金を日本円に両替した、ほんの数万円しか入っていない。

ゴードン法律事務所で手渡されたクレジットカードもあるが、これはなるべくなら使いたくなかった。このカードは、スイスのチューリッヒ銀行にある希郎名義の口座とつながっていて、使用限度額がない。だが、遺産とはいえ、自らが額に汗して得たのではない金を使うのは、希郎にとって、気のすすまない行為だった。

地図によれば、シティ・エア・ターミナルから大河内法律事務所のある銀座までは地下鉄が通じている。タクシーを使わなくとも、目的地までいきつくのは、それほど難しくないことのように希郎には思えた。

地下鉄に乗りこんだ希郎は、子供の頃、一度だけ父に連れていってもらったことのある銀座の街を思いおこそうとした。

日本を離れるまでの希郎は、自分が特別な運命に支配されているなどと思ったこともない少年だった。

ただ思いだすこともできないほど小さなときに母を失ってから、父に連れられ、日本中のあちこちを転々としながら育った記憶がある。

それは東京のような大都会だったり、まわりを水田に囲まれたのどかな農村であったりした。

どんなところに住んだときも、新しい土地と人々の中に入っていくにあたって、父は、希郎に、優しくほがらかであれ、と教えた。母のいないこと、友人のいないことで、決していじけたり、卑屈になってはならないと戒めた。そして、ときには自分が正しいと思うことのために、体をはって戦う必要も説いた。

だがそんな父が、いったいどんな仕事をし、どれほどの収入を得ていたのかを、ついに希郎は知らずじまいだった。

父はふだんは家にいて、どこへもでかけずに、静かに読書などをしていた。希郎に請われれば、キャッチボールや取っ組みあいの相手をした。

そしてときおり、希郎をひとり家に残して、何日間か家を空けることがあった。希郎はそれが、父の〝仕事〟だと理解していた。そんなときには、親切な近所の人や通いのお手伝いさんが、希郎の世話をしてくれた。希郎はそういう経験から、人への親切、思いやりの大切さを学んだ。

銀座を訪ねたのは、一度だけ、そんな父の〝仕事〟に同行して、東京にやってきたときだった。

父は希郎をデパートに連れていった。そして、一時間後にまた迎えにくるといって、屋上に希郎をおいてでかけたのだ。

実際に父が迎えにきたのは、一時間半後だった。その間、希郎は、乗り物に乗ることもしないで、飽きもせず屋上から街を眺めていた。

その銀座で地下鉄を降りた希郎は地上にでると、あたりを見渡した。今の自分が、まるで〝おのぼりさん〟であることは承知していた。

何しろ、日本の最もへんぴな田舎ですらまだ都会に思えるような、北イタリアの山岳地帯に建つ修道院で暮らしてきたのだ。

飛行機で成田に着いたのは朝だった。銀座の街はじき昼休みを迎えようとして、人々で溢れている。

並んでいるデパートのショーウインドウは、美しい色彩で満ち、それはいきかっている人たちの服装にも同じことがいえた。

希郎をほっとさせたのは、歩き過ぎる人々の顔が、ロンドンのシティで見た人のようには厳しくない、ということだった。人々は皆、ロンドンと同じように速い歩調で足を進めてはいる。しかしそこには話をする声もあれば、笑顔も見える。また、小さな子供やお年寄りの姿もあった。

人々の顔はこうして見る限り、ひどい不幸や不安を生活のうちに抱えてはいないようだった。

希郎は何とはなしに安心していた。

長い間離れていた故国の空気が、それほど冷たくも重くもないことを知ったからだった。

(よかった)

希郎は胸のうちでつぶやくと、今度は大河内法律事務所のあるビルをめざすことにした。

ちょうど希郎が立っていたのは、銀座四丁目の交差点だった。三越、和光などが角に建つ、文字通り銀座の中心部である。

そこに小さな交番があるのを見つけた希郎は、歩みよると、勤務している警官に道を訊ねた。道を訊ねられた巡査は、親切に、白い手袋をはめた手で、方向を教えてくれた。

それによれば、大河内法律事務所は、新橋の方向に少し歩いて、表通りを二本ほど入った場所のビルにあるようだ。

「ありがとう」

頭を下げた希郎に、巡査は軽い敬礼を返した。

歩き始めながら、希郎は胸がふくらむのを感じた。日本は、豊かですばらしい国だった。この国での新しい人生には、きっと何かいいことがあるような気がする。

大河内法律事務所は、外壁にレンガをまとった、重厚で歴史を感じさせるビルの中にあった。建物の古さは、ヨーロッパの匂いすら感じさせる。

旧式のエレベータに乗りこんだ希郎は、そのビルの六階をめざした。

そこに、くもりガラスに金文字で「大河内法律事務所」と記された扉がある。

希郎はノックし、その扉を押し開いた。

まず目に入ったのは、並んだ机と、事務服を着た眼鏡の女性の姿だった。机の数は五、六箇あったが、その女性をのぞけば、主の姿はない。

ちょうど昼休みで、食事のために皆、外出しているようだ。

「はい、何でしょうか」

希郎の姿を認めると、少し驚いたように眼鏡の女性はいった。三十代の初めだろうか。ゴードン法律事務所の受付にいたスーツの女性のような、警戒心や不審の混じった表情ではない。

「棗といいます。実は父が亡くなったときに、ここでお世話になりまして」

「ナツメ、さんですか?」

「はい。植物の棗と書きます。ここの大河内弁護士がイギリスのゴードン弁護士に連絡をしてくださったのです」

「あ……」

女性の目が眼鏡の奥で丸くなった。

「ち、ちょっとお待ちください」

立ちあがり、部屋の奥に立つ、ガラスの衝立の向こうに消えた。希郎は、女性が机の上に広げた弁当を食べかけていたのに気づき、申しわけないことをしたと思った。

やがて、女性が、衝立の裏側にある部屋のドアを開け、いった。

「どうぞこちらへ。大河内先生がお会いになります」

「ありがとう」

希郎はいって、部屋をよこぎり、女性がおさえていたドアをくぐった。

そこはどっしりとしたデスクと革ばりの応接セットを備えた部屋だった。

窓にはレースのカーテンがひかれ、デスクの上のスタンドが点(とも)っている。その向こうに、でっぷりと太り、濃いグレイのスリーピースを着けた老人がすわっていた。

老人の年齢は、七十以上、ひょっとすると八十を過ぎているように見えた。ブルドッグのように頬(ほお)の肉が垂れ、目は肉の襞(ひだ)と襞のあいだにはさまれて、細い一本の線のように見える。

その線が大きくみひらかれ、老人とは思えない鋭い目が希郎をとらえた。

「おお……」

たるんだ喉(のど)の肉が震えた。頭の髪は薄い灰色で、地肌のすけるてっぺんに向け、なでつけられている。

「棗、希郎右衛門殿か。第四十五代の……」

希郎の背後でそっとドアが閉じられ、希郎は頷いた。部屋の中はききすぎた暖房のせいでむっとするほど暑く、妙に薄暗い。

「父の亡くなったときには、いろいろとお世話をかけ、ありがとうございました」

「……もっと近くまできてくれんかね。よく、お顔を拝見したい」

「はい」

希郎は進みでた。むっちりとした老人の指が、机上のケースを探り、分厚いレンズの老眼鏡をとりだした。

「おお、まさしく、棗家の耳をしておられる」

老人は老眼鏡の奥から、じっと希郎の顔を見つめ、いった。

「しかも、儂がお世話をした、四代に渡るご当主の中でも、最も厚く、最もはっきりとした穴のある、耳たぶじゃ」

「四代!?」

希郎はびっくりした。

「そうだとも」

太った老弁護士は頷いた。

「儂は、あんたのひい祖父さんを知っておる。さっぱりとした気性の、それでいて気骨のある明治男じゃった。震災のときは、私財を投げうって庶民を救い、慕われたものじゃよ。例によって、〝女運〟には恵まれんかったがな。惚れた女性が、ことごとく病弱で短命じゃった。まったく、不幸なことだ……」

希郎は言葉を失っていた。この老人は、希郎の知らぬ、希郎の家族のことを何から何まで知っているように見える。

が、弁護士という職業のゆえか、老人はそれ以上、昔話にはふけろうとせず、希郎を見つめ、訊ねた。

「で、儂に何用かな」

希郎は気をとり直した。ノックの音がして、さきほどの女性がお茶を運んできた。

「まず、父の葬儀の手配をしてくださったお礼を申しあげようと思ったのです。それから、できれば父の墓に参りたいと思って。それで場所をうかがえればと……」

「ふむ」

老人は嘆息(たんそく)した。つかのま、考えているようだった。

「希郎右衛門殿は、確か、北イタリアの修道院に預けられておったのだったな」

「はい」

「そこにはもう、戻らないつもりかな」

「はい」

「そうか……。それで、この日本に？」

「はい。何かいけないのでしょうか？」

老人の口調に、希郎は訊ねかえした。

「いや。いけないということはない。すべては、希郎右衛門殿の考えしだいだよ」

「考え？」

「その耳の輪を、どうするつもりか、ということだ」

「この世の中の役に立てられれば、と思います」

「うむ……」

老人はいい、茶をすすった。ずずっという音が響く。

「あなたの気持に、疑いはない。棗家の当主は代々、高潔で芯(しん)の通った気性をおもちだ」

「――では、何が？」

「希郎右衛門殿、まだあなたは若く、この国のことをよくご存じではない」

「僕には、豊かで、すばらしい国だと思えますが」

「豊かか……。確かに豊かじゃ。戦前、戦後の日本を知る、この身にとっては、まさしく途方もなく豊かな国だ。だが、その豊かさの中で、我と我が身を見失っておる者どもがおる」

「見失っている？」

「そうじゃ。豊かさというのは、ほどほどがよいのだ。身に過ぎた豊かさは、より過ぎた欲を呼ぶ。自分の手で得た豊かさのみならず、人を欺（あざむ）いてでもより豊かになろうという、うつけた輩（やから）が現われる」

「………」

「儂が心配するのはそのことじゃ。棗一族に流れる血がもつ、〝運〟と〝力〟のことを知る者が、この日本には、多くはないが、確かにおる。その者どもは、いずれも、金と権力への欲にとりつかれておる。そういう連中が、希郎右衛門殿の帰国を知れば、何をしでかすことか……」

「僕をだまして、この耳の輪を外させようとする、というのですか」

「だますだけではない。あなたが外さざるをえなくなるような事態に追いこむやもしれん。それに、もうひとつの一族のこともある」

「もうひとつの一族？　僕と同じような血をもつ人々がいるとおっしゃるのですか!?」

「いや。そうではない。が……」

老人は沈黙した。

「教えてください。何があるのです？」

「——それは儂の口からいうよりも、あなたが自分の目で確かめるがよかろう。あなたはまだ若い身だ。その耳の輪を外すには、じっくりと時間をかけ、この国のこと、そしてあなたの〝力〟のことを知る連中のことを知ってからでも遅くはあるまい」

「……はい」

「忠告じゃ」

老人がいったので、希郎は顔を上げた。

「何でしょう」

「その耳輪を外すときがくるまで、必要以上に実の名を使わぬことじゃ。そうすれば、自然とわかってくることもあろう」

「偽名を使え、と？」

「そうじゃ。たとえそうしたとしても、いずれは実の名と、その〝力〟を使うときがくる。それが棗家の血じゃからな」

「わかりました」

「理不尽なようじゃが、老婆心だと思って、聞いてくれるか」

老人は懇願（こんがん）するようにいった。それは、ロンドン経済の破綻（はたん）を恐れて、ピアスを外すのを止めたゴードン弁護士とはちがい、心から希郎のことを気づかって告げている言葉のように思われた。

「はい」

「ゴードンからはクレジットカードを預かっておったと思うが、それはもう、日本にきてからは使われたのかの？」

「いえ」

希郎は首をふった。

「よかった。スイスにある、あなたの銀行口座はともかく、クレジットカード会社の情報はすべて、棗家の当主を追う者どもの監視の目にさらされておるといってよい。もし、日本でそのカードを使えば、たちどころに、あなたの動きは、その者どもに知られることになる」

「知られればやはり、何かよくないことが起きると思われますか」

「思うの。何が、どう、起きるかはわからん。だが、あなたの父上は、そのことを恐れ、ひっそりと生きることを選ばれた。それには、もうひとつ、大切な理由があったがの」

「何です？　それは」

「あなたの母上だ」

「僕の母……」

「母上のことを、あなたはどれほどご存じかな」

「……ほとんど何も。小さな頃、抱いてくれた手のぬくもりくらいしか――」

希郎はうつむいた。

「そうか。あなたの父上は、母上を、それは愛しておられた。それゆえに、母上を亡くされたあとも、ひっそりと人目に触れず、あなたを育てようとされたのだ」

「――僕にはその理由はまだわからないことですね」

「そうだ。だが遠からず知ろう。この世の中には、人の口から聞かされるより、おのが目で知った方がよいことがある。母上のことも、そのひとつじゃよ」

「わかりました。では、父の墓を教えていただけますか」

老人は頷いた。目を閉じ、眉間(みけん)に皺(しわ)をよせていたが、やがてぽつぽつと、途切れるように告げた。

「横浜。山の手。外人墓地の近くじゃ。聖(セント)ソフィア教会というのがある。シスターが孤児院をやっておる。そこを訪ねるがよかろう。そこの管理する墓地じゃ」

「父はクリスチャンだったのですか」

「その墓地に眠られておる」

希郎の問いには答えず、老人はいった。

「ありがとうございます」

希郎はいい、頭を下げた。

「うむ。早くいかれるがいい」

「はい」

踵(きびす)を返しかけ、希郎は思いついた。

「あの――。もうひとつ、うかがってよろしいでしょうか」

老人は眼鏡を外したところだった。老人がひどく疲れているように、希郎には見えた。

「何かね?」

「母も、その墓地に?」

「………」

老人は無言で希郎に横顔を見せていた。

やがていった。

「いや。母上は、もっと遠い場所におられる。母上が生まれた地、母上の親戚(しんせき)がおられる土地だ」

「どこですか?」

老人は希郎の方を向いた。ゆっくりといった。

「いずれ、わかろう。そのことも、ご自分の目で知られることだ」

きっぱりとした口調だった。

希郎は言葉を失った。たじろぎ、そして少しして、自分をとり戻した。

「わかりました。いろいろとありがとうございました」

「いや。もし、また何かあれば訪ねてきなさい。質問には答えられんこともあるが、助けが必要ならば、この老体に鞭(むち)を打つこともあろう。あなたは、それだけのものを背負っておられる……」

希郎はもう一度、深々と頭を下げた。そして、老人の部屋をでていった。

## 2

それから一時間ほどして——。

希郎は、横浜港を見おろす丘の上に立っていた。あたりは教会とミッションスクール、そして洋館風の建築物が並び、ふもとの中華街とともに、横浜でも、一、二の異国情緒(エキゾチシズム)を漂わせる一角である。

が、長いあいだ北イタリアの修道院で暮らしてきた希郎には、そうした感慨はない。ただ、美しい街並みだ、という印象はある。

密集して建つミッションスクールのほとんどは女子校である。希郎がこの場所にくるために降りたった、ＪＲ石川町(いしかわちょう)駅は、日本一、女子学生の乗降が多い駅として知られている。

しかし、あたりを帰宅の途につく制服姿の女子生徒が埋めつくすのには、まだ少し早い時間だった。

希郎はガイドブックを手に外人墓地をめざしていた。夜通し飛びつづけた機内では、宇佐見のことを思い、あまり眠ってはいなかった。さすがに、疲れと睡眠不足が、体の芯を重くしている。

ボストンバッグを手にした希郎は、外人墓地に足を踏み入れた。十字架や石碑、天使像など、仏教式の日本の墓地とはちがい、さまざまな墓石が並んでいる。通りをはさんだ向かいには洒落(しゃれ)たレストランが建ち、反対に丘のふもとの方向には、運河と港が広がっていた。

希郎はその景色に目をやりながら、あたりを見回した。

外人墓地から運河の方向にくだる坂があって、途中、十字架を備えた教会がある。その教会の十字架が立つ屋根が、三角形に尖(とが)った尖塔(せんとう)ではなく、ソフトクリームの先のようにふくらんだものであることに、希郎は気づいた。

希郎の知識では、これはビザンティン様式の建築を模したもので、今日、この形の教会が最も多く見られるのは、ロシアのロシア正教教会だった。

周辺のミッションスクールは、そのほとんどが、ふつうのカトリック教会であり、同じキリスト教とはいえ、ややその雰囲気はちがう。カトリック教会がいかにも教会という雰囲気であるのに比べ、ロシア正教の教会は、お伽話(とぎばなし)のさし絵に登場するお城のような趣(おもむき)があるのだ。

希郎は「聖（セント）ソフィア」という名から、ある程度予想していた。ロシア正教には「聖ソフィア大聖堂」と呼ばれる建物がいくつかあるのだ。

案の定、歩いていくと、坂の途中に「聖ソフィア修道院養護施設〈みはらし園〉」という看板を掲げた門があった。その先に、再び外人墓地のように十字架を並べた小墓地が広がっている。

希郎は、その門が大きく開けはなたれていることに気づいた。墓参者のためとはいえ、その開けはなちかたは、同じように修道院で過ごした者の目から見ると、少し変だった。鍵（かぎ）をかけないまでも、ふたつある門の片方は閉まっているべきではないだろうか。埋葬がおこなわれているなら話は別だが、見渡しても、小さな墓地にそんなようすはない。

（この墓地のどこかに父が眠っている）

ざっと見ると、墓石には、さまざまな言語で、埋葬者の名が刻まれている。日本語、英語、古びた墓石には、ロシア語やラテン語と思（おぼ）しいものもある。

教会を訪ねるまでもなく、その墓石のひとつひとつを見ていけば、父の墓がどれであるか、わかる筈だ。

そう思い、希郎が足を進めたときだった。

鋭い叫び声が、坂の下に建つ、教会の方角から聞こえた。

それは女性の声で、悲鳴ではないにしても、かなり切迫した響きをともなっていた。

希郎は顔を上げた。再び叫び声がした。今度は、はっきり、

「やめてください！」

といっているのが聞こえた。

希郎は一度入った墓地をでて、坂道に戻ると、教会の方向を見やった。

一台の車、窓にまっ黒なシールを貼ったベンツが、教会の前に止まっている。

数人の男たちが、ベンツのかたわらに立ち、修道服を着たシスターと、もうひとりの若い女性を囲んでいた。叫び声は、シスターか若い女性のどちらかから、発せられたもののようだ。

希郎は早足で歩きだした。近づくにつれ、シスターと女性を囲んでいるのが、まっとうな職業の男たちでないことがわかった。服装も髪型も、どこか下品で粗野な雰囲気を漂わせている。

そのうちのひとり、髪を短く切ってパーマをかけ、サングラスをした男が、若い女性の腕をつかんでいた。女性は、少女といってもいい、十七、八の年齢で、男にあらがっている。

「はなしなさい、彼女の腕を！」

シスターがいった。そして男の腕をふりほどこうとし、かなわぬと知ると、不意に激しい平手打ちを男の頬に見舞った。

ピシリ、という小気味よい音が、希郎の耳にも届いた。

囲んでいた残りの三人の男たちがどっと沸いた。

「おお、やるね、尼さんにしちゃあ」

「暴力ふるっちゃまずいよなあ、神に仕える身がよ、え？」

平手打ちを見舞われた男は、顔が真剣になった。

「てめえ、下手にでてりゃ……」

「何いってるの！　ここは子供とシスターだけの教会よ。男ばかりで押しかけて、こんな乱暴するなんて卑怯じゃない！」

シスターがいいかえした。浅黒いその頰が怒りのために紅潮している。その肌の色と顔だちは、明らかに黒人の血をひくものだと希郎にも知れた。

「卑怯だと、この――」

いわれた男がシスターにつかみかかりそうになるのを見て、希郎は叫んだ。

「おやめなさい！」

一瞬、男たちの動きが止まった。びっくりしたように、希郎の方をふりかえった。

「何だ、あんたは」

ベンツによりかかり、シスターとサングラスの男のやりとりを笑って眺めていたスーツの男がいった。四人の中ではいちばん年かさで、どうやらリーダー格のようだった。

「ただの墓参りにきた者です。死者の眠る神聖な場所で、あなた方のしていることは、主への冒瀆になりますよ」

希郎はいった。

「何だとぉ」

スーツの男のかたわらにいた白いジャンパーの男が希郎に詰めよった。

「わけのわかんねえこといってんじゃねえぞ、この野郎。てめえも坊主か何かか」

「少し前までは」

いって、にらみつける男を、希郎は静かに見かえした。希郎の方が背が高く、自然に見おろす形になる。

希郎の澄んだ視線に、一瞬、男は鼻白んだ。

「ふざけやがって……」

目を地面に落とし、小さくつぶやいたかと思うと、不意に希郎の顔めがけ、拳をつきだした。悲鳴が少女の口から洩れた。

顎に激しい衝撃を受け、希郎はよろめいた。唇が切れ、血がしたたった。顎から頬にかけてがかっと熱くなる。

「気がすみましたか」

希郎は腫れて感覚のなくなり始めた唇を動かし、いった。

「野郎――」

今度は男は、希郎の鳩尾めがけ拳を叩きこんだ。思わず前かがみになった希郎の頭を両手でつかみ、膝をはねあげた。

つき刺されるような痛みに体を折り曲げた希郎は、今度は鼻に強烈な打撃を受けた。

苦痛が頭の芯で破裂し、気が遠くなる。

女性の、おそらくシスターであろう人の叫びが聞こえた。

よろめきながら男を離れ、顔を上げると、嘲笑っている男たちの姿が、ぐるぐると回っていた。

「カッコつけんじゃねえぞ、小僧」

希郎を殴りつけた男が頰を歪めていったかと思うと、背中をくるりと向けた。

それは回し蹴りのステップだった。側頭部が壁に叩きつけられたような衝撃を受け、希郎はばったりと倒れた。

「いくぞ」

「またくるからよ」

誰かが遠くでいうのが聞こえ、希郎は気を失った。

額から頰にかけて、冷んやりとした心地よさを感じ、希郎は意識をとり戻した。

同時に、打たれた場所が熱をともない、激しい痛みをうったえる。

希郎は呻き、そして目を開けた。

心配そうにのぞきこむ少女の顔が見えた。その周囲に、いくつもの小さな顔がある。

幼い子供たちだ。

興味と同情、そしておかしさが混じりあった目を、子供たちはしていた。

「あ……」

少女が小さくいった。

希郎はゆっくりと身を起こした。子供たちがさっと遠のいた。

そこは、小さな教室のような部屋だった。

机が並び、壁には習字や下手な水彩画が貼られている。

「大丈夫ですか？」

少女が目をみひらいて希郎を見つめ、いった。整った顔だちに、大きくて気の強そうな目が輝いている。ほっそりとしていて、いかにもひ弱そうでいながら、芯の強さを感じさせる少女だった。

そしてその顔だちのどこかに、希郎は妙に懐かしいものを感じた。

ずっと昔、どこか遠いところで、この少女とは出会ったことがある——ふっとそんな思いがよぎった。

「ここは？」

希郎はいった。唇がひどく腫れていて、鼻には血止めの詰め物が入れられている。

「〈みはらし園〉です。聖ソフィアの」

少女が答えた。

すると大河内老人がいっていた孤児院なのだ。希郎はあたりを見回した。

希郎が寝かされていたのは、並べた机の上に体操マットをしいた、即席のベッドだった。

「誰が僕をここに？」

「俺たちだよ。おじさん、重いんだもん。参っちゃったぜ」

　少女のかたわらにいた男の子がいった。小学校五年生くらいだ。ほかにも下は幼稚園児くらいから、上はその男の子までの、男女あわせて八人くらいの子供たちがその部屋にはいた。

「シゲオくん」

　少女がとがめるように男の子を見た。少女をのぞけばその男の子が最年長のようだ。

「だってさあ、ダサいんだもん、おじさん。カッコよくあいつらを、パンパーンて、やっつけてくれるのかと思ったら、逆にやられちゃうんだもんなあ」

　シゲオと呼ばれた男の子は丸顔の目をくりくりと動かしていった。

「何いってるの、シゲオくん」

　少女があわてたようにいった。そして希郎に目を戻し、

「大丈夫ですか」

　と再び訊ねた。

「ええ」

　希郎は頷き、思わず苦笑した。指をしゃぶっている四歳くらいの女の子が、

「大丈夫、おじちゃん」

と、少女の口調をまねしたからだった。

「大丈夫だよ、ありがとう」

いって、希郎は女の子の頭にそっと掌をのせた。

シスターは——少女をふりかえってそう訊ねようとしたとき、そのシスターが部屋の戸を開けて現われた。両手に氷水の入った洗面器を抱えている。

「あら、気がついたのね」

シスターはいった。

「ええ……。どうやら、とんだご厄介をかけたみたいですね」

シスターの年齢も、二十一、二にしか見えない。

「本当。よけいなことをしなきゃいいのに。死んだらどうしようと思っちゃった」

シスターはいって、希郎のかたわらに腰をおろした。希郎は面くらい、シスターを見つめた。

「あんな連中に向かっていくなんて、あなたも、ずいぶん無茶な人ね。怪我は大丈夫？」

「ええ。ちょっと痛いくらいです」

「吐きけは？　お腹の中でごろごろしているような痛みとかはない？」

「ありません」

希郎はまたも苦笑した。シスターのずけずけとした口調は、修道女というよりは、看護婦が似合っているように聞こえる。

「何を笑ってるの。相手はヤクザよ。刺されなかっただけでも幸運だと思わなきゃ」

自分がそのヤクザの頬を張りとばしたことなど忘れたかのように、シスターはいった。

「すみません。で、あの人たちは？」

「帰ったわ。あなたがあんまりあっさりのびちゃったんで拍子抜けしたみたい」

「拍子抜け？」

「そう。定期的に嫌がらせにくるの。あいつらの目的はわかってるわ」

「目的って何ですか？」

「立ち退きだよ、おじさん。あいつら、俺たちにここをでていかせたいんだ」

シゲオがいった。

「あなたは黙ってるの」

シスターがぴしゃりといい、シゲオは首をすくめた。

「なぜ、立ち退きを？」

希郎はシスターを見た。が、シスターは唇をひき結び、答えなかった。気まずい沈黙が流れた。

「――ところであなたは何のご用でいらしたの？」

シスターが訊ねた。

「あの、墓参りに」

シスターは疑い深げに希郎を見た。

「誰方(どなた)の？」

「親戚です」

「名前は？」

「僕のですか？　親戚の？」

「どっちでも」

「あの――」

本名を使うなという、大河内の忠告が頭をかすめた。

「な、成田(なりた)です」

とっさに浮かんだ名を口にした。

「成田さん？」

「はい」

「親戚の方って、誰方かしら」

「ずっと前に亡くなった人で、あのう、僕の大叔母(おおおば)さんと結婚していた外国人です。名前は……」

一瞬だけ見た墓石のひとつを思いだした。

「セミョーノフさん」

「セミョーノフさん……そういえば、そんな方のお墓もあったわ」

シスターはつぶやいた。そして希郎を見やった。

「でもあなたも少しかわっているわね。日本語のアクセントも何となくおかしいし……」

右耳のピアスをじっと見つめてくる。希郎はあわてていった。

「ロンドンにずっといたんです。今日、帰ってきたばかりで……」

「今日!?」

シスターは驚いたように目を丸くした。顔を見ていると、チョコレート色の肌といい、顔だちといい、まるで外国人のようなシスターの口から歯ぎれのよい日本語がたてつづけに吐きだされるのは、妙な光景だった。

「はい。ところで、こちらの教会には、シスターのほかに誰方かいらっしゃるのでしょうか」

希郎は少しでも話題をかえようと、訊ねた。すると、シスターの顔が寂しげになった。

「もうひとり、年配のシスターがいらっしゃるけれど、今は病院に……」

「病院？　どこかお体の具合でも悪くて――？」

「そうじゃないわ。この〈みはらし園〉の生徒で、ひとり重度の心臓障害をもっている子がいて、その子につききりなの」

「それはたいへんですね。治る見こみはあるのですか」

「手術をすれば。でも、それには莫大（ばくだい）な費用がかかるの。この修道院を運営なさっていた財団の当主にお願いができれば、と思っていたのだけれど……」

「…………？」

「その方がつい先日、お亡くなりになってしまって。その方は、ここの施設すべての運営費用をだすための財団を、ずっと以前に作ってくださった方なの」

「じゃあ、この教会も、その人が？」

「いいえ。教会そのものは戦前からあったわ。戦後、先代の院長が、身よりのない子供たちのための施設を作ったとき、その方のお父様が、施設の運営費用のもとになる基金を寄付してくださったのよ。そしてその後、息子にあたるその方が、戦後すぐと今とではお金の価値もちがうからと、基金を増額してくださって……」

「立派な人たちですね」

「ええ。わたしもこの〈みはらし園〉で育ったのよ。でもその方たちは、一度もここにいらっしゃることはなかった。あくまでも、〝足ながおじさん〟のような存在でいたいから、と」

「では、その財団の方にいえば……」

「そうも思ったのだけれど。当主が亡くなられてしまった今、財団のもとになる基金にも限りがあるし、ひとりの生徒のために、施設全体の運営費用が破綻するようなことになってはと……」

シスターは重い息を吐いた。

「そうですか……」

希郎が頷くと、シスターは気づいたように照れ笑いを浮かべた。

「なぜあなたにこんなことを話しちゃったのかしら。今日、初めて会ったばかりなのに」

希郎は微笑んでみせた。

「でも、考えてみたら、あなたは、なつめちゃんが連れていかれそうになるのを助けてくれたのだものね」

少女の方をふりかえり、シスターはいった。希郎はその名を思わずつぶやいた。

「なつめ？」

「そう。彼女の名前。本当の名前は彼女も知らないの。だから、何か名前をつけなければいけなくて、この施設の運営基金をだしてくださった一家の方のお名前を拝借することにしたの。その方の家は、代々同じ名前をつけるのがならわしで、棗希郎右衛門とおっしゃるのよ……」

希郎は息を吞んだ。この修道院と養護施設を運営する費用は、なんと希郎の祖父と父がだしていたのだ。

3

しばらくして、希郎は、シスターやなつめと呼ばれる少女、そして養護院の子供たちとともに食卓を囲み、祈りを捧げていた。

シスターは、洗礼名をキャサリンといい、ずけずけとした口調とはうらはらに、本当は気だてのよい世話好きな女性だった。

希郎が今日帰国したばかりで、日本に頼るべき身よりもおらず、ホテルも決まっていないと告げると、今夜ひと晩だけなら、教室に泊まってもよいといってくれたのだ。

シスターや子供たちは、教会に付属した小さな家で寝起きしているという。

祈りを捧げる段になると、つい希郎の口は、日本語ではなく、唱え慣れたラテン語で動いてしまう。

目を閉じて一心に祈りを捧げ、それが終わって目を開いた希郎は、シスターが不思議そうに見つめているのに気づいた。

「あなたのお祈り、それ何語？　英語じゃないわよね」

子供たちもじっと希郎を注視している。皆の前には、シスターとなつめがこしらえた、豪華ではないが心のこもった料理が並んでいた。

「あの……ラテン語です」

「すっげえー」

シゲオが叫んだ。

「じゃあ、さっきの連中にいったことは本当だったのね」

「ほんのわずかな間だけですけれど、修道院に預けられていたことがあって……」

「どこの？」

「イギリスの田舎の方です」

希郎は頭を働かせ、いった。

食事がすみ、皆で手伝ってあと片づけを終えると、シゲオが希郎に近づいてきていった。

「おじさん、ここの中、案内してやろうか」

「ボクもいく」

「あたちも……」

小さな子供たちが、〝長兄〟シゲオのあとにぞろぞろとついた。シゲオは彼らをふりかえり、あわてたようにいった。

「いいの、お前たちは。お前たちがくると何にもできないんだから」

「いいよ、いいよ、シゲオくん。いっしょにいこう」

希郎は笑っていった。そんなようすを、シスターとなつめも笑って眺めている。

希郎は、シゲオとその小さな一行に連れられて、教会や養護院の教室、そして墓地を見て回った。

もう、とうに日は暮れている。

「こっからの景色がすごくいいんだ」

墓地を恐れるようすもなく、その端に立って、港を見おろす方角を指さしたシゲオはいった。

確かに息を呑むほどの美しさだった。暗闇(くらやみ)に何千、何万という宝石を散りばめたような光景が広がっている。

「きれいだなあ」

希郎もいって、その夜景に眺めいった。父も、すばらしい景色を眺めて眠ることができ、よろこんでいるだろうと思った。

しばらく、一行は言葉もなく夜景を眺めていた。

「——心臓が悪いのって、俺の妹なんだ」

ぽつっとシゲオがつぶやいた。希郎はシゲオをふりかえった。

「おじさん、外国いけば、心臓をとっかえっこする手術ができるんだろ」

「移植手術のことかな」

「それ。俺、妹に心臓半分、わけてやってもいいよ」

「——そうだね」

希郎はいう他なかった。そして明日、大河内弁護士に連絡をとらなければ、と思っていた。

帰る道すがら、シゲオはなつめのことを希郎に話した。

なつめは、記憶喪失に陥(おちい)っているのだった。

三カ月ほど前、シゲオの妹を、シゲオとともに病院に見舞ったシスター・キャサリンは、外人墓地にひとりでたたずんでいるなつめを見つけた。

そのようすが単なる観光客のようではなかったため、失恋して自殺でも考えているのではと心配したのだ。

話してみて、シスターは、なつめが自分の名前も思いだせない記憶喪失に陥っていることを知った。そして、とりあえず修道院に連れ帰り、もち物を調べてみて仰天した。

なつめは、シスターが声をかけたとき、ブレザーにスカート、肩かけのポシェットといういでたちだったのだが、そのポシェットの中に、無雑作に現金が数百万円、ねじこまれていたのである。

なつめがあるいは何かの犯罪に巻きこまれたのではないか――シスターは不安になった。そして、警察にすぐに連れていくことはせず、しばらくようすを見ることにしたのだという。

「現金のほかには、自分の身もとを証明するようなものは何ももっていなかったのかい」

希郎は、〝寝室〟となる教室でシゲオと、小さな椅子（いす）にすわって向かいあい、訊ねた。

ほかの子供たちはさすがに、主屋（おもや）で寝る仕度をしている。

「何も」

シゲオは首をふった。

「でも、なつめさんは、俺たちにすごくよくしてくれる。みんな、なつめさんがずっとここにいればいいと思ってるよ」

「そうだね。でも、彼女のことを心配して探している人がどこかにいるかもしれない」

「だけど、そんな人がいたら、記憶喪失になったなつめさんを、あんなところにほっぽりだしておくものか」

シゲオは頰をふくらませた。

そのとき、教室の戸が開いた。

「こらっ、まだ寝る仕度してないの!?」

シスターだった。

「いけねっ。じゃね、おじさん」

シゲオはよこっとびに椅子からおりると、廊下をかけていった。シスターは、希郎のために毛布を運んできたのだった。

「いい子たちばかりですね」

希郎は微笑んだ。シスターは頷いた。

「ええ。昔は、この施設にくる子供たちは、親を病気や事故でなくしたり、貧しさに泣く泣く預けられる子たちばかりでした。でも、今はちがいます。自分たちが楽しい暮らしをしていく邪魔になるからと、平気で我が子をすてるような親がいるんです。新しくできた恋人に、子供はいらないといわれて、すてるような母親とか……許せない！」

「でも、そんな人といっしょにいるより、ここですばらしい家族を得た方が――」

「それはちがうわ」

シスターは真剣な顔になった。

「どんなに冷たくても、身勝手でも、親は親よ。あの子たちは、本物の親の愛情に飢えている。口にはださないけれど、ふつうの子供たちと同じように、親といっしょに暮らしたいと願っている。そんな気持を、すてていく親たちは、何ひとつわかっていない」

うっすらとその瞳(ひとみ)には涙がにじんでいる。

「――そうか……」

希郎はいった。シスターのいう通りかもしれない。

「ところで、なつめさんのことですが、昼間きたあの男たちは、なぜ、彼女を連れていこうとしていたのです?」

「養女にしたいという男がいるのよ」

シスターは吐きだすようにいった。

「養女?」

「ええ。この修道院と教会を手に入れようとしている男です。呉俊傑(ごしゅんけつ)といって、古美術商を元町(もとまち)でやっている大金持の中国人なの。ただのお金持ではなくて、いろいろな変な連中ともつながりがあり、前にここにきたときに、なつめちゃんに目をつけたのよ」

「なんのために、この教会を手に入れようとしているのです？」

前にも一度訊ね、答えを拒否された問いだったが、希郎はあらためて口にした。

シスターは一瞬、迷ったように唇をかんだが、息を吐き、いった。

「いいわ。あなたは悪い人じゃない。そんなに目の澄んでいる人はめったにいないし……。おかしな言葉を喋るし、男のくせに耳にピアスもしているけど、悪いことをしそうな人には見えないから話してあげる」

希郎は微笑した。

「ありがとう」

「いいの。この教会が、何の宗教のものか、あなたにはわかる？」

「おそらく、ギリシア正教の流れをくんだロシア正教会のものでしょう」

シスターは目をみはった。

「そんなことまでわかるの！　よほどその修道院で勉強したのね」

「ええ、まあ……」

「この教会が建てられたのは、一九二〇年のことよ。建てたのは、ロシア人の司祭で、ロシア革命を逃れてきた、アレクセイという人だった。アレクセイは、それから数年足らずで亡くなって、ここの墓地に埋葬されたけれど、その頃から、ある噂があったの」

「噂？」

「アレクセイは、実はロマノフ王朝につながる人物で、司祭というのは、国外へ脱出するためのいつわりの身分だったというの」

ロマノフ王朝とは、ロシア革命が起きるまで、三百年のあいだ、ロシア帝国を支配した、貴族の一族だった。農奴制という奴隷制をしき、過酷な支配で、ごくわずかな貴族のみが享楽をほしいままにしたため、民衆の憎しみの対象となり、革命の翌年、一九一八年、一族全員が処刑されたといわれている。

こうした世界史的な知識を、当然、希郎は身につけている。

「しかしロマノフ王朝は皆殺しにされたのでは……」

「ええ。だから噂なの。アレクセイは、祖国を逃げだすときに、大量の金や美術品をもちだした。それをお金にかえて、逃げのびた、といわれている。そして、その美術品の一部が、今でも、この教会のどこか、墓地のどこかに隠されていると……」

「帝政ロシアの美術品が……」

希郎はつぶやいた。帝政ロシアの美術品といえば、女帝エカテリーナ二世に代表されるようなロシア皇室が金にあかせて、世界中から集めたものばかりである。そのうちのほとんどは今、サンクトペテルブルクにあるエルミタージュ美術館に飾られているが、古代美術、貨幣から、絵画、彫刻に至るまで、世界でも屈指の芸術品を集めたものだ。

もしそんな美術品が、絵画一枚、彫刻ひとつでも隠されていたら、とてつもない価値をもつことになる。

「呉はその噂を信じていて、わたしたちをこの土地から追いだし、隠された美術品を見つけようとしているの」

シスターはいった。

「追いだすって、どこに？」

「同じ横浜の別の場所に二倍の土地を用意するといってきたわ。でも、ここはわたしたちの土地じゃない。子供たちや、墓の下で眠っている信者すべての土地よ。簡単にすてるわけにはいかないって、断わった。そうしたら今度は嫌がらせ。もちろんあいつらは、呉に命令されてきたとはいわないけれど、みえみえだわ」

「それはひどい」

「そう。特に財団の当主が亡くなって、ついこの間、この墓地に埋葬されたことを知ってからはひどくなったわ」

父のことだ。希郎は胸の鼓動が早まるのを感じた。

「その人はどこに？」

「たぶんさっき、シゲオくんに連れていってもらった筈よ。いちばん夜景がきれいに見える、墓地の北の端」

希郎はゆっくり深呼吸した。明日の朝、早くにでもいってみたい。

その仕草をどうとったのか、シスターはあわてたようにいった。

「すっかり長話しちゃった。寝心地は悪いかもしれないけど、寒くはない筈よ。それかいわよ」

ら、あまり寝坊すると、シゲオくんたちにどんなイタズラをしかけられるか、わからな

「いろいろと、ありがとうございました」

希郎は頭を下げた。

「いいのよ」

シスターはいって笑顔になった。

「それに本当いうと、昼間、あんなふうに押しかけられたあとだから、のされちゃった

とはいえ、男の人がいた方が心強いわ」

「もしお邪魔じゃなければ、二、三日、おいてください。あの、少しだけですけれど食

費くらいはだせますから――」

「じゃあ、みんなと相談してみる」

シスターは嬉しそうな顔になった。

「お願いします」

希郎はいって、再び頭を下げた。この教会にとどまる行為が、大河内老人のいう『自

分の目で知らなければならないこと』につながるような気がして、ならなかったのだ。

翌朝早く、目がさめた希郎は、父の墓にいこうと思いたった。まだ夜が明けてまもな

く、表にでると、港の方角には青白い靄がかかっていた。

その靄の向こうから、ボーッという低い霧笛が聞こえてくる。

希郎は朝露に濡れた芝生を踏んで、昨夜シゲオたちに連れていかれた、墓地の端をめざした。

シスターの言葉通り、最も眺めのよい位置に、ま新しい墓石が立っていた。昨夜は、そのすぐそばにいたのに、暗いので気づかなかったのだ。

墓碑銘はこう刻まれている。

「黄龍の耳をもつ男　ここに眠る。一九××－一九××　第四十四代棗希郎右衛門」

(黄龍の耳?)

希郎は無意識に手をあげ、右の耳たぶに触れていた。この棗家の血を示す耳の形は、「黄龍の耳」といわれるのだろうか。

それがいったいどんな意味をもつのか、希郎には想像もつかなかった。

希郎は指を組み、祈りを捧げた。

聖書の一節で、死者の冥福を祈る言葉をラテン語で唱える。

祈りが終わり、目を開いた希郎は、奇妙なことに気がついた。

墓石の一部が少しずれているのだ。しかも墓を建てたときにではなく、あとからずれたものであると、下からのぞいている芝生を刈った地面で知れる。

(何だろう)

希郎は思い、墓石の前にしゃがんだ。

それは、骨壺を納めるための墓石のすきまに蓋をする石が、ずれているのだった。

欧米では、ふつう死者が墓に埋葬されるとき、血液処理などの防腐処置がほどこされ、衣服を着せた上で棺に納め、土葬される。

日本では火葬が一般的である。したがって荼毘に付されたあとの遺骨が骨壺に集められ、墓石に納められる。

だから西欧式の墓地であっても、土葬ではなく、納骨という形をとっている。

希郎は、ずれた墓石をもとに戻そうとした。が、何かにひっかかっているのか、うまく戻らない。どうやら内部に、骨壺のほかによぶんなものが入っているようだ。

（何だろう）

希郎は蓋石をどけ、すきまに手をさしこんだ。ビニールに包まれているらしい筒のようなものが指先に触れた。

ひっぱりだした。

ビニール袋に入れられた紙の筒だった。ビニール袋をはがし、丸められている筒をのばした。

（これは!?）

希郎は息を呑んだ。

それは日本画だった。それもただの日本画でないことは、修道院で世界中の美術を学んでいた希郎にはすぐにわかった。

画である。

狩野派、それも室町から桃山時代にかけての、初期の狩野派の画風を感じさせる水墨画である。

絵柄は、枝をはりめぐらせた巨大な松の木に鷹が羽を広げて飛んでいる図だった。

(本物だろうか)

模写ではなく、本物だとすれば国宝級の価値のある絵だ。

(これがアレクセイの隠した宝なのでは)

一瞬思いかけ、希郎はその考えを打ち消した。ロマノフ王朝に初期狩野派の水墨画が流れていたことはともかくとしても、一九二〇年といえば、大正九年だ。ビニール袋に包まれて、ほんの十日前に埋葬された人物の墓に入っている筈がない。

希郎はじっと絵を見つめた。

日本画には款印と呼ばれる、作者の印が入ったものとそうでないものがある。その絵には款印はない。ないからといって、無名の作者によるものとは限らないのだ。

大胆で雄大な筆致と精巧な写実性がみごとに溶けあった画風で、初期狩野派の作者ならば代表的な人物の手になるものと思われた。

が、それ以上のことは、さすがの希郎にもわからなかった。

この絵をどうすべきか。持主は、何のために、父の墓にこれを隠したのか。

父がこの絵とともに埋葬されることを望んだとは思えない。希郎の記憶にある、父との暮らしの中では、こうした日本画を見たことはなかった。

（とりあえず、もう少し、ここにこうしておいておこう）

希郎は決心し、紙を丸めるとビニール袋にしまい、墓石の中に戻した。

蓋石をもとの位置にずらして立ちあがったとき、希郎は足音に気づいた。

墓地の中に、もうひとりの人物が現われたのだ。

その姿は、薄い靄の中に、ぼんやりと浮かびあがった。

なつめだった。

どこか放心しているような虚ろな表情で歩いてくる。希郎の姿にはまだ気づいていないようだ。

なつめは、希郎から少し離れた、やはり海の方角を見おろす位置で立ち止まると、ぼんやりとたたずんだ。

その顔は、記憶の底にある何かを懸命に探ろうとしているようにも見えるし、自分以外の何者かに操られている人形のようでもあった。

しばらくなつめが自分に気づくのを待った希郎は、やがてその気配がないので、こちらから声をかけることにした。

「なつめさん……」

なつめは、はっと息を呑み、希郎をふりかえった。

「驚いた！　成田さん……」

「どうしたのです？　何か気になることでも？」

「早くに目がさめたので、ちょっと散歩をしていたんですよ」

「成田さんは？」

「そうですか……。わたし……わたしもそうなんです」

なつめはうつむいていった。

「よくここにはくるのですか」

「ええ。ほとんど毎日、一度は」

なつめは顔をあげ、微笑んだ。その笑顔が再び、希郎の胸をかきたてた。

（どこかで会ったことがある。この人とは、どこかで会った）

だがそれがどこで、いつのことなのか、希郎にはまるで思いあたる節はなかった。

第一、会っているとすれば、修道院に入る前のことなのだから、七年以上前である。

なつめは十八より上には見えない。とすれば、その頃は、十か十一で、シゲオと同じくらい、あるいはもっと幼いときということになる。

なつめに年を訊いてみようと口を開きかけた希郎は、あわてて言葉を呑みこんだ。記憶喪失で、自分の名すら思いだせないなつめが、年齢を知っている筈がない。

「――わたし、ここにきたことがあるのです」

突然、なつめがいい、希郎は我にかえった。

「ここに？」

「ええ。きっと、記憶をなくしてしまう直前だったと思います。ここにずっと立って、海を見ていた覚えがあるんです」

「なぜ？」

「わかりません。何かをしにきた、という記憶はあるんです。でもそれがいったい何で、なぜなのかは思いだせない……」

「お墓参り？」

「そうかもしれません。ここのお墓のどれかに、わたしの知っている方が眠っていらして、その方に会いにきたのかも——」

希郎は痛ましい思いでなつめを見つめた。自分の名前、年齢、何をしてきたのか、を思いだせないのは、きっとひどい苦しみにちがいない。

「——頭の奥に濃い霧がかかっているようで、思いだそうとすればするほど、その濃い霧の中で道に迷ってしまう、そんな感じなのです」

「ご自分ではなくとも、どなたか、家族とかお友達の名前は？」

「いえ……」

なつめは首をふった。その寂しげな横顔を見つめているうちに、不意に希郎は、胸が苦しくなるのを感じた。何か言葉をかけてあげなければと思うのだが、胸の苦しさが頭の中までも満たして、適当な言葉を思いつかないのだ。

それでいて、そうした感覚は、希郎にとり、ひどく懐かしいものだった。それは、七年以上ものあいだ忘れていた、異性への好意を意味していた。

「元気をだして」

ようやくの思いで、希郎はその言葉を口にした。

「はい」

なつめは頷き、恥ずかしそうに微笑んだ。

「成田さんて、不思議な人。宇宙人みたい」

「宇宙人?」

「そう。なんだかフワフワしていて、どこからやってきたのかよくわからなくて、でも優しいの。まるで……」

「まるで?」

希郎は金縛り(かなしば)りにあったように、同じ言葉をくりかえした。

「——お兄さんみたい」

そういって、なつめはくるっと身をひるがえした。その頬が赤らんでいるのに気づき、希郎もまた、全身がかっと熱くなるのを感じた。

「早く帰ってお祈りをして、朝ご飯の仕度をしなきゃ……」

なつめは明るくいうと、墓地の中を駆けていった。

そのうしろ姿を見つめ、希郎は、ほっと息を吐いた。

複雑な気持だった。なつめが自分に好意を感じているのはとても嬉しく、反面それが兄弟のようなものであることに、失望に似た感情がある。

希郎は墓地を戻る道をたどりはじめた。やがて、教会の鐘が鳴りだした。

## 4

「基金を増額したい、そういわれるのか」

電話の向こうで、大河内老人がいった。

「そうです。園児の中に、手術を受けさせなければならない子がいて、それには莫大な費用がかかるのです」

希郎はいった。元町の商店街の一角にある、公衆電話だった。

朝食後、シスターは子供たちと相談し、希郎が修道院にとどまることを許した。

希郎は寝起きする部屋と食事を世話してもらうかわりに、男手が必要な仕事をすべてうけおうことになった。

そして、生活に必要な細々（こまごま）としたものを買いにでるといって、修道院をでてきたのだ。

「……ご自分の名を修道院の者に告げられたのか？」

「いえ。実は――」

希郎はきのうのできごとを、大河内老人に話した。ただし父の墓に日本画が隠されていたことはいわなかった。これは持主がわからない以上、もうしばらく、誰にもいわない方がよいと思ったからだ。

「アレクセイの宝……。まだそんな噂話を信じておる者がおったとは——」

大河内老人は嘆息した。

「で、何者といわれましたかな。その与太者どもをさし向けたのは？」

「元町で古美術商をやっている呉という中国人だと」

「呉!? まさか、呉俊傑ではありますまいな」

老人の声がわずかに高くなった。

「ええ、その人です」

「厄介な男がかかわっておる……」

老人は呻くようにいった。

「厄介な男？」

「そうじゃ。呉俊傑は、現代の千利休（せんのりきゅう）を気どっておる人物での。茶道の家元でこそはないが、美術品、特に年代物の絵画や彫刻などに一級の選別眼をもっておるといわれ、その眼力を頼った大金持や政治家などの一部の蒐集家（しゅうしゅうか）のあいだでは、絶大な信頼を得ておる。それをいいことに、最近では、政治家を裏から操り、美術館の建設などの文化事業にまで影響力をもつようになっての。ただの口だしならよいが、呉には、悪いものがついておる」

「何ですか、悪いものとは」

「うむ……」

大河内老人は重い声をだした。

「希郎右衛門殿は、儂が口にした、〝もうひとつの一族〟のことを覚えておられるかな」

「ええ」

「呉の妻は、その一族なのだ。巳那一族といってな。へび年の巳に、刹那の那と書く。巳那の一族がかかわっておるとなると、アレクセイの宝というのも噂ではなかったかもしれん……」

「巳那一族というのは、どんな人たちです？」

「容易に説明することはできん。が、棗家と同じように古い歴史をもち、我が国の歴史に深くかかわってきたことは事実じゃ。女系をもって旨とし、男の子供は生まれるとすぐ、よそにやられる。育てられるのは女子ばかりでな」

「なぜです？」

「男に用はないのじゃ。巳那一族は、古来、類まれな美貌を備えた女子が生まれることで知られておる。一族は、その美貌にさらに磨きをかけるため、言葉づかい、立居ふるまいから、閨房の技術に至るまでいっさいを厳しく、生まれてきた女子にしこむといわれておる」

「………」

「巳那一族の女子を嫁、または側室にもつことは、我が国の特権階級のあいだでは、長く、男の地位の象徴とされてきたものだ。それだけに、巳那一族の女たちはプライドが高く、夫となり、愛人となった男たちを、ときには陰から操ることすらあったという。呉もまた、その影響力を強めたのは、妻である巳那一族の女の存在が深くかかわっておるのだ」

信じられないような話だった。だが、老人は言葉をつづけた。

「じゃが、ことはそれだけではない。棗家と巳那一族のあいだには、因縁浅からぬ歴史がよこたわっておる」

「どんな歴史です？」

「考えてもみるがよい。一方は、ただならぬ〝金運〟と〝女を惹きつける力〟の持主。他方は、男を虜にし、のしあがっていく女の群れじゃ。ぶつからぬ筈がない。棗の男にその意志がなくとも、見えたが最後、巳那の女たちは一族の本来の使命を忘れ、破滅への道を踏みだす。また棗の男たちにも、それを止めることのできない運命がついておるのだ。いわば、陰と陽、光と影のようなもの。この世に決して相並び立たぬ存在なのだ。したがって、巳那一族は、棗家を恐れ、憎んでおるといってもよい」

「そんな……。憎むなんて――」

「それは、あることが起きたからじゃ」

「何ですか。あることというのは」

「今を去ること二十数年前、巳那一族のひとりの若い女子が、生まれついての運命に疑問を抱き、一族のもとを出奔したことがあった。偽名を使い、ふつうの、ひとりの女としての人生を歩もうとしたのだ。ところが、この女子は、あろうことか棗家の若き当主に出会い、ふたりは愛しあう仲になってしまった。そして、ついにその女子は、棗家の子を身籠る結果になった」

「子供……まさか!?」

「その通りじゃ、希郎右衛門殿。あなたの父と母のことじゃよ。巳那一族は、生まれついたときから、その女子を、誰のもとに送りこむか計画をもっておるといわれておる。したがって、あなたの母上も、本来ならば、ときの政治家か財界人か、あるいは呉のような権力者のもとに嫁ぐ筈であったのだ。当然のこととして追っ手をさしむけ、母上の身をとり戻そうと試みた。たとえ子を生んだ母であろうと、巳那一族の女ならば、いくらでも嫁に迎えようという者はおる。妻の縁戚関係をもって、日本の権力機構にパイプをもつことが可能になるからじゃ」

「では父は、そのために……」

「そうじゃ。もし耳の〝封印〟を解けば、たちどころに巳那一族に、自分と母上の居場所が知れてしまう。そうなれば、幼いあなたの身の上にも何が起こるかしれない。それゆえ、生涯、〝封印〟を解かれることなく、ひっそりと暮らされたのだ」

「でも母は、母は、すぐに亡くなったのでは……」

「希郎右衛門殿、まさかこんなに早くに、このことをあなたに告げねばならぬとは……」

「何です?」

「あなたの母上は、まだ生きておられる。あなたと父上に、一族からの累が及ぶのを恐れ、あなたが幼い頃、おふたりのもとを離れたのじゃ」

「何ですって!」

希郎は呆然とした。母が生きている。死んだと思ってきた母が、この世のどこかに生きている。

「では、母は一族のもとに戻ったのでしょうか」

「いや。そうではないと思われる。どこかでひっそりと暮らしておられるのではないか。それゆえに、あなたのお父上も、いつでもまた母上がお帰りになれるよう、目立たぬ生き方を選ばれたのだ」

希郎は小刻みに体が震えだすのを感じた。

母が生きている。

しかも、再び会うことができるかもしれない。

希郎の沈黙をどうとったのか、大河内老人がいった。

「希郎右衛門殿、お気持はわかるが、軽はずみな行動をとられてはならんぞ。やがては必ず、あなたがお母上と出会うときはくる。よいか?」

「――はい」

「〈みはらし園〉のことだが、今、棗家の財産を動かすことは、呉、ひいては巳那一族に、あなたの存在を知らしめることになる。儂がよい手を考えましょう」

「お願いします」

こうして長い電話は終わった。

希郎が電話ボックスをでると、外で待ちかねていた男が、希郎をにらみつけた。が、希郎は、その男にあやまる余裕もない。

ぼんやりとした足どりを進め、希郎は、元町商店街の一角にある、一軒のカフェテラスに入った。

熱いコーヒーでも飲み、混乱している気持に整理をつけようと思ったのだ。

運ばれてきたコーヒーを飲み、希郎は懸命に心を落ちつかせた。巳那一族と母のことが、ぐるぐると頭の中を駆けめぐっている。

昼さがりのカフェテラスはすいていて、静かにクラシック音楽が流れていた。それを聞いているうちにようやく、希郎の心も平静をとり戻した。

コーヒーカップを受け皿に戻し、ふと通りに面したガラス窓に目をやった希郎は、瞬(まばた)きをした。

見覚えのある一台のベンツがウインカーを点滅させながら、向かいの店の前を発進しようとしている姿がとびこんできたのだ。

ベンツの窓はまっ黒にシールが貼られている。きのうの男たちのものと同じだ。そしてベンツが離れようとしている店には「ＡＮＴＩＱＵＥ」という看板がかけられ、入口のところには巨大な石像が飾られていた。

シスターのいった、呉の古美術店にちがいない。

希郎はじっとその店を眺めた。大金持の店にしては、その古美術店にはけばけばしさがなく、どっしりと落ちついている。店の奥の方は暗くて見通せないが、入口に比べると奥が広くなっているようだ。

その店が、よくある古びたガラクタを扱うようなところではなく、本当に価値のある品だけを売買しているらしいことは、希郎にも想像がついた。

そういう店では、いちおう目抜き通りに店舗をかまえていても、通りがかりの客に品物を買ってもらおうなどとは考えていない。中に入って、見ても、飾られている壺や彫刻、仏像などには値段がついておらず、むろんのこと、手にとることなどできない。試しに値段を訊くと、安くても何百万、高ければ億単位の返事がかえってきて、いったいどんな人間が、こんな品を売り買いするのだろうと、思わされる。

したがって、当然ともいえるが、商談が成立して売買がおこなわれるのは、一週間に一度、あるいは月に一度、ということすらある。

もちろん希郎には、そんなことまではわからなかったが、店のかまえや雰囲気で、ある程度想像することはできた。

呉俊傑という人物はあの店にいるのだろうか。ふと希郎の胸に好奇心がわいた。なぜなら、呉の妻は、巳那一族の出身であり、その点では希郎と親戚関係になるのだ。

コーヒー代を払った希郎は店をでて、向かいの古美術店に足を運んだ。

石像のかたわらのドアは格子にガラスをはめこんだもので、自動扉ではない。

希郎がドアを開くと、店の奥でチャイムが鳴った。

店内は手前に細長い通路が何本か走り、ショーケースの中に飾られた美術品をのぞきこめるようになっている。奥は、床が一段高くなり、大型の商品——壺など——が、鉄の台に陳列されていた。そのかたわらに革ばりの応接セットがおかれていて、ふたりの男が向かいあってすわっている。

ふたりとも五十代の年齢でスーツにネクタイをしめ、ひとりの後ろにはスリーピースを着けたそれより少し若い男がよりそうように立っていた。

（どちらかが呉なのだろうか）

そう思い、視線を向けた希郎に、ひとりが、

「いらっしゃいませ」

と、声をかけた。が、立ちあがってそばにやってくるようすはない。

声をかけたのは、ひとりでいる方の男だった。銀髪をオールバックになでつけ、メタルフレームの眼鏡をかけた、上品な紳士だ。

やがて背後に男を従えていた方の男が立ちあがった。こちらはずんぐりとしていて赤ら顔で、どこか下品な印象がある。

「いやあ、呉先生のお墨つきなら、あたしも安心だ。何せ相手は県会議員のえらい先生

なんでね。失礼があっちゃたいへんというわけだ」

その男が大きな声でいい、わっはっはと笑うのが聞こえた。

「それじゃあ代金はいつものように振りこませてもらいますからな……」

「ありがとう存じます」

銀髪の男は立ちあがり、頭を下げた。ずんぐりした方は、ん、と頷き、店の出口に向かって歩きだした。控えていたスリーピースの男が急いであとを追い、ドアを手でささえる。

ずんぐりした男は、希郎の方を一瞬、じろりと見やると、フンと鼻を鳴らし、でていった。

店の前に黒塗りのハイヤーが待ちうけている。

ドアが閉まり、希郎は銀髪の男と店の中でふたりきりになった。

男はゆっくり希郎に歩みよってきた。希郎は目の前のショーケースにあわてて視線を落とした。中にあるのは水墨画だった。

「古美術に興味がおありかな」

男がいい、希郎は顔を上げた。知性を感じさせる、落ちついた口調だった。

「ええ。この絵は狩野派ですか」

希郎は頷いた。男の顔は、ほう、という表情になった。

「その通り。お若いのによくご存じだ。これは狩野派でも、江戸期のもので、さほどの品ではありません。やはり狩野派は、初期の、雄大で豪壮なものがいい」

「室町から桃山の初期のものですね」

男は嬉しそうな顔をした。

「すばらしい。よいものを見る目をおもちだ。それにひきかえ、さきほど帰ったあの紳士など、鑑定書さえついていれば、ラーメン屋の丼にすら、何千万という金を払うような人種ですよ」

軽蔑のこもった口調だった。

「僕もつい最近、初期狩野派と思われる絵を見ました。大きさはこのくらいで、松の木に鷹をあしらったものです」

希郎はいい、手で形を示した。男の表情が真剣になり、一変して不快そうになった。

「私をからかっているのかね」

「いえ、なぜです？」

「その絵に款印は？」

「ありませんでした」

男の目が細く、鋭くなった。

「どこでその絵をごらんになった？」

「あるところです」

男はゆっくりと息を吐きだした。

「図柄を拝見しなければ何ともいえませんが、もしあなたのおっしゃるその絵が、本物の初期狩野派ならば、それは戦後ずっと行方不明になっている、狩野永徳（えいとく）の『松鷹図（しょうおうず）』だ。永徳は壮大な画風で知られ、安土（あづち）城、大坂城の障壁画を描いた人物です。狩野派の中でも非凡の才をうたわれながら、遺作の少ないことでも有名なのだ。むろん、本物の筈がない。本物ならば、国宝級。値段はつけられない」

「行方不明だったというのは？」

「さる華族の屋敷に秘蔵されていたのだが、主（あるじ）が、当時の占領軍幹部の愛人にのぼせ、歓心を買うために手ばなしたのだと聞いている」

「…………」

「あなたは美術学校の生徒さんかね」

「いえ」

　希郎は微笑した。

「そのすぐ上にある、聖（セント）ソフィア修道院で雑用係をしている者です」

「あの修道院で？」

　男は怪訝（けげん）そうな表情になった。

「ええ。泊まるところもないので、親切なシスターが、力仕事をやるのならと、寝る場所を提供してくださって……」

「信じられん。君のような芸術的センスのある人が、なぜそんな仕事を？」

男は眉をひそめた。

「あそこには家庭のような暖かさがありますから。あそこの人たちは、皆、家族のようです」

男は唇を結び、じっと希郎を見つめていた。やがていった。

「実は私は、あそこにいるひとりの少女を養女に迎えようと思っているのだ。私と妻とのあいだには子供がいなくてね」

「…………」

「もし君にその気があるのなら、私のもとで働いてみないかね」

希郎は首をふった。

「残念ですが、それはできません」

「しかしあの修道院は、近いうちになくなってしまう。財政を支えていた財団の当主が死に、いろいろと懐(ふところ)が苦しい筈だ」

「でもきっと、切りぬけますよ」

希郎は明るくいった。

「どうかな……。私は、決してそうはならんと思うがね」

男はいった。ぞっとするほど低く、冷たい口調だった。

# 5

こうして数日が過ぎた。幸い、嫌がらせにきたあの男たちがあれから修道院を訪れることはなく、希郎にとっても、シスターや子供たちにとっても平和な日々だった。

子供たちには、みじんも暗さはなく、素直で明るい子ばかりだった。それは初めからそうなのではなく、シスターと、迎えいれる子を家族として扱う〈みはらし園〉の空気が子供たちの心を開かせているのだということは、暮らしだしてすぐ、希郎にもわかった。シスターはどの子にも分けへだてなく接し、ときには厳しく叱(しか)った。子供たちは互いをかばいあい、しかし、シスターの言葉にはよく耳を傾けた。

わずか二十一、二歳の若さで、シスターがそこまで子供たちの心をつかむすべを身に付けているのは驚きだったが、それも、シスター自身が〈みはらし園〉の出身者であること、そして十代の一時期、グレて不良グループの仲間に入っていたことなどを聞かされて、希郎は納得した。シスターは、きっと人の倍、苦労し、そこから優しさの価値を学んだのだ。

もうひとりのシスターとも、希郎は会うことができた。こちらのシスターは、五十代の後半で、シスター・キャサリンを育てた人でもあった。彼女は三日に一度、修道院に帰り、また、シゲオの妹を看病するために病院に泊まりこむのだ。

大河内弁護士がよい手を考えるといったものの、いったい何をしてくれる気でいるのか、希郎は心配だった。シゲオの妹、みのりは、現在八歳で、今すぐ手術が必要という状況ではないにせよ、医師の話では、このままでは、そう長くは生きられないという。みのりが受けなければならない手術については、アメリカの技術が進んでおり、受けさせるには、渡航費用も含めて莫大な金額がかかるのだ。シスターふたりは、呉の申しでている移転話を受けいれる代わりに、費用を呉に負担してもらうことも考えてはいた。が、これに最も強く反対しているのは、シゲオら子供たちだった。決してみのりのことを考えていないのではない。〈みはらし園〉を去るのが嫌なのだ。

このすばらしい眺めをもった土地を離れることは、皆の心の結びつきがバラバラになってしまう結果を招くと、思っているようなのだ。

これらのことを希郎は、シスター・キャサリンから聞いた。大河内老人が一刻も早く、手を打ってくれることを、希郎は願った。

そんなある日、突然、新聞社の社旗をたてた車が修道院を訪れた。何かのことで、聖（セント）ソフィア修道院と〈みはらし園〉を知り、ぜひ記事にさせてほしいと、新聞記者とカメラマンがやってきたのだった。

シスターは初め断わろうとした。が、決して興味本位ではないという、記者の説得を聞きいれ、取材に応じた。

やがて大新聞に、修道院と〈みはらし園〉の記事がのった。その中で、みのりのことも触れられていた。

反響は大きかった。匿名で、手術費用の一部を負担したいという人物が現われ、そのことが記事になると、瞬くまに、全国から同様の寄付を希望する人々が名のりをあげた。善意の輪がみるみる、ふくらんでいった。

シスターや希郎らは、目をみはる思いだった。シゲオと同じ年くらいの子がお年玉を、八十を過ぎたお年寄りが年金の一部を、寄付してきた。

それらの寄付は、新聞社が設けた口座に次々と振りこまれ、日ましに金額が増えていった。

希郎は、シスターや子供たちとともに、毎日、感謝の祈りを捧げた。

(すばらしい人たちだ。すばらしい国だ)

人々の善意を思うと、胸が苦しくなるほどだった。

やがて、ついに――。

手術費用をまかなえるだけの金額が口座に集まる日がきた。

その知らせを受けたのは、希郎だった。伝えた新聞記者はそのとき初めて、取材のきっかけを作り、最初の匿名寄付者となったのが同一人物であることを告げた。大河内弁護士だった。

〈みはらし園〉が新聞記事になってからは、呉もあの男たちも、一度もやってこようとはしなかった。シスター・キャサリンは、反響の大きさにきっと驚き、なりをひそめているのだわ、といって笑った。
だが、それはちがっていた。呉俊傑は、もっと卑劣で、強硬な手段を企てていたのだ。
そのことを、シスター・キャサリンが、新聞社の要請で寄付金を受けとりにいった日、
希郎たちは知った。

「シスター・キャサリン！」

墓地にのびた雑草を刈りとっていた希郎は思わず叫び声をあげた。

外人墓地からの坂道を、まるで夢遊病者のような呆然とした足どりで、シスターが歩いてきたからだった。

しかもシスターのようすはそれだけではなかった。唇が切れて血が滴り、額には黒くアザができている。

希郎は走りよった。

「いったい、どうしたんです!?」

シスターの目には涙がいっぱいたまっていた。無言で、唇を震わせている。

「シスター！」

希郎は肩をつかみ、ゆすった。

希郎の声に、子供たちが〈みはらし園〉の教室から顔をのぞかせ、すぐに駆けてきて、
ふたりを囲んだ。

「シスター！」

「シスター！」

皆が口々にいう。ついに、シスターの瞳から大粒の涙がぽろぽろと転がり落ちた。

「お金が……お金が……」

希郎はシスターを教室まで連れていった。シスターは、子供たちがくんできたコップの水をいっぱい飲むと、ようやく口を開いた。

「――銀行にいき、お金を受けとったわ。新聞社の人がきて、写真を撮った……。そこに、病院からの迎えの車がきたの。みのりちゃんの容態が急に悪くなったって……。わたしはあわてて、お金をもって車に乗った。迎えにきた男は、病院のシスターの名をいったので、わたしは信用していた……。ところが……」

シスターは両手で顔をおおった。嗚咽がその指のあいだから洩れた。

「男は、車を病院には向けず、どこかわからないガレージのようなところに運転していった。そうしたら覆面をした男たちがそこには何人もいて、わたしからお金を……」

「なんてことを……」

「わたしは必死で戦った。でも何度も殴られているうちに気が遠くなってしまって――」

シスターは泣き崩れた。

「気がついたら、港の倉庫のようなところにほうりだされていた。死のうかと思ったわ。

みんなに……寄付をしてくださったすべての人、〈みはらし園〉のみんなに、申しわけなくて。でも、神は自殺を禁じていらっしゃる。どうすれば、どうすればいいか、わからなくて……」

「警察へはいったのですか？」

シスターは激しく首をふった。

「いえない。全国の人の善意のお金を、わたしの不注意で奪われたなんて、とてもいえない……」

「しっかりしてください、シスター。きっといい方法がある筈です」

希郎はいいながら、心の奥底から怒りがこみあげてくるのを感じた。

犯人たちは、今日、シスターに善意の寄付金が手渡されるのを知っていたのだ。そして最初からその金を奪うつもりで、みのりが入院している病院のことや、看病しているシスターの名まで調べていた。

これは計画的で悪質な犯罪だった。しかもただの強盗ではない。ひとりの少女の健康を願う、多くの人々の優しい気持を踏みにじったのだ。

（許せない！）

希郎は生まれて初めてといってよいほど、目のくらむような怒りに襲われていた。

いったいこんな犯罪を誰が計画したのか。

そのとき、主屋にいた子供のひとりが、

「電話だよ」

と、告げにきた。

「僕がでます」

動転しているシスターをだすわけにはいかないと、とっさに希郎は立ちあがった。

教会に付属した主屋に足を運び、希郎はおかれていた受話器をとった。

「もしもし、お電話を代わりました」

「君か……」

落ちついた声が流れてきた。呉だった。

「呉さん」

「何か、かわったことでもあったのではないかと思って、電話をしたのだ」

「かわったこと？」

「実はついさっきだが、私の部下が、ひどく怪我をしているらしいシスター・キャサリンを見かけてね。そういえば今日は、例の寄付金を受けとる日だというのが新聞にのっていたのを思いだし、心配になったのだ」

希郎はゆっくりと息を吸いこんだ。すべてが呉のさしがねであることに気づいた。呉は、平然とした口調でいった。

「万一、あのお金を奪われるようなことでもあったら、君たちはたいへんに困った状況になるのではないかと思ってね」

「――呉さん、あなたが仕組んだのですね」

「何のことかね？　私はただシスターの身を心配しているだけだが」

（落ちつけ）

希郎は自分にいい聞かせた。深呼吸をくりかえし、いった。

「もし、すべてがあなたの想像通りだとしたら、どうするのです？」

「……そうだな」

呉は咳ばらいをした。

「もちろん、公にはできないことだ。善意の寄付金を奪われたとあっては、多くの人が失望するだろうし、そこの社会的立場もめちゃめちゃになってしまう。私に何らかの形で手助けができるならば、考えてもいい」

「はっきりおっしゃったらどうです？　アレクセイの宝をよこせ、と」

「君――」

呉は言葉を詰まらせた。

「君は知っているのか、あのことを」

「ええ、知っています。あなたはアレクセイの宝を欲しがっている。そのために、この施設を買いとろうとし、うまくいかないのを知ると嫌がらせや脅迫をし、それでも駄目なので、シスター・キャサリンから寄付金を奪った」

「何をいうんだ！　いったいどこにそんな証拠がある!?　失敬なことをいうのはやめた

まえ！」

「──アレクセイの宝を渡せば、お金は返してくれるのですか」

「だからいっているではないか。私は何の関係もないと──」

「どうなんです!?」

「君はあれがどこにあるか、わかっているとでもいうのかね」

「もし、そうだといったら？」

「何だって！」

呉は息を呑んだ。

「いったい君は何者なんだ？　何の目的があってそこにいる!?」

「いずれわかります。どうかお金を用意しておいてください。連絡をしますから」

希郎は歯をくいしばって答え、受話器をおろした。

そこで背後に立つ、人の気配に気づいた。はっとして、ふりかえった。なつめだった。

「なつめさん！」

「成田さん……あの、シスターが呼んでいます」

なつめの顔はまっ青だった。

「なつめさん、今の話を聞いていたんですね」

「はい。本当なのですか？　あの、呉という人がシスターを傷つけて、お金をとったというのは──」

「ええ。たぶんまちがいないと思います。もちろん、自分で手を下したのではなく、人を使ってやらせたのでしょうが」

「なんてひどい……」

なつめは絶句した。その瞳に涙が浮かびあがるのを希郎は見つめた。

「でも大丈夫です。お金はとり返します」

「どうやって？　成田さんは、本当にアレクセイの宝が見つけられると？」

希郎は頷いた。

「ええ。さっ、シスターのところにいきましょう」

〈みはらし園〉に戻った希郎は、シスター・キャサリンに呉の電話のことを告げた。打ちひしがれていたシスターは、それを聞き、顔を上げた。

「なんですって、呉が!?」

「ええ。でもアレクセイの宝を渡せば、お金を返してくれると思います」

希郎はいった。そのとたん、シスターの顔は再び絶望でいっぱいになった。

「結局、わたしたちがここをでていくほかはないのね」

「その必要はありません」

シスターは顔を上げた。

「どうしてそんなことがいえるの？」

「シスターは、アレクセイの宝よりも、ここの施設の方が大事ですよね」

「もちろんよ！」

希郎は自分をとり囲んでいる子供たちの顔を見回した。なつめがその中にいないことに気づいたが、いった。

「みんなはどうだい？」

「宝なんていらないよ！　ずっとここにいたい！」

シゲオがいい、ほかの子供たちの頭も、いっせいに同意するように動いた。

「じゃあ、おじさんが宝を見つけてあげよう」

希郎はきっぱりといった。シスターが思わず立ちあがった。

「あなた気は確か？　いったいどうやって、宝を見つけることができるというの？」

「わかりません。でもきっと見つかると思うんです」

希郎は微笑んだ。

唖然としているシスターの前で、希郎はゆっくり右の耳に手をのばした。

もしアレクセイの宝を見つけられるとすれば、それは棗家の〝力〟に頼るほかない。

希郎はピアスを外した。

ラスヴェガスでの経験から、ピアスを外しても、すぐには〝力〟が働かないことがわかっていた。

シスターは目を大きくみひらいたまま、希郎を見つめている。

「いったい、あなた……。待って、その耳の穴、どこかで見たことがあるわ。誰かと似ている。写真でしか見たことないけれど——」

はっと、シスターは息を呑んだ。

「写真……お葬式のときの写真だわ。亡くなられたときのあの方……。財団の当主……」

希郎は頭を下げた。

「今まで嘘をついていました。ごめんなさい。僕の名は成田ではありません。棗、希郎右衛門。ここの墓地に埋葬されたのは、僕の父です」

シスターはぱくぱくと口を動かした。が、驚きのあまり、言葉もでてこないようだ。

「あ、あ、あなたが……」

そのときだった。

「痛っ」

希郎は右の耳に手をやった。ラスヴェガスのときと同じ、熱いような痛いような刺激を感じたのだった。

そしてその痛みは、強く、ある方向に耳たぶをひっぱる力をともなっていた。

希郎はその力にひかれるまま、〈みはらし園〉の教室をでた。

「どこへいくの？」

あわてて、シスターや子供たちがあとを追ってくる。

外には宵闇が迫っていた。希郎はその宵闇の中を、力にひきずられるようにして進んだ。

眼前に、横浜港の夕景が広がる。そこは、父が眠っているのと同じ、〈聖(セント)ソフィア修道院〉の墓地だった。

希郎はどんどんと、墓地の中の道を進んだ。耳にくる刺激は、より強くなっている。

まちがいなく、アレクセイの宝に、ひきよせられているのだ。

ついに——。

希郎は、古びた墓石の前で立ち止まった。

その瞬間、ふっと耳たぶから痛みが消えた。まるで今までの刺激が嘘のようだ。

(ここだ)

「どうしたの?」

不安そうにシスターが声をかけてくる。

それには答えず、希郎はじっと墓石を見つめた。

墓石にはラテン語が刻まれている。それによると、カタリナという名の女性が、一九二三年に葬られたことになっている。

(カタリナ……聖カタリナ……)

希郎の頭の中で、すべてが氷解した。

「そうだ!」

「成田——いえ、棗さん、棗様?」

いったシスターを、希郎はふりかえった。

「シスター、あなたの洗礼名の由来をご存じですか?」

「キャサリン、のこと?」

シスターは、何を突然、いいだすのかといった顔になった。

「ええ」

「確か殉教して聖人になられた方だと、聞いてるけれど……」

「そうです。その方の名は、聖カタリナ。アレクサンドリアの人で、西暦三〇七年に殉教し、聖人に加えられました」

「それがいったい、何なの?」

「カタリナの英語よみが、キャサリンです。フランス語でよむとカトリーヌ。そしてロシア語だと何だかわかりますか?」

「ロシア語?」

希郎は笑みを浮かべた。

「カタリナ、キャサリン、カトリーヌ、のロシア語よみは、エカテリーナです」

シスターは、あっという表情になった。

「そうです。エカテリーナといえば、ロマノフ王朝の代表的な女帝で、中でもエカテリーナ二世は、世界中から美術品を集めたことで知られています」

「じゃあ、このお墓に!?」

希郎は頷き、シスターを見すえた。

「いいですか？」

「は、はい」

シスターはあわてて十字を切った。


十数分後、希郎の手には、数枚のイコンがあった。イコンとは、ギリシア正教の神の肖像画のことで、制作者とその年代によって、とてつもない芸術的な価値がある。

「アレクセイの宝は本当だったのだわ」

教室に戻ったシスターは、希郎の手で掘りだされたイコンを見つめ、呆然といった。

「まだこれで終わったわけではありません。呉から、奪われたお金をとり戻さなければ」

希郎はいった。

「でも、どうやって――」

「方法はあります」

希郎が答えたとき、

「たいへんだよ、たいへんだ！」

シゲオが一枚の紙きれを手にとびこんできた。

「どうしたの」

「なつめさんが……なつめさんが……」

シゲオは泣きじゃくっている。希郎とシスターは、その紙を受けとり、目を走らせた。

「シスター、成田さん、そして〈みはらし園〉のみんなへ」

で、始まっている。

一読したシスターの顔色がかわった。希郎も体の力が抜けていくのを感じた。

それは、なつめの書きおきだった。

呉が金を奪ったのを知ったなつめは、自分が呉のもとに養女にいくのを条件に、金を返してもらおうと決心したのだ。

なつめは、これから呉の店を訪ねる、と書き残していた。

6

呉は信じられないというように絶句した。

「なんだと!?　本当にアレクセイの宝を見つけたというのか」

「ええ。見つけました」

シスター・キャサリンと子供たちが見守る中、希郎は受話器にそう告げた。

「で、君が見つけたものは何だ？」

「イコンです。古さから見て、二十世紀のものではありません。それが全部で三枚」

「まちがいない。それこそ、アレクセイの宝だ」

った。

呉は、隠されていたのがイコンであるという情報をどこかから手に入れていたようだった。

「これからすぐ、迎えの者をやる」

「それはお断わりです。あなたはシスター・キャサリンを車に乗せ、善意の寄付金を奪った。また同じ手を使われてはたまりません」

「いいかね！　私は金になど興味はない。寄付金の金額など、私から見れば、とるに足らない端(はし)た金(がね)なのだ！」

「金額の問題ではありません。たいせつなのは、そのお金にこめられた、人々の気持です」

「いったいどうしろというんだ!?」

「あなたと僕、一対一で会ってもらいます。そして、奪ったお金とイコンを交換します」

「どこで？」

「どこでも。ただし密室のようなところは駄目です。僕はあなたを信用できない。もし僕をだましたら、イコンは破壊します」

「わかった！　では、こうしよう。中華街に、私の経営する民芸品店がある。その店の前で会おう。じきに中華街のレストランが次々に店を開ける。人通りも多い筈だ」

「わかりました」

呉は、店の位置を説明した。中華街はＪＲ石川町の駅からおよそ五百メートルの場所にある、中国人街だった。百軒余りの中国料理店が軒を連ねている。希郎は、つい二日ほど前、シスター・キャサリンに案内してもらったばかりだった。

電話を切った希郎が向き直ると、シスターがいった。

「本当にいくの？　いいえ、いかれるのですか」

「ええ。お金はとり返さなければなりませんから」

「でも、呉はいったいどんな手をつかうかわかりません」

「彼も人通りの多い中華街では卑怯な手をつかえない筈です」

「おじちゃん、その宝物はあいつにやっちゃうの？」

シゲオがくやしそうに訊ねた。希郎は笑った。

「いや。渡さない」

「ではどうやって？」

シスターが訊ねた。

「僕に考えがあります。信じて待っていてください」

希郎は微笑んだ。シスターは頭をたれ、いった。

「祈っています。どうか神のご加護がありますように……」

それから三十分後、希郎は中華街に足を踏みいれていた。呉の言葉通り、夕食どきを控え、中華街は人で溢れている。派手な外壁をまとい、腸詰や肉饅頭などを軒先で売る店がずらりと並び、歩く人々は、いったいどこで食事をとろうか、迷っているようにも見えた。

その中華街のメインストリート、中華街大通りに、呉の店はあった。

呉は腕を組み、歩道の中央に立って、希郎を待ちうけていた。

人の波に流されるように歩いていた希郎は、呉から二メートルほど離れた場所で立ち止まった。

不意に足を止めた若者を、あとからきた人々が次々と追いこしていく。

「イコンはもってきたかね」

呉はシルバーグレイのスーツに、キャメルのチェスターコートをまとっていた。両手に革の手袋をはめている。

希郎は頷き、あたりを見回した。呉の五十メートルほどうしろに、黒のベンツが止まっていた。

「あの車の人たちがもしでてきたら、その場でイコンを叩き壊します」

希郎は上着の内ポケットをおさえ、いった。

「君は——いったい何者なのだ?」

呉は訊ねた。

「それにお答えする前に——。あなたのもとを、なつめという人が訪れた筈です。彼女はどうしました？」

「私の妻が連れていった。もともと、私の妻は、あの娘と親戚の間柄なのだ」

「なんですって!?」

「あの娘がすべての記憶を失っているというのが本当かどうかわからないため、養女という形でひきとろうと考えていたのだ。あの娘は、妻の親族を嫌い、家出してきたのだ」

「巳那一族を？」

呉の目が大きくみひらかれた。

「君は、なぜそんなことを知っている!?」

そうだったのか、と希郎は思った。なつめを初めて見たときから、どこかで会ったような気がしていた。それは当然だったのだ。

なつめは、母と同じ血をひいているのだ。

「僕の名をお教えします。第四十五代、棗希郎右衛門」

瞬間、驚きに呉の長身が揺れた。

「棗！　君はあの棗家の人間なのか!?」

そして、ゆっくりと首をふった。

「驚いた……。君がそうだったとは」

「奥さんはいったい彼女をどこへ連れていったのです？」

「知りあいの病院だ。あの娘が本物の記憶喪失かどうかを確かめにいった」

「なぜ、そんなことを？」

「あの娘が一族のもとをとびだしたとき、どこかに頼る場所があったのだと妻は考えている。私はよく知らないのだが、妻の話ではそれはたぶん、妻の妹で、かつて同じように一族のもとをとびだした女のもとだろうというのだ」

（母だ！）

「長いあいだ、妻の一族は、妻の妹を捜しつづけていたらしい。あの娘は、その居どころを知っているかもしれんのだ」

なんということだ、希郎は思った。なつめが、同じ屋根の下で暮らしていたなつめが、母の居場所を知っていたかもしれないとは。

だが、動揺を隠し、希郎はいった。

「それではお金を渡してください」

そして上着の内側から布でくるんだイコンをとりだした。

呉は頷いた。民芸品店に入っていくと、大きな紙の手さげ袋をもって現われた。

「この中に入っている」

傾けて見せた。見覚えのあるシスター・キャサリンの大きなショルダーバッグがあった。

呉は一歩進みでると、ふたりの中央にその紙袋をおき、退った。

「もっていきたまえ」

希郎も一歩進みでた。そしてイコンをさしだした。

呉の手袋をした手がそれを受けとった。希郎は紙袋をとりあげ、中でバッグの蓋を開いた。シスターから聞いていた通り、大判の封筒に入れられた現金がそこにはあった。

目を上げると、呉が、イコンの布をはいで確かめたところだった。

「まちがいない。十八世紀のイコンだ。アレクセイの宝だ……」

呉は興奮した口調でいった。そして希郎を見た。

「君は、これがいったいどれほどの価値をもっているのか知らないのだろう」

勝ち誇ったような笑みを浮かべている。

「いいかね、このイコン一枚で、君が今、手にしている現金の、何倍もの値うちがあるのだ」

「このお金は何よりも尊いお金です」

希郎は静かにいった。呉は笑みを消した。

「では取引はこれで終了だな」

「確かに」

「あの娘のことは、私の与り知らぬことだ。もし本人が本当に記憶喪失ならば、妻は治るまで医師に預けるか、一族の女としては用なしと見て、捨てておくだろう」

「捨てる？　彼女を見捨てるというのですか？」

「一族の誇りとその使命を忘れてしまった人間には、価値を認めないということだ」

「血は？　血のつながりはどうなるのです？」

呉は首をふった。

「私は知らんね。では、これで——」

「待ってください」

希郎は背中を見せかけた呉を呼び止めた。怪訝そうにふりかえった呉の目が、とびだしそうになった。

「それは！　それは、何だ!?」

「ご存じの筈です」

希郎は手で広げていた日本画を畳んだ。

「あなたが見たいといっていた絵です」

「そんな……そんな馬鹿な。信じられん。それはまさしく狩野永徳の『松鷹図』だ。いったい、どこでそれを——」

「答えられません」

希郎は首をふった。そして心の中で、あることを確信していた。

この絵は、なつめのものなのだ。なつめが、巳那一族の家をとびだしたときに、現金とともにもってでたにちがいない。そしてまちがいなく、なつめは母のことを知っている。

だからこそ、父の墓にこの絵を隠したのだ。その直後、なつめの身に何かが起き、彼女は記憶を失った。もしなつめの記憶がよみがえれば、希郎は母と会うことができる。

「僕からひとつ提案があります」

希郎はいった。

「何かね」

「賭けをしませんか」

「賭けだと？」

呉は眉をひそめた。

「いったい、どんな賭けをしようというのかね」

「あなたが今、手にいれたそのイコンと、この絵を賭けるのです。勝った方が、両方を手に入れる」

「なんだと、君は本気か？」

「ええ」

希郎は頷いた。呉の目に、計算高い光が浮かんだ。

「で、賭けの手段は？」

「簡単なものでいいでしょう」

希郎はいって、あたりを見回した。ラスヴェガスのときとちがい、カードを使うのは論外だった。屋内に入れば、この男は何をするかわからない。

そのとき、目の前の店がちょうど開店の準備を始めていることに、希郎は気づいた。開店の仕度をしているのはその店だけではない。あちらでもこちらでも、看板をだし、シャッターを上げようとしている。

「お互いに一軒ずつの店を選び、決まった時間のあいだにどちらに多く人が入るかを賭けるというのはどうです？」

呉の目に嘲り(あざけ)の色が浮かんだ。

「そんなことを私と賭けようというのか。本気かね？」

「ええ」

「私がこの街で生まれ育ち、今でも暮らしているのを承知で？」

希郎は頷いた。圧倒的に呉に有利な賭けであるのはわかっていた。

「いいだろう。ではまず、私から店を選ばせてもらう。私が選ぶのはあそこだ！」

呉は右手をのばし、通りの向かいにある一軒の店を指さした。

それは、さして大きいとも、きれいともいえない店だった。〈広東(カントン)料理・照海閣(しょうかいかく)〉と看板がでている。どう見ても、二十人も入ればいっぱいになってしまうだろう。

「わかりました。では僕は、そこです」

希郎は、その店のすぐ隣にある、かなり大きな店を指さした。〈本場北京(ペキン)料理・芳安飯店(ほうあんはんてん)〉とある。こちらの方は、二十人どころか、百人以上入りそうに見えた。

「時間は？」

「三十分でどうです？」

「よろしい。では、今、五時十分だから、五時四十分までとしよう。いいかね？」

呉は腕時計をのぞき、余裕たっぷりの表情でいった。

〈照海閣〉も〈芳安飯店〉も、たった今、店を開けたばかり、というようすだった。看板に光が入り、ショーウインドウの内側に明りが点る。

自然に、希郎と呉は肩を並べる形になった。通りをはさんだ向かいの、二軒の店を注目する。

「まずふたりだな」

呉がつぶやいた。三十代初めと思しいカップルが、呉の選んだ〈照海閣〉の扉を押し、入っていった。

「いらっしゃいませ！」

訛りのある叫び声が、ふたりの耳にも届いた。つづいて、スーツにコートを着た、サラリーマン風の一団が、まっすぐに通りを歩いてくると、〈照海閣〉の扉を押した。

「今のが五人、あわせて七人だ……」

呉はいった。希郎が選んだ〈芳安飯店〉の方は、店がまえも〈照海閣〉より立派で、入口も自動ドアだというのに、誰も入ろうとしない。

五分が過ぎた。

若い女性ばかりの三人連れがやってきて、そのうちのひとりが〈照海閣〉の扉を押し、中をのぞきこんだ。

「空いてますう？」

そして連れのふたりをふりかえった。

「やった、ラッキー。空いてるよ」

三人が吸いこまれ、これで十人になった。

そのとき、あたりをきょろきょろと見回しながらやってきた、初老の夫婦らしいふたり連れが、二軒の店のちょうど中央で立ち止まった。入る店のあてがなく、どちらに入ろうか迷っているように見える。

そして、ふた言み言、相談すると、〈芳安飯店〉の自動ドアをくぐった。

「こちらもふたりですよ――」

希郎がいった直後だった。そのふたりがすぐに店をでて現われた。

「残念だったな」

呉が含み笑いをしながらいった。初老の夫婦は、あてが外れたように、またあたりを見回しながら遠ざかっていった。

「こちらはまた、お客さんだ」

呉の言葉に、ふたりを見送っていた希郎はふりかえった。男女ふたりずつの四人組が、〈照海閣〉の扉をくぐっていった。

十五分後――。

〈照海閣〉の前には行列ができていた。〈照海閣〉は、二十二人入ったところで満員になり、それでもあとからあとからやってくる客たちが、席の空くのを待って、行列しているのだ。

それにひきかえ〈芳安飯店〉の方は、その後誰ひとりとして、入っていった者はいなかった。

「彼らも人数にしてよいのだろうな、当然」

呉が余裕たっぷりに、行列をさし、いった。勝利を確信した表情だった。

「けっこうです」

二十分後、さらに行列はふくれあがっていた。〈芳安飯店〉の店先までも隠すほどだ。

希郎は唇を嚙んだ。呉が有利とはわかっていたが、これほどまで差がつくとは思わなかった。

「私の方は、もう、五十名をこえた。おっと、またきたね。これで五十八名だ」

〈芳安飯店〉には、ひとりも入っていなかった。呉が勝ち誇った笑みを浮かべた。

「勝負はもうついたといってよいのではないかね、棗くん。君は、これだけ中国料理屋があるのだから、どこもそれほどかわらないと思ったのだろう。だが、それは大きなまちがいだ。百軒以上もの店があるから、客の入る店と入らない店は、はっきり分かれるのだ」

「まだ時間がきたわけではありません」

希郎は低い声でいった。が、心の中では敗北を覚悟していた。〝耳〟のもつ〝力〟は、アレクセイの宝を見つけた時点で、すべてをだしきってしまったのだろうか。ラスヴェガスのときのように、奇跡を可能にすることはないのか。

呉がついにがまんできなくなったのか、大声で笑い始めた。道をいく人がふりかえるほどの高笑いだった。

「教えてあげよう。私が選んだ〈照海閣〉は、〈竜吐玉書(ロントウヨシユ)〉という、海老(えび)と豚肉の揚げ煮料理が、たいへんに有名な店なのだ。いつも五時に開店するが早いか、二時間足らずで、すべての材料を料理に使いきってしまう。この中華街でも、一、二を争う、人気店なのだよ。

それにひきかえ、君の選んだ〈芳安飯店〉は、店がまえこそ大きいものの、料理の味はなっちゃいない。あの店に入るのは、おのぼりさんだけだ。今日はそのおのぼりさんすら、ひとりもいないようだがね……」

そして、希郎にもわかるように腕時計を掲げて見せた。

「残り時間はあと五分。男らしく、じたばたしないで永徳の絵を渡してもらおうか」

クラクションが鳴った。ふたりはそちらの方角を見た。一台のバンが〈芳安飯店〉の前で停止したところだった。

すると〈芳安飯店〉の自動ドアが内側から開き、ジーンズに薄手のジャンパーを着けた男が姿を現わした。右手で薄い台本のような本を丸めている。

ジーンズの男は〈照海閣〉の客の行列をかき分けでてくると、バンを降りたったふたりの若い男たちにどなった。

「遅いぞ！　何やってんだ！　じきにカメリハが始まっちまう」

「すいません！」

バンから降りたふたりはあわてて荷台のドアを開け、中から重そうな三脚をかつぎだした。三脚には大きなライトがとりつけられていた。

「はい、こっち、こっちよ」

〈芳安飯店〉から白シャツに蝶(ちょう)ネクタイをつけた従業員が現われ、訛りのある言葉で、ライトをかついだ男たちを誘導した。

ライトが次々とバンからおろされ、〈芳安飯店〉に運びこまれた。

不審そうにそれを見つめていた呉が希郎を見やった。

「何が起きるのか知らんが、あのふたりを客と数えたとしても――」

その言葉が、またも鳴ったクラクションで途切れた。バンのすぐうしろに、大型の観光バスがやってきたのだ。バスは二台つづいている。

呉は腕時計を見た。

「あと三分だ」

「はーい、こっちで降りて！　こっちで！」

バンのふたり組にどなったジーンズの男が、バスに近づき叫んだ。

人々が何ごとかと立ち止まった。〈芳安飯店〉から、別の若者が現われ、ハンドスピーカーを男に手渡した。

シュウッという音がした。二台のバスが乗降扉を開いたのだった。そして、バスの中から、座席を満員に埋めていた乗客が降り始めた。

あとからあとから降りてくる乗客で、たちまち歩道は溢れた。

「何だというのだ……」

呉は眉をひそめた。ジーンズの男が、さっとハンドスピーカーをもちあげた。

「はい、それではエキストラの皆さんは、順番に店の中に入ってください。最初にお渡ししたカードの番号を貼ってあるテーブルにすわってください！」

すいませーん、すいませーん、という声があちこちであがった。ライトを運びこんだ男たちが〈照海閣〉の客の行列を整理しているのだった。バスから降りた乗客は、分断された〈照海閣〉の客の行列の中央を通って、〈芳安飯店〉に流れこんでいく。

「なにごとだ!?」

呉の目がかっとみひらかれた。つかつかとスピーカーを手にした男に歩みよった。

今にもつかみかからんばかりの勢いで男にいった。

「いったい、これは何だ!?」

男はちらっと呉をふりかえったが、

「すいません、退(さが)ってください」

と、スピーカーから叫んだ。

「何だと訊いているだろう！」

呉は男のスピーカーを奪いとった。男はあっけにとられたように呉を見つめた。

「私はそこの店の者だ！　答えろ！」

「……映画の撮影ですよ。今、お客の役をやるエキストラの人たちに入ってもらっているところです」

「映画だと!?　で、このエキストラの数は？」

「店が満員になるように集めたんで、百二十人くらいだと思いますよ」

呉は言葉を失い、唇を震わせた。バスから降りた人々は、あらかた〈芳安飯店〉に吸いこまれていた。

「ご協力を……」

男はそのようすにとまどいながらも、呉の手からそっとスピーカーをとり返した。

呉ははっとしたように腕時計をのぞきこんだ。

「時間が――」

時計の針は、五時四十分ちょうどをさしていた。

（勝った！）

希郎は心の中で叫んだ。ぎりぎりで、またも奇跡が起きたのだ。

呉が視線を宙に迷わせた。

「信じられん……こんな馬鹿なことがあってたまるか……」

希郎は右手をさしだした。

「イコンを返していただきましょう」

呉の顔は蒼白になっていた。呻くようにつぶやいた。

「これがそうなのか……。これが棗家の〝力〟なのか……」

そして震える手でイコンをカートのポケットからつかみだした。

「あなたの負けです、呉さん。もう二度と、〈聖ソフィア修道院〉には手をださないでください」

希郎はイコンを受けとると、きっぱりいった。呉は激しく首をふった。

「ださない。だすものか。私が馬鹿だった。賭けなど、やめておけばいいものを。『黄龍の耳』に挑んだ私が愚かだったのだ」

希郎は顔を上げた。

「『黄龍の耳』？　それは何なのです？」

父の墓碑銘にもあった言葉だった。

「知らんのか、君は。『黄龍』とは、昔、玄宗皇帝が、その王宮の庭園にある池で飼っていたといわれる竜だ。玄宗のすべての運は、その『黄龍』がもたらしたのだといい伝えられている。君ら棗一族は、その『黄龍の耳』をもっていると、妻がいっていたが……」

呉はがっくりと肩を落とした。それを聞き、希郎は我にかえった。なつめに会わなければならない。なつめに会って、母の居どころを訊かなければ。

「奥さんは？　奥さんはどこです？」

「京都だ。京都に向かった。あれの一族は、京都におるのだ……」

呉は低い声でいった。

京都。

なつめは京都に連れていかれたのだ。

（あとを追おう）希郎は決心した。

# 第3章　石段に立つ女（ひと）

## 1

東京からの二時間五十分は、希郎にとっては、あっという間に過ぎた。十数年ぶりに乗る新幹線の車窓を、懐かしい日本の田園風景が流れ去っていくのを見ているだけでも、希郎には心楽しい時間だった。

午後三時を少し回った時刻に、希郎を乗せた新幹線は京都駅にすべりこんだ。

その朝早く、横浜〈みはらし園〉の子供たちに別れを告げ、希郎は、東京銀座の大河内法律事務所を訪ねていた。

大河内老人に会い、

「京都へいきます」

希郎が告げたとき、老人は決して意外そうな表情を見せなかった。それどころか、

「やはりの」

と、つぶやいたのだった。

「そうなると思っておった。京都にいき、巳那一族の者と見えるか」

「はい」

希郎は答えた。たとえ老人に反対されたとしても、京都には向かうつもりだった。

京都には、なつめがいる。なつめは、呉俊傑の妻によって京都へ連れ去られたのだ。

呉俊傑の妻こそ、希郎にとっては、母の姉だった。なつめはその母の居どころを知っていたのだ。

いたというのは、そのなつめが記憶喪失におちいっているからだった。

母も、なつめも、呉俊傑の妻も、同じ一族——巳那一族の人間である。そして、巳那一族は、希郎が今や、その第四十五代当主となった棗一族とは、因縁浅からぬ関係であると、希郎は大河内老人から聞かされていた。

巳那一族の本家は京都にあるのだ。

京都にいき、巳那一族の人間と会えば、母の居どころを知る手がかりが得られるかもしれない。

希郎の心ははやっていた。

天涯孤独だと信じた自分に、血のつながる人々がいた。その中に、幼い頃、亡くなったと聞かされていた母がいる。

ただ、ひとつだけ不安があるとすれば、それは大河内老人の口から知らされた、棗一族と巳那一族との間にある確執だった。

老人は、巳那一族は、棗一族と同じく古い家系だといった。そして、代々、類まれな美貌をもった娘が生まれ、その娘を時の権力者のもとに嫁がせることによって、隠然たる支配力をもちつづけてきた、と。

その巳那一族にとり、〝宿敵〟のような存在が、棗一族なのだった。そのふたつの一族の男女が出会い、愛しあった結果こそが希郎であり、それゆえに希郎の母は、姿をくらましたのだ。

母は巳那一族の宿命に疑問を感じ、一族のもとをとびだした。そして父と知りあったのだ。

二十数年後、同じことをくりかえした娘がなつめだった。なつめは、行動の先駆者として、母を頼っていたにちがいなかった。

なつめの記憶が戻れば、母の居どころがわかる。

だが――。

「希郎右衛門殿、たとえ血のつながった一族といえ、巳那一族に決して心を許されてはならんですぞ」

老人はいった。

「母上のことがあって以来、巳那一族はますます棗一族に対し、敵意を抱いておる筈じゃ。希郎右衛門殿が、巳那一族の本拠地である京都を訪れたと知ったら、ただではおきますまい」

「ただではおかない、とは？」

「棗一族は、巳那一族にとって、その存続をおびやかす存在なのだ。機会があれば、根絶やしにしたいと考えておるだろう。今、希郎右衛門殿が死ねば、その願いがかなう」

「僕を殺す、というのですか」

「老人の杞憂に終わればよろしいのですがな」

「…………」

「それでも京都にいかれるか」

「いきます」

希郎はきっぱりといった。老人は目を閉じ、深い溜息をついた。そして低い声で、

「運命か」

といった。

「運命ではありません。僕がこれから、この日本で、棗家の人間として生きていく上で、決して避けては通れない人々が京都にはいるのです。たとえ今避けたとしても、いつかは向きあわなければならないでしょう。母のことも含め、この目で確かめなければいけないことが僕にはあるのです」

老人は頷いた。目を開く。

「わかった。京都にいかれたら、嵯峨野の天覚寺という寺を訪ねられるがよろしい。そこに法円という住職がおる。法円殿なら、希郎右衛門殿の役に立ってくれるかもしれん――」

新幹線を降りた希郎は、京都駅からタクシーに乗りこんだ。

「嵯峨野の天覚寺というお寺にいきたいのですが」

そう告げると、運転手は首をひねった。

「天覚寺……。聞いたことありまへんな……」

「そのあたりにいって訊いてはどうでしょう」

「そうですな。そやけど、京都には、三千からの神社仏閣がありますよってに……」

「三千！」

希郎は思わずくりかえした。もちろん、京都に、そうした古い宗教施設が多いことは知っている。しかし三千というのは、途方もない数だった。

タクシーは落ちついたたたずまいの街並みを走りだした。道幅は東京や横浜に比べると決して広くない。ただ直角に交差した道は、初めて訪れる者でも比較的覚えやすい方向性をもっている。

すきまなく壁のようにつづく格子の街並みと、点在する伝統的な洋風建築、そしてそれらの間を流れる運河は、調和のとれた美しさを形づくっていた。

(この街では古さが美しさにつながっている)

それはある意味ではヨーロッパの街並みがもつ美しさと似ていた。

ヨーロッパでは、中世の建築物がそのまま残っていることが決して珍しくない。石畳、レンガ造りの建物、石橋など、建材の多くを木ではなく石を使っているため、半永久的に使用することができるからだ。

しかし高温多湿の気候風土である日本では、そうした石造建築は不向きで、木造の家屋が発達した。その結果、火事や戦災で、伝統的な街並みが多く消失した。

京都は戦災の影響を受けなかったことと、住民の、伝統的な街並みを残そうという努力によって、こうして今も美しさを保っているのだ。

それらのことを希郎は、修道院での修行生活で学んでいた。美術や建築の勉強を、外国でするとき、日本に関する資料で最も豊富にページをさかれているのが、京都や奈良、そして鎌倉（かまくら）といった、〝古都〟なのである。

タクシーは三十分ほど走り、やがて大きな橋を渡った。

「今のが渡月橋（とげつきょう）ですから、もう少しいきますと、釈迦堂（しゃかどう）のある清凉寺（せいりょうじ）です。どこかそのあたりで訊きますか」

国際的な観光都市だけあって、タクシーの運転手は、ひと目で旅行者とわかる希郎に親切だった。

「お願いします」

道沿いの土産物（みやげもの）屋の前で車を止め、運転手は降りて道を訊（たず）ねた。

和服に前垂（まえだれ）を着けた店員がこの先の道を示して答えている。

それを見て希郎はほっと安心した。

「わかりましたわ。この辺では〈無縁寺（むえんでら）〉で通っとるそうです」

車に戻ってきた運転手はいった。

「〈無縁寺〉？」

「へえ。無縁仏を多くまつっとるそうで」

運転手はまっすぐ車を走らせ、やがて正面に見えてきた大きな寺をまわりこむ道に入った。

窓の外を、古い茅(かや)ぶきの家が何軒もすぎていく。

「ありました。ここですわ」

タクシーが止まったのは、決して大きいとはいえない寺の山門の前だった。確かに石柱に〈天覚寺〉と刻まれている。

「ありがとう」

タクシーを降りた希郎は山門につづく石段をのぼった。とたんに、小さいと見た自分の目があやまりだったことを知った。〈天覚寺〉は奥に細長い造りをしていて、山門の向こうには、何千という小さな石仏が、びっしりと立っている。その間を縫って一本の石畳の道が、寺の本堂らしき建物にのびているのだった。

この境内(けいだい)を埋めつくした小さな石仏がきっと、無縁仏をまつったものなのだろうと、希郎は思った。

だが〈天覚寺〉は、いわゆる観光コースからは外れている寺らしく、境内にはほとんど人影がない。

本堂のすぐ向こうには、高い山がせまっている。

希郎はまっすぐに本堂に向かって歩いていった。石仏群の向こうに、もうひとつ門があり、その手前にまた石段がある。

その石段を数段のぼったとき、門の向こうに人影が現われた。

希郎は見上げ、息を呑(の)んだ。

それは和服を着たひとりの女性だった。すぐうしろに袈裟(けさ)を着けた僧侶(そうりょ)がしたがっている。

匂(にお)いたつような美しさ、とでもいうのだろうか。

年齢は二十代の半ば頃だろう。

儚(はかな)い美しさという言葉が、まさにぴったりくる姿をしている。ほっそりとして肩が薄く、それでいて色白の頬(ほお)にはふっくらした丸みがあり、整った瓜実顔(うりざねがお)を形づくっている。

切れ長の目は、わずかに視線を合わせただけで希郎の心にまで伝わってくるほどの憂(うれ)いを含んでいた。

そして何より、その立ち姿そのものが、一枚の絵として、完璧(かんぺき)な美しさなのだ。

女性自身の美しさだけではない。物腰、風情(ふぜい)すべてが、美を表現しているといってよかった。

(何てきれいな人なんだ)

髪を頭のうしろで結いあげている。その髪が、山かげに姿を隠しかけた太陽の光を浴び輝いている。

女性は石段の頂上で立ち止まると、送ってきたらしい僧侶の方をふりかえった。

離すことができなかった。


「ほな、おおきに。ごめんやす」

やさしい声でいって、腰をかがめる。

「ご苦労さまでした」

僧侶が太い、張りのある声で答えるのが希郎の耳にも届いた。

女性は石段を下りはじめた。黙礼して希郎のかたわらを通りすぎる。

希郎は黙礼をかえすのも忘れ、そのうしろ姿を目で追った。あまりの美しさに、目を離すことができなかった。

生まれて初めての経験だった。

女性は石段を下りきると、門の方をふり仰いだ。

再び腰をかがめる。

希郎はあわてて頭を下げた。が、石段の上をふりかえり、それが見送っている僧侶への挨拶(あいさつ)であったことに気づいた。

希郎の頬がかっと熱くなった。

女性は希郎の狼狽(ろうばい)に気づいた。涼しげな笑みがその口もとに浮かんだ。そして今度こそ、希郎に対し、腰をかがめてくれた。

希郎は、石仏群のあいだを遠ざかっていく、着物のうしろ姿を眺めた。

(いったいどんな人なのだろう)

どこに住み、何をしているのか。その儚げな美しさはなにゆえなのか。微笑(ほほえ)みに宿る寂しさは、何を表わしているのか。

希郎は、心の底から、その女性のことを知りたいと思った。

横浜で、なつめに対して感じた気持とは、それはまるで異なっている。

憧れ、ひと目惚れ、さまざまないい方があるが、希郎はその女性の姿を見ただけで、心を奪われてしまったのだった。

「きれいな女性じゃろ」

頭上から塩辛い声が降ってきた。ふりむくと、僧侶が希郎を見ていた。

「はい」

希郎は素直に頷いた。僧侶の口もとに笑みがのぞいた。

「はんなりとしておる」

「はんなり？」

「京の言葉だ。あれほどはんなりとした良い女子は、なかなかおらん」

「はんなり……」

希郎がつぶやいた。正確な意味はわからないが、なんとなく語感から伝わってくるものがあった。

老人は頷き、笑みを消した。

「だが、不幸を背負っておる」

「不幸？」

「そうだ。ところで、この寺にどんなご用かな」

「あ」

希郎は我にかえった。あわてて石段をのぼり、僧侶と向かいあった。ぺこりと頭を下げていう。

「すみませんでした。東京の大河内弁護士の紹介で、こちらの法円さんに会いにきました。僕は――」

「むっ」

そのとき僧侶が奇妙な唸り声をあげた。その目が希郎の右耳を鋭く見つめている。

鼻が大きく、岩を刻んだような、ごつごつとした顔の僧侶だった。首は太く、短い。どこか小柄なプロレスラーを思わせるような、ずんぐりとした体つきをしている。ごく短く刈った髪は、ごま塩で、年は六十代の初め頃のようだ。

「棗家ゆかりの方かな」

僧侶がいった。どうやら耳たぶの形で、希郎の正体を見ぬいたようだ。

「はい」

「そうであったか。失礼した。この坊主が法円です」

僧侶はいって、頭をひとつ下げた。といってへりくだる、というようすでもなく、そのごつごつとした顔だちや言葉つきといい、ふつうの僧侶とはまるで雰囲気がちがっている。

「初めまして。棗希郎右衛門です」

「何代目かな」

「四十五代です」

「そうか……。棗家も、四十五代になられたか」

「あの、法円さんは京都の方なのですか」

「私か。いや、私はちがう。もともとは九州の人間です。それから、法円さんと呼ぶのは勘弁願いたい。さん付けはどうも性(しょう)にあわん。法円、さもなければ、和尚(おしょう)でけっこう」

　法円はいって、太い指の大きな手で、顔をつるりとなでた。

「東京からこられたか」

「はい」

「それはそれは。化野(あだしの)の荒れ寺へようこそ」

「化野？」

「このあたりのことを、昔は化野と呼んだ。京都が都だった頃の話だ。その昔は、死んだ人間は身分によっては葬られることなく、このあたりに捨ておかれたのだ。埋葬ということをせずにな。その頃は、このあたりには人も住まず、獣や鳥どものすみかだった。亡骸(なきがら)は、そやつらがきれいに始末をした。いわば、都の外れにある、この世の果てという意味だよ。動物だけではなく、物(もの)の怪(け)もおったという」

「ではあの石仏は？」

「そうだ。皆、化野に捨ておかれた無縁仏たちを弔うものよ。無縁仏といったところで、人は皆死ねば無縁。この世とあの世、幽明境を異にすれば、ひとりぼっちになるものだよ」

法円は朗々といった。

「今では京どころか、日本中が化野のようなものだの」

すたすたと歩きだした。

「まあ、きなさい。茶の一杯も馳走しよう」

2

ほどなく、希郎と法円は、本堂奥にある畳じきの部屋で向かいあい、すわっていた。

〈天覚寺〉は、観光名所となっている寺院のような壮大さや豪華さこそなかったが、簡素で暖かみがあり、いかにも住職である法円の人柄をうかがわせた。

希郎は、日本に帰ってきてからの話を、ありのまま法円に語った。そして希郎の話が終わると、法円はひと言も言葉をさしはさむことなく希郎の話に耳を傾けた。

「巳那一族とな……」

とだけいって、手もとの茶卓から茶碗をひきよせた。

「大河内弁護士(せんせい)は、なぜ和尚に会えと、私に勧めたのでしょう」

希郎は訊ねた。

「そうだな。たぶん、ここが巳那一族の菩提寺(ぼだいじ)だからだろう」

「菩提寺?」

「知っての通り、巳那一族は、生まれてきた女子に一流の淑女(しゅくじょ)たるべく教育をほどこし、時の権力者のもとに送りこむ。当然、その女子が亡くなれば、送りこまれた家の菩提寺で葬られる。ただし――、男子は別だ」

「生まれてきた男の子ですね」

「そうだ。巳那一族は、由来、女子だけを貴(たっと)しとする。とはいっても、生まれてくる赤ん坊には男女両方の性がある。また、一族の血を絶やさぬためには、男子も必要なのだ。ただし、ひとりだけ、だが」

「ひとりですか」

「そうだ。希郎殿は、女王蜂の存在を知っておるだろう。蜜蜂(みつばち)の世界では、生殖のために必要な雌(めす)は、女王蜂一匹のみだ。それと同じように、巳那一族では、たったひとりの男の子供のみを残し、あとは処分をする」

「処分?」

「かつては、生まれおちてのち、男とわかると殺してしまった」

「そんな……」

法円は首をふった。

「いたましいことだ。封建時代の話だよ。生かしておかないのには理由があった。巳那家では、一族の使命を果たさんがために、女の子供は大切に扱われる。厳しい修行もあるが、同時に美しい女性たるべく、衣装、髪形、指先の一本一本に至るまで磨きぬかれる。もしその同じ屋根の下に男の子供がいればどうなるか。母親の愛は、本来性別のへだてなく、我が子に注がれよう。そうなれば、女の子供への教育がおろそかになりかねない。また、仮に、そうはならなかったとすれば、男の子供は自分が粗末に扱われたことを恨みに思い、長じてのち、一族に対し、弓をひくようなことにもなりかねない。

巳那一族の使命は、権力者のもとに、妻、母たるべき女子を送りこむこと。だが、一族の男が万一、権力者になれば、そこに一族の娘を送りこむことはできない。それは即ち、裏の支配力が衰えることを意味する。ましてや権力者になった一族の男子が、一族に対し恨みを抱いていれば、一族の存続にもかかわってくる。それを避けるために、生まれおちた男の子を間引き、その亡骸を、この〈天覚寺〉の無縁仏の中に葬ったのだ」

「そんなむごいことを平気で許したのですか」

希郎は、法円の話に寒けを覚えた。

「咎める者はおらんよ。いつの時代にも、権力者のかたわらには必ず巳那家の女がおったのだから」

「でも、今は――」

「今は、生まれおちる前に処分してしまう。即ち、水子だな。あわれにも、そうして未熟なうちに流されてしまった水子には、念仏ひとつ唱えられることはない。今の医学技術は、母親の腹の中にいるうちに性別を知ることができるからな」

希郎は首をふった。

「ひどすぎる……。母が反発したのも無理はありません」

「そうだな。巳那家は、血を残すための、父と母をひとりずつ、必ず家におく。ただし両方が一族の者では、血が濃くなりすぎるので、生き残った、たったひとりの男の子が、一族の力をもって、美しい女たちを次々と囲い、生まれてきた娘を一族の養女にするのだ」

「それがつまり――」

「あんたの母であり、話にでてきた、なつめという娘だ。ただし、その娘たちの教育は、戸籍上の祖母、巳那家の女がおこなう。母役の女は、養子として婿をとり巳那の家をでない。今現在、ばば様と呼ばれる巳那家の女帝が、息子である巳那誠一郎の娘たちを育てておる。たぶんなつめは、誠一郎の娘だろう。即ち、誠一郎は、希郎殿の伯父にあたり、なつめは従妹、ということになる」

「従妹――」

「ばば様は、希郎殿の祖母だ」

「では祖父は？」

希郎の問いに法円は首をふった。

「ばば様の代は、娘しか生まれず、それで婿をとった。が、その婿は何人かの娘と誠一郎を作ったのち、短命で寂しくこの世を去った。看取(みと)ったのは私ひとりだった。その方もまた、この〈天覚寺〉に葬られておる」

「それでは、祖父は祖母に利用されただけなのですか」

「そうなる。あの方は、子さえ作れればそれでよかったのだ」

希郎は言葉を失った。そこまでして、一族を保とうという、巳那家の人間が理解できなかった。

今の時代になぜ、という思いもある。

希郎自身も確かに、時代を超越しているような修道院で長い時間を過ごした。しかしそこでは、禁欲的な暮らしこそあったものの、目的のために他人を利用したり、その命を奪うなどということは考えられなかった。希郎がもし、修道院をでていきたいと思ったなら、そこの人々は誰も希郎を止めなかったろう。

(なつめを助けなければ)

希郎はますます強く思った。

「和尚は、なつめは今、どこにいるとお考えです?」

希郎が訊ねると、法円は腕を組んだ。

「さて……」

「呉俊傑は、彼の妻がなつめを病院に連れていった、ともいいましたが」

「この京都は、巳那家の本拠地だ。巳那家の息がかかった病院はいくらでもある」

「では、その巳那家の本家、僕らにとっての祖母がいるのはどこです？」

「直接、いかれる気か？」

法円は目をみはった。

「はい」

「だが、いって、どうなるというものではないぞ。会うことを拒絶されることすら考えられる。いや、むしろその方が大きい」

「どうすれば？」

「うむ……」

考えていた法円が、腕をほどいた。

「誠一郎と会ってはどうかね」

「伯父にあたる人ですね。なつめの父親で」

「そうだ。ばば様はかなり気難しい。が、誠一郎なら会えるかもしれん。誠一郎は、夜は必ず祇園のお茶屋におるという」

「祇園のお茶屋？」

「芸妓をあげるところだ。酒を飲んだり、食事をしたり、そして芸妓や舞子の唄や踊りを楽しむ」

「わかりました」

「希郎殿は、宿はどうされた？」

「大河内弁護士が手配してくださると。確か、〈楓屋〉という旅館でした」

「〈楓屋〉か。老舗だ。あそこなら祇園からも近い。では、こうしよう。私の方で、巳那家に探りをいれ、誠一郎がどこのお茶屋に通っておるかを調べておく。わかったら、希郎殿に知らせよう」

「はい」

「たぶん誠一郎には、警護の者がついておる筈だが、その者たちに乱暴をうけるようなことは――」

「大丈夫です」

希郎は微笑した。

「何があっても怖くありません。僕には〈黄龍〉がついていますから」

そっと右耳に触れた。そこには金の輪が留められている。

だが巳那家の本拠地である京都に踏みこんだ今、希郎は早めにこの耳のもつ〝力〟を解放しなければならない、と思っていた。

# 3

〈楓屋〉は鴨川(かもがわ)の川べりに建った、どっしとした造りの日本旅館だった。周囲には板塀(いたべい)をはりめぐらせている。

板塀は、水を打った細い小路に面しており、その木戸をくぐった希郎は、出迎えにでた法被(はっぴ)姿の老人に名前を告げた。

「東京の大河内さんからご紹介をいただいた棗ですが」

「あっ、お待ちいたしておりました。おこしやす」

奥から和服を着けた中年の婦人が現われた。年代を感じさせる、磨きぬかれた板の間をすべるようにやってくると、膝(ひざ)を折った。

「おこしやす。お部屋のお仕度ができております。どうぞ、こちらへ」

希郎が案内されたのは、鴨川を見おろす次の間つきの広大な部屋だった。床の間には掛け軸がかかり、唐三彩(とうさんさい)の壺(つぼ)が飾られている。

「こんな立派なお部屋に!?」

希郎はびっくりしていった。

「へえ。大河内先生から、『由緒(ゆいしょ)ある棗家のご当主さまなのだから、くれぐれも失礼があってはならん』いうて、きつう申しつかっておりますよってに」

「そうですか……」

「どうぞ、おくつろぎやす。お風呂もわいておりますよって、旅の疲れを流しておくれやす」

「ありがとう……」

「ほな、ご夕食は何時頃、おもちいたしましょう」

「そうですね。じゃ、一時間後くらいに」

「へえ」

婦人はそのあとも、抹茶とほうじ茶の両方を希郎のためにいれ、浴衣やタオルの用意を整えてから、部屋を去った。

あとに残された希郎は、落ちつかぬ思いで座椅子にかけ、脇息にもたれた。

初めて抹茶を飲む。苦みはあるものの、口の中がさっぱりとして、おいしいと思った。

見るとはなしに部屋の中を見回すと、漆塗りの文箱が目に入った。開けると中に、和紙で作られた旅館の案内がある。

それを読み、希郎はここが、創業百二十年の老舗で、多くの文学者や財界人、政治家が利用した一流旅館であることを知った。

建物の中は、京都の中心部にも近く、大勢の人々がいると思えるのに、しんと静まりかえっている。

希郎は抹茶を飲みほすと、立ちあがり、衣服を脱ぎすてた。

案内の婦人は、風呂がわいている、といった。

浴室は、総檜張りの美しい部屋だった。檜の良い香りがぷんと鼻にさしこむ。

(檜のお風呂か)

希郎にとっては、七年ぶりの純和式の空間である。

肌色をした檜の浴槽には、透明な湯がたたえられ、湯気をたちのぼらせている。その中に体を沈めると、湯はざあざあと音をたててあふれだし、ひどく贅沢なことをしているような気分に希郎はなった。

風呂をでた希郎は浴衣に着がえて、川面を見おろす窓べのソファに腰をおろした。

案内をしてくれた婦人のやさしい京都弁と〈天覚寺〉で見た美しい女性の姿が、頭の中で重なりあった。

お湯で火照った頰が、さらに熱くなってくる。

そのとき、部屋の電話が鳴った。

受話器をとった希郎の耳に、法円の声が流れこんだ。

「希郎殿か。誠一郎が通っている茶屋の名がわかった。祇園新橋通りにある〈さのや〉というお茶屋だ。誠一郎は、いつもきまって夜九時頃に、そのお茶屋にあがっているらしい」

「〈さのや〉ですね」

「そうだ。ただし、祇園のお茶屋は、一見のお客はあげないのがならわしだ。が、たぶんあなたの名をいえば大丈夫だろう」

「僕の名で？」

「棗家の人間が祇園と無縁の筈はないからな」

「でも……」

「とにかく試してみることだ。〈さのや〉は祇園でも一、二を争う老舗だ。きっとあなたの名は通じる筈だ」

希郎は狐につままれたような思いで電話を切った。

一見の客、というのは、これまで一度も訪れたことのない人間を意味する。希郎は知らなかったが、京都の祇園といえば、日本一格式に厳しい花街である。そこのお茶屋は、単に座敷を提供するだけの業務でありながら、芸妓、舞子の手配のみならず、料理の注文、花代と称する、芸妓、舞子への出演料、祝儀、そして祇園内部のバーやスナックでの飲み代、帰りのタクシーに至るまで、すべてを立て替え、しきっている。客からのあらゆる注文は一度お茶屋のもとにいき、その要望にそった〝遊び〟が、お茶屋によって演出される。

客はすべてをお茶屋にゆだね、一度頼んでしまえば、ありとあらゆる手配はお茶屋が代行する。それゆえに、お茶屋の権力は絶大で、芸妓、舞子のみならず、客もまたお茶屋の差配に口をはさむことはできない。

そうしたお茶屋が、紹介者のない、一見の客を受けつけないのは、当然といえば、当然のことだった。

夕食の時間がきた。先ほどの婦人が、京懐石の膳を運びこみ、希郎のかたわらで給仕をした。

「祇園のお茶屋さんというところにいってみたいのですが」

希郎はいってみた。

「お茶屋さんどすか。以前いかはったことありますやろか」

「いえ、初めてです」

「それやったら、無理とちがいますやろか。一見はんはお断わりするのが、ならわしどすさかい」

「そうでしょうね。〈さのや〉さんというのを知ってます？」

「へえ。祇園でもいちばん、いうところです。アメリカの大統領やら、外国の映画スターやらが京都にきやはったときにいかれる、聞いてます。もちろん、その方たちでも、案内されるお茶屋のお客はんがいてしまへなんだら、駄目やろ、思いますけど……」

それを聞き、希郎は無理だ、と思った。イタリアの修道院から日本に帰ってきたばかりの、二十歳の若者に、そんな格式にうるさいところが門戸を開いてくれる筈がない。

「京都には、祇園のほかにも、先斗町(ぽんとちょう)、上七軒(かみしちけん)、宮川町(みやがわちょう)などの廓町(くるわまち)がおますけど、祇園がいちばん格式が高うて、しきたりに厳しおますよって。東京の大会社の社長はんでも、紹介者なしではお座敷にあがれなんだと聞いてます」

「…………」

婦人は気の毒そうにいって、膳を下げた。

金だけでは決して思うようにならない、ということなのだろう。何百年という歴史的背景を誇る、京都ならではといえるかもしれない。

が、そうとわかっていても、希郎は手をこまねいているわけにはいかなかった。なつめの居どころを知るためには、何としても、〈さのや〉というお茶屋にあがって、巳那誠一郎に会わなければならない。

ひとりになると、希郎は浴衣を脱ぎすて、スーツに着がえた。白い新しいワイシャツにネクタイを結び、ロンドンのサヴィル・ロウで作ったスーツに袖を通す。

そして暮れた鴨川べりをのぞむ窓べに立った。窓は、鏡となって希郎の姿を映しだしている。

(外そう)

希郎は右耳に手をのばした。耳たぶに空いた穴に留められている金の輪を外す。

外した輪を財布におさめ、希郎は再び窓を見た。

次の瞬間、いいようのない不思議な力が体中にみなぎってくるのを感じた。胸がかっと熱くなる。そして全身がぐっとふくらむような高揚感を味わった。

窓の中の自分の顔が一変していた。

やさしげで、どこか頼りなさのあった希郎の顔は、自信と活力にあふれた「男」のものに変貌していた。

その変化にとまどいながらも、希郎は、

(大丈夫だ)

という自信が胸のうちにつきあげてくるのを覚えた。

(俺は、第四十五代棗希郎右衛門だ。何者も、俺の行く手をさえぎることはできない)

希郎は大きく深呼吸した。再び体がふくれあがったような気がする。

が、実際にふくれあがったわけではないことは、着ている洋服が窮屈に感じられないことでも明らかだ。

こんな経験は初めてだった。ラスヴェガスでも横浜でも、耳たぶが熱くなったことはあっても、全身に力がみなぎったり、気分までもが変化してしまうようなことはなかった。

(いったい何が起こっているんだ)

疑問はあるのだが、不安はない。逆に、これまでの自分が、仮の姿だったのではないか、とすら思えてくる。

これが棗家の血なのだろうか。

これが本当の自分の姿なのだろうか。

それとも——。

京都という土地、そして巳那一族という〝宿敵〟を前に、眠っていた棗家の力がよみがえったのか。

(今夜、何かが起きる)

希郎は予感せずにはいられなかった。

# 4

町家づくり、という。

祇園町の新橋通りと呼ばれる狭い小路に、両側びっしりと並んだ京都に多い木造家屋の建築様式のことだ。

まず目につくのが、建物の一階部分正面にある千本格子である。かつては美しい朱色を誇ったであろう紅殻は、時を経て、しっとりとした錆色に沈んでいる。二階には張りだし縁に格子手すりが配され、そこにすだれがかけられている。

格子の直線的で角張った雰囲気を、ゆるやかにカーブしたすだれがおおい、街並みに落ちつきと静けさをかもしだしているのだ。

花街という、夜の遊び場でありながら、そこには派手なネオンも嬌声もない。屋号を点した小さな看板をのぞけば、ふつうに人々が暮らしている民家と見まがうばかりだ。

タクシーを降りたら、運転手から、

「そこが新橋通りです」

と教えられた希郎も、想像していたものとあまりにちがうので、とまどったほどだ。

中には、横浜などで見かけたような、酒場のネオンを点した雑居ビルもある。が、やはり他の盛り場と比べれば、どこかひっそりとしたたたずまいである。かすかにどこからか、三味線の調べが聞こえてくるぐらいだ。

希郎は腕時計を見た。

九時半を少し回っている。

小路に入った。木履(ぽっくり)をはき、だらりの帯を垂らし片手で褄(つま)をとった白塗りの舞子が二人、希郎の少し前を歩いていた。

そして、ふっと一軒の町家の前に立つと、格子戸を引いて腰をかがめた。

「おおきにい」

すんだ声が二人の舞子から同時に発せられた。カラカラという音をたて、舞子たちが入った格子戸が閉まる。

そこは、希郎にとっては初めて触れる世界だった。

希郎はゆっくりと歩き、やがて一軒の町家の前で立ち止まった。

〈さのや〉

筆で書かれた看板に灯(ひ)が点っている。格子戸は閉まり、縁のない者、そこにあがる〝特権〟をもたぬ者を、静かだがきっぱりと拒絶しているようにもみえた。

が、希郎は格子戸を引いた。

本当にふつうの民家のような三和土(たたき)が目の前にある。三味線の音が二階から聞こえていた。

「ごめんください」

「へえ」

　奥から着物を着けた、七十代の老婆が現われた。白い髪をきちっと結い、頬にふっくらとした張りがある。切れ長の目には、若い頃はさぞ美しかったろうと思わせる色香がなおも残っていた。

「おこしやす」

　老婆は三和土の前の板の間で膝を折った。

「どちらさまで？」

　口調こそにこやかだったが、目には怪訝そうな色があった。

「あがらせていただきたいのですが」

「へえ。どちらのお客様と――？」

「誰とでもありません。僕ひとりです」

　老婆が少し背をのばした。

「初めて、でっしゃろか」

「はい」

「申しわけおへん。うちとこは一見はんはお断わりさせていただいておりますよって……」

「知ってます」

「それやったら——」

あくまでも表情は穏やかだ。が、目には固い拒絶の色があった。

「ご予約を、どなたさんかのご紹介でいれていただかんと……」

「棗、希郎右衛門」

希郎は低い声でいった。

「は？」

老婆がさっと面（おもて）を上げた。

「今、何といわれました？」

「棗希郎右衛門です」

「おたくさまのお名前でっしゃろか」

「はい」

不意に老婆が腰をのばした。希郎の顔をじっと見つめる。

「ほんまや……」

驚きに目を丸くし、そのつぶやきが唇からもれた。

「棗の旦那（だんな）はんと、そっくりな耳してはる……」

希郎は微笑んだ。とたんに老婆が三つ指をついた。

「おいでやす。お祖父（じい）さまには、ずいぶんとご贔屓（ひいき）にしていただきました、〈さのや〉でございます。女将（おかみ）でございます……」

突然の変化だった。

顔を上げた老婆の頰が涙に濡(ぬ)れているのを見て、希郎は驚いた。

「ほんまにお久しぶりで……。なんでうち、気がつきまへなんだのやろ。旦那はんにそっくりや……。もう、六十年になりますやろか」

「六十年――」

「そうどす。何代目にならはりました？」

「四十五代です」

「そうでっしゃろな……。旦那はんは四十三代、いうてはりましたから……」

とすると、祖父を、この老婆は知っているのだ。

「よう可愛(かわい)がっていただきました。仕込みの頃から、自前(じまえ)になるまで……。ささ、おあがりやす」

「祖父をご存じだったんですね」

いわれるまま、靴を脱いだ希郎は、女将に案内され、奥の和室に通された。

そこも六畳ほどの部屋で、特にとりたててどうという装飾はない。が、さりげなくおかれた屏風(びょうぶ)に、ひと目で名のある書家のものと知れる文字が飾られている。

その床の間を背にすわらされた希郎に、女将は再び平伏(ひれふ)した。

「おこしいただきまして、ほんまにおおきにどす。創業九十年になりました〈さのや〉がいちばんお世話していただきましたお馴染(なじ)みはんが、棗はんのお祖父さまでございます」

「そうですか……」

「おこしやすなら、おこしやすと、なんでひと言、お電話いただけなんだのどすか」

顔を上げたお女将は、恨んでいるようにいった。そして、はっと息を呑み、

「今、お茶をおもちいたしますが、お酒は何がよろしいでっしゃろか……」

「お酒、ですか」

「へえ。お祖父さまはもう、それはもうお酒がお好きで……。でも一度も酔わはったところをうちらにはお見せにならしまへんどした……」

酒と名のつくものは、修道院にいた頃、いく度か飲んだワインくらいのものだった。

「じゃあ、祖父と同じものを……」

女将がぱっと顔を輝かせた。

「それやったら、鳥羽鶴の冷やどす。じきおもちいたします」

運ばれてきた冷や酒を、希郎は女将の酌で飲んだ。初めて飲む日本酒だった。

(お祖父ちゃんが愛した酒なんだ)

酒は、まろみがあり、しかし、甘さやくどさがなかった。盃を空け、また空けても、酔いは感じない。

三味線の音はあいかわらず二階から聞こえてくる。巳那誠一郎のいる座敷からだろう、と希郎は思った。

「三味線の音がいいですね」

「それはもう、地方（じかた）では、祇園でいちばんの姐（ねえ）さんどすから」

「地方？」

「へえ。三味線を弾（ひ）かれる芸妓はんを地方、舞いをやらはる芸妓はんを立方（たちかた）いいます」

「じゃあ、上の地方の芸妓さんは——」

「千代栄（ちよえ）姐さんいわはりまして、お祖父さまもご贔屓になさってはった、今年七十八になる芸妓はんどす」

「会わせていただけますか」

「へえ、それはもう……。ただ、今は、二階のお馴染みはんのお座敷に出てはりますよって……」

「いってみます」

　希郎は立ちあがった。

「ち、ちょっと——」

　あわてたように女将がいった。が、とりあわず、希郎は座敷をでた。

　座敷は、玄関から細長い廊下でつながっていて、途中に階段があった。

　女将が追ってくるのをふりきり、希郎は階段をのぼった。狭く急な階段だった。

　三味線の音が高くなる。

　階段をのぼりきると、そこはやはり廊下になっていて、ふたつの和室に面していた。

ひとつは障子を開けはなった六畳間で、その奥に八畳の部屋がある。六畳の部屋に、正座して三味線をもった老芸妓と、扇子を手に踊るもうひとりの芸妓の姿があった。

八畳の間の方に、座卓があり、スーツを着た男と舞子がすわっていた。ちょうど男は、舞子から酒の酌を受けたところだった。足音に気づき顔を上げると、希郎の姿を認め、眉をひそめた。

「何だね、君は」

五十代の初め頃だろう。痩せて、鶴のような体つきをしている。座卓の後方に、黒のスーツを着た男がふたり正座していた。

そのふたりがさっと腰を浮かした。

「棗の旦那さん……」

女将が廊下で希郎に追いつき、息を喘がせた。

「棗……」

「突然、不粋な真似をして申しわけありません」

希郎はいった。

「巳那誠一郎さんですね」

誠一郎の背後にいた黒スーツのふたりがすっと進みでた。誠一郎をかばうように立ちふさがる。

三味線が止んだ。

「僕は棗希郎右衛門です」

「君が？」

誠一郎は目をみひらいた。目も鼻も、唇も細い、華奢な顔だちをしている。いわゆる〝公家顔〟だった。

希郎は、

「お邪魔します」

と、六畳間のふたりの芸妓に頭を下げた。

「踊りを中断してしまって申しわけありません」

「踊り、やおへん。舞い、いうておくれやす」

踊っていた芸妓がいった。顔を白塗りにしている。その芸妓と目をあわせ、希郎は息を吞んだ。

あの女性だった。〈天覚寺〉の石段ですれちがった美女だ。

「あなたは——」

芸妓は、にこりともせずに腰をかがめた。

希郎は驚きをおさえ、誠一郎に向き直った。

「な、何の用かね、いったい」

誠一郎は、希郎の出現に怯えているように見えた。二人のボディガードの陰に身を隠すようにしている。

「なつめさんに会わせていただきたくて、京都までできました。なつめさんはどこですか？」

「な、なつめ？　誰のことだ、それは」

それを聞き、希郎は気づいた。なつめというのは、記憶喪失で自分の名を思いだせない彼女のために、シスター・キャサリンがつけた名だった。

「あなたのお嬢さんです、僕にとっては従妹にあたる。横浜で記憶を失っているところを、呉俊傑の奥さんに、京都まで連れていかれた」

「みづきのことだな」

誠一郎が合点したようにいった。余裕をとり戻したのか、目にずるそうな光が宿った。

「あれはもう、京都にはおらん」

「なんですって!?　どこです？」

「君にそんなことを教える理由はない。女将！　この無礼者を追いだしてくれ。こんなわけのわからない若造をあげるようでは、老舗の〈さのや〉の看板が泣くぞ！」

「申しわけおへん」

女将がおろおろしていった。

「女将さんは悪くありません。僕が勝手にあがってきたのです」

「関係ない！　帰ってもらおうか」

誠一郎の声は女のように甲高くなった。

「帰れません。彼女は僕の母の居どころを知っているんです。長いあいだ死んだと聞かされてきた母の――」

希郎の言葉に誠一郎はとりあわなかった。

「追いだせ」

と、二人の男に命じる。二人は希郎めがけ突進してきた。十六、七に見える舞子が悲鳴をあげた。

希郎は唇をかんだ。不意に、右耳がかっと熱くなった。

とびかかってきた最初の男の腕を払い、希郎は腰をかがめた。

希郎の首をつかもうとして目標を失い、男はつんのめった。そこへ第二の男がぶつかり、最初の男はまっさかさまに階段を転げおちた。ダダダッという大きな音が響いた。

「かんにんしておくれやす!」

女将が叫んだ。

「表へでましょう。これじゃ、こちらに迷惑がかかります」

希郎は静かにいった。最初の男が階段を落ちたのは、まったくの偶然だった。こうした暴力には、まったくといっていいほど、希郎は慣れていない。

「いかん! 表にでたら警察沙汰になる。女将、警察を呼んではいかんぞ、巳那家の名に泥がつく」

誠一郎が叫んだ。

「そんなに家の名が大切ですか！」

希郎の中で何かが爆発した。

「神よ、お許しを」

そうつぶやき、希郎の襟首をつかんだ第二の男の手首を握った。

男の目に驚愕の表情が浮かんだ。呻き声があがる。修行生活で、毎日、水運び、農作業をして暮らした希郎の体には、外見からは想像もつかない筋肉が備わっている。それが今、怒りですべての力を解放していた。

「あ、あ……」

希郎はつかんだ男の右手首を頭上高くさしあげた。長身の希郎に右腕を吊るされ、男は爪先立ちになった。

「は、離せ！」

左手で希郎の顔を殴りつけた。希郎はかまわず、男の体を階段の下り口までもっていくと、握っていた手を離した。

男はいきなり右手を自由にされ、バランスを崩した。背中から倒れこみ、階段を落ちていった。

呻き声が重なり、静かになった。

「ひ、人殺し……」

誠一郎がいった。かたわらの舞子の陰に隠れようとする。

卑劣な男だ、と希郎は思った。同時に、こんな父親をもった、なつめ——本名はみづき——を、かわいそうだと思った。

「巳那誠一郎！」

希郎は怒鳴りつけた。

「た、助けて」

誠一郎は頭を抱えた。

「みづきはどこにいるんだ!? 答えろ！」

「ば、ばば様のところです。ばば様が……」

ばば様というのは、巳那家の女当主にちがいなかった。

「ばば様の家はどこだ？」

「な、南禅寺の——」

そこまで誠一郎がいったとき、希郎は何者かに頭を殴りつけられ、よろめいた。ふりむくと、顔を血だらけにした、誠一郎のボディガードが三味線を逆手にもって立っていた。

「この野郎！」

ボディガードは叫んで、三味線を希郎の額にふりおろした。弦が切れ、棹がぽっきりと折れた。

希郎は目の前がまっ暗になり、階段を転げ落ちた。

# 5

希郎は目を開いた。目の前にうっすらと白い靄（もや）のようなものがかかっている。やがてそれが冷たく濡らされた手ぬぐいだと気づいた。

「痛っ」

手ぬぐいからは香（こう）に似たいい匂いがした。それをとりあげようとして、額の傷に触れ、希郎は呻いた。

「気ぃつきはった？」

そっと手ぬぐいがとりはらわれ、希郎の顔を涼しげな目がのぞきこんだ。

彼女だった。誠一郎の座敷で舞っていた芸妓だ。かたわらに氷水の入った木の盥（たらい）がある。

希郎は体を起こした。自分が和室の中央にしかれた布団（ふとん）に寝かされていたのを知った。が、そこは、〈さのや〉の座敷ではなかった。

「ここは？」

希郎は布団のかたわらに正座した芸妓を見た。座敷で着ていた着物ではなく浴衣姿で、白塗りも落とし髪もほどかれ肩の下にたらしている。

痛みを忘れさせる、なまめかしさだった。

「うちの家どす」

彼女は微笑んでいった。

「あなたの？」

「へえ。巳那の旦那はんは、警察も救急車も呼ぶことはまかりならんといわはって、でていきおした。〈さのや〉の女将さんが、あんまり困ってはるさかい、うちとこにお連れしたんどす。うちのお馴染みさんで口の固いお医者さまがいてはりますよって、ここにおこしいただいて、棗はんを診ていただきました」

「僕を……」

「へえ」

頷いて、彼女はおかしそうに笑った。

「先生のお話では、棗はんは石頭やそうどす」

さすがの希郎も言葉を失った。

「……ありがとうございました。ご迷惑をおかけしてしまって。あの――」

「綾音どす」

「綾音さん……」

「初めてお会いしたときも階段で、次、お会いしたときは、階段から転げ落ちはって。よくよく階段にご縁のある方やと思いましたえ」

希郎は吹きだした。笑うとたんに額の傷がずきんと痛んだ。が、それでも笑った。

綾音も手を口もとに運び、笑った。

笑いやむと、希郎はいった。

「寂しそうな笑顔だ」

「え？」

「綾音さんを初めて見たとき思いました。どうしてこんな寂しそうな笑い方をするのだろうって」

「何をおいいやすの？」

綾音の顔がこわばった。

「ごめんなさい。傷つけるつもりはなかったんです。ただ……」

「ただ、何どす？」

「あなたみたいに美しい人を見たことがありませんでした。〈天覚寺〉の和尚さんは、はんなりした人だ、といいました。それに、不幸を背負っている、とも」

「不幸……。そうどすか」

目をみひらいて希郎の顔を見つめていた綾音は、寂しげに顔を伏せた。

「和尚はんはそれ以上、なんぞいわはりました？」

「いいえ。でもあなたみたいにきれいな人がどうして不幸なのだろうとは思いました」

「お口がお上手どすな。お若いのに」

綾音は希郎をにらんだ。

「本当のことです」

いいながら、希郎は全身が熱くなった。

「何をいわはるのどす。こんなおばちゃんに」

「そんな。僕とそんなに年がちがわないじゃないですか」

「棗はんはおいくつどす？」

「二十です」

「うちは六つも年上どすえ」

希郎は首をふった。何といってよいかわからなかった。何度も首をふった。

「どうしやはりました？」

「僕は……ほんのひと月前に日本に帰ってきたばかりです。それまで七年間、北イタリアにある修道院にいました」

「七年も!?」

綾音は目をみはった。

「今日、あなたを見たとき、こんなきれいな人は初めてだ、と思いました。あの……聖母さまのようだって」

「もったいない」

綾音はつぶやいた。

「何といったらいいかわかりませんが、本当に綾音さんはきれいです」

「棗はん」

「はい」

「棗はんはお名前は何といやはりました？」

「希郎右衛門です。棗、希郎右衛門」

「女将さんは、由緒あるお家の方やというてはりました。お祖父さまが、〈さのや〉さんのお馴染みさんやったとかで」

「ええ。祖父の名も棗希郎右衛門です」

「そうどすか……」

綾音は頷いた。希郎はその目が急に遠くを見るような表情になったことに気づいた。

「あの、すっかりご迷惑をおかけしちゃって、すみませんでした。この家は、他に誰方か――」

綾音は寂しそうに首をふった。

「誰もおらしまへん。うちは死神に見こまれた女子ですさかい」

布団をでて、たたもうと手を動かしていた希郎は、その言葉に綾音を見た。

「死神に見こまれた――？　どういう意味です？」

「うちと仲ようなった殿方は、皆さん亡うならはってしまうんどす。最初に水揚げをしてくれはった旦那はん、好きになった人、皆、亡くなってしまいはった。いつの頃やら、綾音は死神に惚れられてる。綾音が殿方を好きになると、死神がやきもちをやく、いわれるようになって」

「そんな馬鹿な」

「ほんまどす。うちは、初めての方から四人——」

「待ってください。初めての方って？」

綾音は希郎を見つめた。

「女子にそんなこといわせはる気どすか」

「そんなこと？」

「棗はん、本気でいうてるんどすか？」

綾音の目に初めて、憤りの色が浮かんだ。

「だって、今日だってお座敷にでていらっしゃったじゃないですか。もしあなたが好きになった男性が死ぬのなら、誰もあなたのことはお座敷に呼ばない筈じゃないですか」

「そういう意味とちがいます。うちがいうたのは、男と女のことどす」

「あ……」

初めて希郎は理解した。とたんに、綾音にひどく恥ずかしいことを説明させていたことに気がついた。

「申しわけありませんでした」

今度は希郎が恥ずかしくなる番だった。穴があったら入りたいくらいの気持で、希郎はあやまった。

それを見ていた綾音がいった。

「棗はん」

「はい」

「ひょっとして、女子(おなご)はんを知りはらへんのどすか？」

「あの——。ずっと、神に仕(つか)える身でしたから」

「そうどしたの……」

綾音はいった。

「それがいったい、何で——。あ、うちとしたことが……かんにんしておくれやす。そんな立ちいったこと」

「いえ、いいんです。聞いてください」

いって、希郎は話し始めた。修道院に、ロンドンの弁護士から手紙がきたことから始め、父の遺言、ラスヴェガス、横浜でのできごと、そして京都にきたわけを告げた。

「……そうやったんどすか」

綾音は希郎が話す間、じっと目をみひらいていた。その涼しげな目に見つめられているだけで、希郎は息苦しくなるのを感じた。

「ご苦労しやはったんどすな……」

綾音の言葉に希郎はびっくりした。

「そんな。苦労したなんて。次から次にいろいろなことがあって、すごく楽しい」

今度は綾音が驚いた。

「楽しい？」

「ええ」

希郎は微笑みを浮かべ、頷いた。

「修道院での生活は、静かで平和でしたけれど、毎日が同じで、少し退屈していました。修道院をでるときは不安もありましたが、今はよかったと思っています」

「なんでどす？」

「毎日毎日、いろいろな人と会い、新しいできごとが起きています。すごく新鮮で、ああ、俺は生きているんだって、感じるんです」

「こんな怪我をしやはっても？」

「これも二度目です」

いって希郎は笑った。

「横浜でやっぱり、暴力団のような男たちに殴られました」

「なんちゅうことを……」

綾音は絶句した。

「とにかく、僕はこの耳のもつ運命と一生つきあっていかなくてはならないんです。どこまでこの僕の〝力〟が強いか、見きわめたい」

「……幸せなお人どすな」

希郎の顔を見つめていた綾音がぽつりといった。

「うちは、棗はんのようには生きられしまへん。きれいな着物きて、お化粧してても、人を好きになることもかなわず――」

「好きになればいい」

「あきまへん。いうたやおへんか。好きになったらその方と肌をあわせたい思うんは、殿方も女子も同じどす。でも、もしうちが殿方と肌をあわせたら……」

「その四人の人たちは、どうして亡くなったのです？」

「ひとりひとり、ちがいます。最初の旦那はんは、うちを水揚げしはってふた月後に心臓発作で……」

ふたりめが、やはり綾音に惚れた客で、最初の夜から三日後、経営する会社の会議の席上で脳梗塞の発作を起こしたという。三人めは、綾音が好きになった料理人で、芸妓をやめ所帯をもつことを考えていた矢先、交通事故で亡くなった。四人めは、東京から通っていた青年実業家だった。綾音に夢中で、綾音も心を惹かれていた。だがこれまでのことで、綾音が迷っていたところ、

「俺はそんな迷信は信じない」

と、綾音を抱いたという。その半月後、外国で乗った飛行機が墜落し、死亡した。

「うちはもう、どなたも好きになったらあきまへんのや。たとえ遊びでも殿方と肌をあわせてしもうたら……」

それまで無言でいた希郎は、綾音が膝の上で握りしめていた両手をつかんだ。驚いて顔を上げた綾音に、正座して向きあった。

「お願いがあります」

「何どす？」

「僕は女性を知りません。僕に教えてくれませんか？」

「何をいわはるのどす。うちの話を聞いてへんかったのどすか!?」

綾音は悲鳴をあげるようにいった。希郎は体中がかっと熱くなるのを感じた。特に、右の耳たぶが燃えるように熱い。

「綾音さんが僕のことを嫌いならあきらめます。でも、もし僕のことを少しでも、男として魅力的と思うのなら……お願いします。僕はあなたを抱きたい！」

「同情でっか？」

綾音の目に怒りが浮かんだ。

「ちがう！　初めてあなたを見たときから、あなたを好きになった。すべて知りたいと思った。その『すべて』の意味が、今、わかったんだ」

「棗はんは、うちがなんであそこのお寺におったたか、おわかりどっしゃろか？　四人の殿方のご成仏を願うてのことどすえ」

「僕があなたの運命をかえる！」

希郎は毅然としていった。綾音は、眼尻が裂けるかと思うほど大きく目をみひらき、希郎を見つめていた。

「わからんのどすか？　お父はんが遺さはった手紙の通りに、棗はんは今、大きなまちがいをしようとしてはる」

「いいえ、僕は父のように、この耳のもつ力を恐れない。自分で自分の運命を切り拓いていく。好きになった人の前から尻尾をまくような真似はしたくないんです」

「棗はんは、本当にそこまでうちのことを……」

希郎は深く、大きく頷いた。

希郎の顔をじっと見つづけていた綾音が突然、目を伏せた。希郎の胸に不安が広がった。本当に同情などではなかった。生まれて初めて、希郎は、女性の体のすべてに触れたいと願っていた。そしてその強い欲求は、今までに感じたどのような願いともまるでちがい、耐えがたいほどの切なさと苦しみを伴っていた。綾音の息づかいひとつ、瞬きひとつで、希郎は自分の胸が爆発してしまうのではないかとすら、思えた。

やがて綾音がいった。

「――お風呂の用意をしてまいります」

## 6

綾音の家は、祇園町の外れに建つ、町家づくりのしもたやだった。格子の向こうで花街の夜はすでに更け、車の音すらもあまり聞こえてこない。

「お風呂の用意が整いましたよって」

綾音の言葉に、希郎は一階に降りた。失神していた希郎を、綾音は〈さのや〉に出入りする仕出屋の男衆などの手を借りて、二階の部屋にかつぎこんでいたのだ。

風呂は、小さいながらも、〈楓屋〉と同じ檜造りだった。

希郎は案内されるまま、衣服を脱ぎすて、浴槽につかった。綾音が決心したことはわかった。心臓が破裂しそうなほど早く脈打っている。

(何を恐がっているんだ)

希郎は自分を叱咤した。不安は、綾音のもつ不運に対してではなく、これから自分がおこなおうとしていることに対してだ。

ざぶっと湯で顔を洗う。

(初めてなんだ。すべてを綾音さんにゆだねよう)

体を洗い、風呂をでた。脱衣所に、希郎が脱ぎすてたスーツはなく、ま新しい男ものの浴衣があった。希郎はそれを身に着けた。

「いいお風呂でした」

恥ずかしさをまぎらわすようにいって、希郎は一階の居間に入った。が、そこに綾音の姿はなかった。

希郎は、二階へとつづく階段を見あげた。二階の明りが消え、ほの暗いスタンドの灯が踊り場に洩れている。

階段が、希郎にはまったく新しい世界へのかけ橋に見えた。

階段をのぼった。

希郎が寝かされていた部屋に、ふた組の布団がしかれていた。小さなスタンドが点けられ、その布団のひとつに人のふくらみがある。そして新たに薫かれた香の匂いが部屋には満ちていた。

希郎は口の中がからからに渇くのを感じた。横たわった綾音は身じろぎもしない。

「失礼します」

舌がうまく動かず、ひびわれた声でいって、希郎は布団に近づいた。そのまま無言で隣りあわせた布団の中にすべりこんだ。

綾音が寝がえりをうった。スタンドの光でま近に見る綾音の白い顔は、息を呑むほど美しかった。ほつれた髪が、顔の半ばをおおっている。

「ほんまによろしおすか」

低く、ささやくように、綾音はいった。その目を見つめ、希郎は腕をのばした。

夜が明けた。

希郎は、与えられた。それは、与えられたとしかいいようのない営みだった。綾音によって、男女の愛のいきつくところ、その歓びを、希郎は与えられたのだった。

希郎は与えかえそうと努力した。初めてのときはできなかった行為が、次のときにはできた。自分の得た歓びのせめて半分でよいから、綾音に与えたいと願った。

綾音はそれを察した。希郎に体を任せた。

綾音の喉（のど）から、歓びを示す声が洩れたとき、希郎は幸福感が体中を走りぬけるのを感じた。その声が高くなるにつれ、幸福感は増し、やがてはヴェールのように厚く大きな存在となって、希郎と綾音のふたりを包んだ。


希郎は目を開いた。かたわらの綾音の布団を見た。空っぽだった。

はっとして起きあがった希郎の声に、本当に小さな頃聞いて以来、忘れていた響きがとびこんできた。

それはトントントンという、規則正しく、包丁がまな板を打つ音だった。階下から聞こえるその音は、綾音が朝食の仕度を整えていることを告げていた。

衣服を整え、希郎は階段を下りた。

浴衣を着物にかえ、前かけにたすきをかけた綾音の姿が、台所にあった。

まぶしいほどの朝陽が格子窓の向こうの露地に落ちていた。

「すばらしい朝だ……」

希郎はつぶやいた。綾音がふりかえった。頬がほんのり赤く染まっていた。

「おはようございます」

希郎はいった。

「おはようさんどす」

味噌汁のよい匂いが鼻にさしこみ、土鍋の中で湯豆腐が躍っていた。

刻んだ漬け物、焼いた干物、卵焼が膳には並んでいる。

ふたりは向かいあって食卓についた。綾音がご飯をよそってさしだした。

「たんと召しあがっておくれやす」

希郎は味噌汁をすすり、ご飯をほおばった。

「うまい！」

声がでた。綾音が嬉しそうにうつむいた。

希郎はお代わりを二杯もした。おかずを余さず、すべて食べた。本当においしかった。

「ごちそうさま」

希郎が箸をおいたとき、綾音は不意に涙ぐんだ。

「嬉しおす……」

「どうしたんです？」

「うちが、こんなふうに、また殿方のお世話をできるやなんて、思ってもいぃしまへんどした……」

「これからお腹がすいたら、すぐ京都いきの電車にとびのります」

希郎はすました顔でいった。綾音がくすっと笑った。

「何が、どす？」

「今の笑顔です。少しも寂しそうじゃない」

「棗はん……」

「希郎と呼んでください。もう、僕とあなたは他人じゃない」

綾音の頬がまっ赤になった。

希郎は立ちあがった。綾音がはっと顔を上げた。

「どちらへ？」

「南禅寺というところです。そこに昨夜の、巳那誠一郎のお母さんがいる。僕にとっては、祖母にあたる人です」

「巳那のばば様のところどすか」

綾音の顔に驚きが浮かんだ。

「知っているんですか」

「巳那のばば様いうたら、京都、大阪、いえ祇園にきはるようなら東京の財界のお方でも、知らん人はおへん。誰も頭が上がらんたいそうなお方やと聞いてます」

希郎は頷いた。

「南禅寺は、京都でも、ほんまに由緒あるお方やとてつもないお金持が住まわはるところどす。たいそうなお屋敷ばっかりで……」

なつめ——みづきは、ひょっとしたらそこにいるかもしれない、希郎は思った。昨夜、誠一郎は、みづきはもう京都にはいない、といったが、それがとっさの嘘であったとも考えられる。

そのときだった。綾音の家の格子戸にとりつけられた呼び鈴が鳴った。

「はーい」

返事をして、綾音は立ちあがった。

「誰やろ、こんな朝早う(はよ)に……」

玄関にでていく。鍵を開けて、カラカラと戸をひく音がつづいた。

何ごとか話し声がして、綾音が居間に戻ってきた。緊張し、青ざめた顔をしている。

「誰方(どなた)はんどす？」

「希郎はん……」

「どうしました？」

「お迎えや、いうて……」

希郎は玄関にでた。

きっちりとした黒い詰襟(つめえり)の制服に黒の革ブーツをはき、制帽をかぶった男が立っていた。

整った顔だちだが、色白で唇だけが妙に赤い。目は細く切れ長で、どことなく爬虫(はちゅう)類(るい)を思わせる薄気味悪さがある。

希郎が上（あ）がり框（がまち）に立つと、男の赤い唇が開いた。

「第四十五代棗希郎右衛門様で？」

キィキィという軋（きし）むような響きを伴った声だった。

「そうです」

「お迎えにあがりました」

男はいって、背後に尖（とが）った顎（あご）をしゃくった。そこには黒塗りのロールスロイスが、小路いっぱいをふさいで止まっていた。

「お迎えせよという、ご下命（かめい）で」

「誰のです？」

「あなたさまのお祖母（ばあ）様です」

「僕の――。すると……」

男はにやりと笑った。目に冷たげな光が浮かんだ。

「巳那のご当主さまです。いっしょにいらしていただけますね」

言葉づかいこそ丁寧（ていねい）だが、その口調には、有無をいわせない恫喝（どうかつ）のようなものがこめられていた。

「ご当主さまというのは、巳那のばば様ですね」

「おっしゃる通りです」

「あきまへん！　いったらあきまへん！」

不意に、希郎の背後で話を聞いていた綾音が叫んだ。

「なんぞ恐ろしいことになります。希郎はん、いかんといておくれやす」

綾音の叫びには不安がこもっていた。

「黙れ！」

男がいった。鞭のように鋭い声だった。

「芸妓のお前が口をだすんじゃない」

「何をいわはるのどす！　ここは祇園町どすえ。祇園は芸妓、舞子の町。そちらはんこそお黙りやしたらいかがどす!?」

綾音が凜としてやりかえした。

「女ぁ」

男はかっと目をみひらいた。綾音の家に踏みこもうとするのへ、希郎は立ちふさがった。

「彼女に手をだすな！」

そして生まれて初めて、自分から先に暴力をふるった。男をつきとばしたのだった。

男は玄関の戸に背中をぶつけ、よろめいた。一瞬その目に憎しみが宿るのを、希郎は見た。

が、次の瞬間には瞼を細め、

「失礼をいたしました」

無表情な声でいい、腰をかがめた。不気味さが全身に漂っている。

「おいでいただけますでしょうか」

「希郎はん」

綾音がうしろから希郎の手を握りしめた。希郎はふりかえった。

綾音は目に涙を浮かべ、強くかぶりをふった。

「お願いどす。いかんといておくれやす。うち、悪い予感がするのどす」

「大丈夫」

希郎は微笑んだ。

「今朝から、僕も綾音さんも生まれかわったんだ。何も悪いことなど起きはしません」

「希郎はん――」

希郎は強く綾音の手を握りしめた。

そして男の方をふりかえり、いった。

「いこうか」

# 第4章　待ち兼ね島

# 1

洛東と呼ばれる、京都中心部の東側には、多くの観光名所がある。東山山麓の清水寺、知恩院、〈祇園さん〉と京都の人々に親しまれる八坂神社、円山公園、京都大学、哲学の道、そして銀閣寺。その洛東の東端に位置しているのが、南禅寺である。

正しい名称を、瑞龍山太平興国南禅禅寺といい、臨済宗南禅寺派の本山である。七百年前に寺となり、足利・豊臣・徳川諸家のあつい保護を受けてきた。名僧・高僧と呼ばれる僧侶を輩出させたことで知られ、国宝や重要文化財を多く蔵している。この、南禅寺を囲む一帯は、おそらくは、日本一の屋敷街としても知られている。

かつての財閥や華族、現在では日本でも有数の会社のオーナーの屋敷が、広大な敷地を囲む塀を、細い小路にそってはりめぐらせている。

今、希郎を後部シートに乗せ、爬虫類を思わせる不気味な運転手がハンドルを握る、黒塗りのロールスロイスは、かたわらを水路が流れる、南禅寺の屋敷街を進んでいた。

祇園にある綾音のしもたやをでて以来、運転手と希郎はひと言も言葉を交わしていない。

やがて――。ロールスロイスはスピードを落とした。南禅寺の屋敷街を走る水路が、そのあたりではぐっと広くなり、石垣の上にめぐらされた屋根つきの塀を、まるで濠のように囲んでいる。

小さな城を思わせるような、豪壮な邸宅だった。しかもただ広いだけではなく、ゆとりと落ちつき、つまりは伝統を感じさせる屋敷である。

門構えと呼ぶにふさわしい、ぶ厚い門扉（もんぴ）をそそりたたせ、手前には濠にかかった石橋がよこたわっている。おそらくはこの京都の一等地において、そこが個人の所有する屋敷であるとは、訪れる観光客は誰も思わないだろう。美術館か博物館、あるいは何らかの施設であると考えるにちがいなかった。

塀の手前にも外にも、何百年という樹齢を思わせる太い松が枝をめぐらせている。明るい陽（ひ）がさしかけ、玉砂利をしきつめた門扉の周辺に濃い影を落としているが、人の気配はまるで感じさせない。

いったいこれほどの大きさの屋敷の中で、何人の人間が暮らしているのだろうか。ふつうの暮らしをする人々の住宅事情なら、一戸建ての住宅にしたとしても、二十軒や三十軒は楽に建つほどの広さがある。

ロールスロイスは石橋を渡り、門扉の前でいったん停止した。

運転手の手がサイドボードにとりつけられた自動車電話の受話器をつかみあげた。ボタンを押し、でた相手に告げた。

「神江（かみえ）でございます。お連れいたしました」

すると、ほどなく高さ三メートルはある門扉が内側に開かれた。開いたのは、作務衣（さむえ）

のような紺の上下を着けた、ふたりの若い男だった。ふたりとも屈強な体つきをし、隙のない表情を浮かべている。

ロールスロイスは門扉の内側に進入した。横長の巨大な邸宅がフロントガラスいっぱいに広がっていた。

数分後。ロールスロイスを降りた希郎は、邸内の一角にある広大な座敷に通されていた。

外に面した障子が大きく開け放たれ、欄干のある渡り廊下の向こうに、濃い緑色の池を配した日本庭園が広がっている。

希郎をそこまで案内したのは、運転手ではなく、門扉を開けた若者と同じような作務衣を着けた老人だった。白い顎ヒゲを垂らし、年齢は七十をこえているにちがいない。が、目にも足どりにも、高齢を感じさせるものはなかった。

「こちらにてお待ちください。間もなく主が参ります」

老人は、百畳はあると思われる座敷に希郎を通すと、平伏して告げ、歩きさった。

希郎は庭に近い位置に腰をおろした。畳の上にあぐらをかいた。正座だけは、ヨーロッパ生活のせいで得意ではない。

屋敷の中からは、何の物音も聞こえてはこなかった。邸内の長い廊下を歩いてはきたが、ここがいったいどんな造りになっているのか見当もつかなかった。

希郎は首をめぐらせた。

大座敷の一方の隅に、打掛けが飾られていた。それも一枚ではない。ずらりと、何十という数の打掛けが並べられている。どれも金糸銀糸をふんだんにつかった、目にも彩な、美しいものばかりだ。すべてほこりや虫がつかぬよう、ガラスのケースにおさめられている。

希郎は立ちあがり、近づいた。打掛けとは、着物の上にはおる小袖のことで、近年は花嫁衣装くらいでしか見られない。厚みも重さもあり、いわば、西欧のパーティーでドレスの上に豪奢な毛皮のコートを着るのと似ている。が、一枚として同じもののない手縫いの打掛けには、さらに見る者の目を惹く美しさがある。しかも、これらの打掛けは、たぶん婚礼の際に、花嫁が一度着たきりなのだ。

あるいは何千万円という価値があるだろう。これらの打掛けを、一度使用したきりでこうして飾っておくのは、途方もない贅沢といえた。

襖の開く音と衣ずれが聞こえた。

「それらは皆、巳那の女たちが嫁入りの折りに着たものじゃ」

希郎はふりかえった。

希郎が案内されたのとは反対側の廊下に面した襖が開いていた。

これまでに見たこともないほど太った女性がそこにいた。小山のような体に着物を着け、満月のように丸くふくらんだ顔をしている。高齢だとは思うのだが、はちきれるほど肉がついた顔のため、皺すら目立たない。灰色の髪を結いあげていた。

両わきに、これも着物を着けた、ふたりの若い女性が介添えとして従っていた。どちらもまだ、十八、九歳、希郎とさしてかわらない年頃だ。にもかかわらず、どこか冷たい、完成された美しさを身につけている。

ふたりの娘は、好奇心のこもったまなざしを希郎に向けていた。

「その中に、そなたの母が着る筈であった打掛けもある。とうとう一度も使われぬままだった」

老女はいった。すべるように進みでる。

その、キュルキュルという足音に、希郎は気がついた。その老女は、もはや自分の足では歩けないほど太っているため、台車のように車輪のついた座椅子にすわっているのだ。それを二人の娘が押している。二百キロ近い体重があるにちがいない。

異様に太った老女は、向き直った希郎のかたわらまでくるといった。

「棗希郎右衛門殿だな」

太ってはいても、ぬけるほど色が白く、整った美貌を老女はもっていた。それだけにかえって不気味さがある。

「そうです。あなたが巳那のばば様ですね」

希郎は答え、静かに老女を見おろした。

この人が自分の祖母なのか。かすかな記憶しかない母を思いおこさせる何かを希郎は探した。が、それは見つからなかった。

不意に赤く塗った老女の唇が裂けた。風体からは想像もつかない甲高い笑い声が洩れた。

「立派な耳じゃ。わらわが見てきた棗の者の中でも、ひときわ立派な耳をしておるわ。のう、琴枝、依枝」

呼びかけられたふたりの娘も軽やかな笑い声をたてた。

「ほんに。おばば様」

それは、希郎を、人というよりは珍種の生き物としておもしろがっているかのような笑いだった。

笑いやむと、老女はいった。

「そなた、昨夜は、祇園に泊まったそうじゃな。それも男殺しで知られておる綾音の家に。まぐわったのかい」

その言葉に、希郎は、かっと体が熱くなるのを感じた。

「だとしても、それはあなたには関係のないことだ」

三人は再び笑い声をたてた。まるで童女のようだった。

「棗家の男ともあろうものが、芸妓の業に命を落とすかえ」

「僕は死にません。綾音さんの運命は、僕がかえてみせる」

「それはどうかの」

老女は唇をゆがめた。

「あの女子の背負っておる業は深いぞえ。たとえそなたといえども打ち勝てるかどうか……」

「僕はそんなことをお話ししにきたのではない」

「――そういえば」

思いだしたとでもいうように、老女はいった。

「昨夜は誠一郎にも会ったそうじゃの。まったく男とは、不甲斐のないものよ。腰をぬかさんばかりにして帰ってきおったわ」

「僕はあの人のお嬢さんを捜しています。あなたにとっては、僕と同じく孫にあたる人だ」

「そなたは孫ではない。巳那家にとって、男の子は子ではない」

希郎に冷水を浴びせかけるような言葉だった。

「では、誠一郎さんはどうなのです」

「あの者は単に、精を植えるためだけのものじゃ」

老女は冷然といい放った。

「あなた方のしきたりや考え方のことは、僕も少し聞きました。とても納得できないし、人の生きていく権利というものを踏みにじっているとしか思えない」

老女はけらけらと笑った。ふたりの娘の笑い声がそれに唱和する。

「人とはの、希郎右衛門殿、二種類あるのだ。支配する者とされる者じゃ。そのような世迷(よま)い言(ごと)を口にするのは、常に支配される側の者よ。そなたの口には似合わんの」

「なぜです」

「そなたは、生まれ落ちたときより、恵まれておる。そなたは何の努力もなく、棗家の血を受け、財を受けておる。この世には、努力をしても、そなたの何十、何百分の一にも満たぬ財すら手に入れられぬ者が何万人とおる。その者たちにも、そなたは同じ言葉が口にできるかえ」

「…………」

「そなたの目には、思いあがりが見てとれる。棗の力があれば、何でもできる、というな。だが、それは誤りじゃ。たとえ棗の力がいかほどに強かろうと、人を支配せぬ限り、この世はままにはならんのじゃ」

「僕はこの世の中を支配したいなどとは思ってはいない」

「ではそなたは何のために生きておる？」

「何のために？」

「棗の血をひき、力をひき、それをいかように使って生きていくのじゃ。そなたの父は、そなたの母と暮らすことだけを願い、力を封印した。力をもってすれば、多くの民に幸を与え、男子として本懐とするに足る事業もできたものを、ひとりの女子(おなご)のためにすべてを捨てたのじゃ。腰ぬけよのう」

けらけら、ころころ、という笑い声に、希郎は憤りがふくれあがるのを感じた。

「父のことを侮辱するのは許さない！」

「ほんに男とは愚かよ。女子ひとりに人生を捨てて……のう」

「あなた方にはわからないんだ」

希郎は落ちつこうと努力しながらいった。

「僕の父は、確かにひっそりと生きる道を選んだ。しかしそれは、母という女性を愛し、その愛をまっとうするためだった。そのことを腰ぬけというのはまちがっている」

「愛かえ？　恋かえ？　まあ、きのう初めて女子の体を知った子供がさえずりそうな言葉じゃの」

「あなたたちこそ、世の中の最も大切なものを道具としてしか考えていない、かわいそうな人間だ。だからこそ母は、あなたに反発し、父のもとに走った」

母のことを口にしたとたん、老女の顔が一変した。

「黙れ！　小僧が。そなたの母は、巳那の面汚しじゃ。本来なら思う存分、とがを負わせてやるものを、いまだにわらわの目の届かぬところに隠れおってからに」

「するとまだあなたも母の居場所をご存じないのですね」

「知らんわ。知っておったらただちに連れ戻しておる。みづきのようにな」

「彼女はどこです？　僕は彼女と話したいことがある」

老女は意地の悪い笑みを浮かべた。

「もはや、そなたの手の届かぬ地よ。記憶を失っておったが、巳那のしきたりからぬけでんとしたのは大罪。仕置きをせねばならぬのでな」

「仕置き？　彼女に何をしたんです」

「天と地のちがいを思い知らせるのじゃ。そなたの母も見つかり次第、同じ目にあう」

「どういうことです？」

老女は希郎をじっと見つめ、いった。

「わらわは、そなたが母の居場所を知っておるかと思っておった。じゃが、わらわの思いちがいであったようじゃ。ならば用はない。そなたが巳那の一族に弓をひくなら、ただちにその命をもらいうける、と戒め（いまし）だけを与えておく」

「そんな戒めなど、僕には何の力もない」

「なんじゃと？」

「今日、こうしてお会いして、僕にははっきりとわかりました。僕にはやらなければならないことがある」

「ほほう。何じゃ」

希郎は老女の目を見つめた。不審そうに老女は見返した。

「僕は母を捜す。みづきも捜しだす。きっとあなたのもとには、巳那の家に生まれたことを不幸と思う女性がほかにもたくさんいる筈だ。その人たちを自由にする。あなたの権力の道具にはさせない」

老女がかっと目をみひらいた。

「そなた、正気か。巳那家を敵に回す、というのか」

「その通りだ！　正気じゃないのはあなたたちだ。大きな家に住み、家柄だ、しきたりだといばっているが、あなたたのやっていることは、人を売り買いする奴隷商人と何ひとつかわらない。僕は、第四十五代棗希郎右衛門は宣言する。あなたたちを、その醜い、欲望にまみれた巳那家を叩き潰してやる」

「黙れ！　うつけ者が！　思い知らせてやるわ！　であえ！　であえ！」

老女は金切り声をたてた。

障子がたちどころにほうぼうで開かれた。作務衣を着た男たちが無言でひかえている。

「この者を叩きのめせ！　血反吐を吐くまで痛めつけよ！」

希郎は体の奥から得体の知れない力が湧きあがるのを感じた。

男たちは無言のままじりじりと進みでた。反対に恐怖に顔をひきつらせたふたりの娘が、あわてて老女の体を希郎から遠ざけようとする。

希郎は立ったまま、詰めよってくる男たちを見回した。その数は、七、八名はいる。どの男たちも、希郎よりはるかに体が大きく、格闘技に長けていると思しい身のこなしをしている。

だが不思議に希郎は恐ろしいとは思わなかった。昨夜来、外しつづけているピアスのせいか、耳のもつ力が、時間の経るごとに増しつつあるのを感じていた。いったい自分の体に何が起きようとしているのか。まだまだ未知ながら、肉体における戦いにおいてさえも、不可知の力が自分に備わり始めている予感があるのだ。

　希郎は一歩も退かず、男たちを見た。

「僕に暴力をふるおうというのなら、先に警告をしておく。僕には棗家の血、つまり〈黄龍〉の力が流れている。したがって僕に危害を加えようとするあなたたちの身に何が起きてもよい、という覚悟が必要だ」

　いちばん前に進みでていた男の顔に、ぎくりとした表情が浮かんだ。巳那の家に警護として仕えている以上、棗家についての予備知識もあるのだ。

「ええい、何をしておる！　叩き伏せんか」

　老女が叫んだ。

「それでもやる、というのなら、僕に手をかけるがいい」

「くっ」

　男は低く吐きだすと、希郎にとびかかった。襟をつかみ、投げとばそうとする。希郎は無意識に体を沈め、その手をふりはらった。

　男の体が宙で一回転した。何が起こったのか、希郎にすらわからぬまま、男は打掛けを飾ったガラスケースに激突した。

　ガラスが砕け散り、破片を全身に浴びて男は血だるまになった。

仲間の苦悶(くもん)の声を聞き、別の男が突進してきた。

が、希郎に手が届くか届かぬかのところで足をすべらせた。仰向(あおむ)けに倒れ、手をついたところにガラスの破片があった。苦痛の悲鳴があがった。

「偶然じゃ、偶然に決まっておる！　早くかかれ！」

そのようすに立ちすくんだ残りの男たちに老女は叫んだ。

「まだわからないのか!?」

希郎は叫んだ。全身がふくれあがるような力がみなぎる。

その瞬間、大音響とともに、並んでいたガラスケースが将棋倒しになった。打掛けが、かけてあった衣紋(えもん)掛(か)けとともに次々と倒れ、重みに耐えかねたガラスケースごと倒れ始めたのだ。

何十というガラスケースが砕け、破片を散らせる。ふたりの娘が悲鳴をあげ、老女の顔が驚愕(きょうがく)にひきつった。

何かが起こっていた。だが何が起こっているのか、希郎も含め、その場にいる誰にもわかってはいない。目に見えない〝龍〟が座敷の中を暴れ回っているとしかいいようのないできごとがつづく。

障子が裂け、襖が倒れた。床が抜け、男たちがぽっかりと開いた穴に吸いこまれた。天井の梁(はり)がみしみしと音をたて、今にも崩れてきそうになる。

このままでは、広間全体が崩壊しそうな破壊が、目に見えない何者かによって、進行していた。

科学的には、単に、建造されて時間がたち古くなっていた家屋に、たまたま人間が倒れたり、ガラスケースが倒れることで衝撃が加わって、倒壊のきっかけを作っただけなのかもしれない。しかしその偶然は、まさしく、〝黄龍〟のもつ力といえた。

老女は、まるで呼吸困難になったかのように口をぱくぱくさせた。

希郎は、燃えるような怒りとパワーに全身が熱くなるのを感じていた。その熱は、まさしく炎となって全身を包んでいる。証拠に、希郎が一歩踏みだすごとに、囲んだ残りの男たちは一歩ずつ後退するのだ。それは、炎の熱に炙(あぶ)られ、耐えかねて退(さが)るかのようだった。

「か、帰れ！　帰れ！」

老女は必死になって、希郎をにらみつけ、叫んだ。

「みづきはどこだ？　どこにいる!?」

「お、お前などは寄りつきもできんところじゃ！」

希郎は老女の着物の襟をつかんだ。

「は、離せ！　何をするんじゃ！　離せ！」

老女はもがいた。身のうちから湧きあがる底知れぬ力に、希郎がぐっと足を踏んばると、老女の体は軽々ともちあがった。今度こそ、老女の顔に恐怖がみなぎった。

「教えなさい。教えなければ、僕はあなたを――」

いって希郎は、庭園の池を見た。濃い緑は、相当の深さを示している。

「あの池に沈める」

ひっという声が老女の喉から洩れた。

「どうなんだ?」

「おばば様!」

男たちのあいだから声があがった。老女はそれでも威厳をつくろおうとでもするように希郎をにらみかえし、いった。

「ま、松鐘島じゃ。そなたには、近づくこともできんわ!」

「松鐘島ですね」

「は、はっ、はっ」

老女の頰にくやしまぎれの嘲りのような表情が浮かんだ。

「お前など、松鐘島で殺されてしまうがいいわ」

「あなたの心にある憎しみを、僕がそっくりあなたに返したらどうなるか」

うっ、と老女は息を吞んだ。顔を歪め、

「く、苦しい!」

と胸をおさえた。

「おばば様」「おばば様!」

かけつけた男たちに、希郎は老女の体を放った。二百キロ近い巨体は軽々と宙をとび、受けとめようと両手をさしだした者たちの上に落下した。

悲鳴とともに床に老女は落ち、下敷きになった男たちが呻き声をあげた。

見おろし、希郎はいい放った。

「僕はその松鐘島にいきます。止めようとするのはあなたの勝手だ。だが何が起こっても、そのときは後悔しないことだ」

もがきながら老女は希郎を見上げた。

「こ、この世間しらずが……。この場は勝った気でいようと、いつかその身のほどを思い知らせてくれる」

希郎は微笑んだ。

「お礼をいいます。あなたは、僕に、この日本で何をすべきかを教えてくれた……」

## 2

その夜、希郎は嵯峨野の天覚寺を訪ねていた。綾音の家には戻っていない。巳那家にはっきりと宣戦布告をした以上、うかつな行動をとれば綾音をも戦いに巻きこむ可能性があった。自分の身が無事であることは、法円の口から綾音に伝えてもらえばよい、と希郎は思ったのだ。

希郎は天覚寺の住職、法円と本堂の奥で向かいあっていた。松鐘島がいったいどんな場所であるのか、巳那家に詳しい法円ならば知っているにちがいない。

希郎は昨夜からのできごとを法円に話した。畳の上に正座し、腕を組んで話に聞きいっていた法円は、希郎の話が終わると、ほう、とひとつ大きな溜息をついた。

「巳那のばば殿をな……。本気で怒らせたようだの、希郎殿は」

「はい。僕は、権力を得るために人間の生きる自由を奪うような巳那家のやり方は許すことができません」

法円は頷いた。

「あなたしかおらん、私もそう思っておった」

「僕しかいない？」

「巳那家とその力に対抗しうる人間だ。この国における巳那家の君臨に幕をひける人物がおるとすれば、それは巳那家に勝るとも劣らぬ家柄と力をもった人間だ、と私は考えておった。あなたのお父上は巳那家との争いを好まれなかったようだが、あなたの代に至っては、巳那家と棗家との対決は避けえぬものになったようだ」

「家対家、という封建的な考え方は決して好きではありません。しかしさらわれたみづきをとり返すためなら、僕は僕に備わっているすべての力を使います。それが僕の使命だと信じて」

「うむ。……しかし松鐘島とはの……。ばば殿も恐ろしい場所を選んだものだ。あるいは、あなたがこうしてみづき殿を奪いかえさんとすることを予測したのか……」

「和尚、教えてください。松鐘島はどこにあるのですか？」

法円は太い眉を吊りあげ、希郎を見た。

「松鐘島は、京都の北、若狭湾の沖合いにある島じゃ。別名を〈待ち兼ね島〉といわれておる」

「待ち兼ね島？」

「そうだ。戦前より松鐘島は伝説的な歓楽地であった。島全土に百人をこす若い女性が住み、彼女らはすべて春をひさぐことをなりわいとしておる」

「春をひさぐ――」

「簡単にいってしまえば、島すべてが売春窟なのだ。戦前は借金のカタに買いとられた農村の若い娘たちが連れてこられ、その金を返し終わるまで強制的にそこで身を売らされた」

「ひどい……。今ではどうなのです？」

「金のために身を売るのは、今も同じだ。だが今は、借金で縛られているのは、むしろ日本人ではなく、東南アジアから売られてきた娘たちだろう」

「彼女たちはそこで無理やりに――？」

「貧しい故郷の家族に仕送りするため、働いておる。だが生活費や日本への渡航費用などをピンハネされ、多くは国をでるときに準備金などを受けとっておるため、それを返し終わるまでには、何年もかかるという話だ」

「どうして警察はほっておくのです?」

「その島に警察はない。その島を訪ねるのは、女を買いにやってくる客と、島内で営業しておる旅館に食料品などを仕入れている商人のみだ」

「でも日本の話なのでしょう」

「そうだ。したがって島の方も、警察などのマークを受けぬよう警戒しておる。さらにいえば、島全体の管理をしておるのは、西日本最大の暴力団で、島の持主は、巳那家ゆかりのその組長だ」

「巳那家ゆかり……すると――」

法円は頷いた。

「兵頭組、兵頭恒道組長の妻は、巳那家の女だ」

「なんてことだ……」

「待ち兼ね島という異名がついたのは、その島で働く女たちが、借金を返し終わる年季明けを待ちかねたから、とも、晴れて本土に帰る日を待ちかねたから、ともいわれておる。いずれにせよ、憐れな女たちの島だ」

「ひどい……ひどすぎる……」

「島全体が売春窟となっておる以上、そこでの法律は、兵頭組だ。過去、あいかたとなった女の身の上に同情し、足抜けさせようと考えて、兵頭組の組員に殺された客もおるという。もちろん、島に渡るのは、兵頭組が差配している渡船のみなので、前もっての予約や紹介のない者は渡ることができない。一歩上陸してしまえば、全島至るところに、兵頭組の目は光っておる」

「いったいみづきをそんなところに連れていってどうしようというのです？」

「これは考えるだにおぞましい想像だが、おばば殿は、みづき殿に仕置きをする、といわれたそうだな」

「ええ、天と地のちがいを思い知らせる、と……」

「天とはつまり、巳那家に生まれ、不自由なく着飾り、身を磨くこと。地とは、助けもこない離島で、不特定多数の男たちにいくばくかの金とひきかえに身をゆだねることではないか」

「まさか」

「そのような立場におかれれば、どれほど気丈であろうとまだ二十になるやならずの娘なら、巳那家のしきたりに従う方がまし、と思うだろう」

「許せない。絶対に許せない！」

希郎は再び怒りの炎が心の奥底から激しく燃えあがるのを感じた。なんとしても、みづきがそうされる前に、松鐘島に乗りこまなければならない。そしてみづきだけでなく、その島に軟禁され売春を強要されている女性たちを救いだすのだ。

「お怒りはわかる。だが軽はずみな行動をとっては、ばば殿の思うツボだぞ、希郎殿」

法円はいさめるようにいった。

「はい」

希郎は深呼吸した。確かにその通りだ。いくら自分の体に、不可知な力が備わっているとはいえ、相手は暴力団なのだ。勢いにまかせて乗りこんだとしても、あべこべにそれこそ殺されて海に沈められてしまうかもしれない。

「和尚はどうすればよいと?」

「まず変装することだ。今のあなたの姿では、たちどころに棗希郎右衛門であると見破られてしまう。そして——」

「そして?」

「首尾よくみづき殿を救いだして脱出する際には、手助けをしてくれる者が必要となる」

「手助け?」

「おそらくは銃や刃物などで武装しておる相手だ。その者どもと立ち向かえる人間だ」

「そんな人に心当たりはありません」

「あなたにはない。だがあなたの知っておる人にはあろう」

大河内(おおこうち)弁護士のことだろうか。まさか、と希郎は思った。が、四代にわたって棗家の顧問をつとめてきたあの老弁護士には、確かに底知れないところがある。あるいは、そうした武力行為に長(た)けた人材を知っているかもしれなかった。

「——わかりました。相談してみます」

うむ、と法円は頷いた。

「心してかかられることだ」


翌朝、いちばんの新幹線で、希郎は上京した。東京駅に到着すると、その足で銀座の大河内法律事務所に向かう。

大河内老人は、例によってカーテンをおろした、奥の暖かな執務室にいた。女性事務員によって希郎の突然の来訪を告げられても、驚いたようすもなく迎えいれる。

「意外に早い帰京でしたな。京都はいかがでした」

肉と肉の間に埋もれた細い目で希郎をじっと見つめ、老人はいった。

「巳那家と対決します」

希郎はいった。ほう、と老人はつぶやいた。

「して、どのように?」

「若狭湾に松鐘島という島があります。そこは兵頭組という暴力団に管理され、島全体が売春窟になっています。なつめ、本名はみづき、の、僕の従妹(いとこ)はそこに監禁されているんです。彼女と、そして望まないで島におかれている女性たちを助けだしたいのです」

希郎はいっきに喋(しゃべ)った。老人は表情をかえることなく聞いていた。

「兵頭組か。確かあそこの組長にも、巳那の女が嫁(とつ)いでおったな」

「そうです。たぶん島には、武装した暴力団の人間がたくさんいると思います。その連中と戦える人を、大河内弁護士に紹介していただきたいのです」

「なるほど」

老人は驚くようすもなくいった。その目がじっと希郎の耳に注がれる。京都を離れたとき、希郎は再び右耳に、ピアスの封印をほどこしていた。

「京都でその耳輪は外されたかの」

「はい。不思議な力が体にも湧いてきました」

「やはりそうか……」

老人は嘆息した。

「巳那一族と争われると聞いて、もしや、とは思ったが……」

「大河内弁護士は、僕が彼らと戦うことに反対ですか」

「いや。たとえ反対といったところで、希郎右衛門殿は思いとどまられまい。あなたの目には、儂がこれまでに見てきた棗家の当主の中では最も強い、意志の力が潜んでおる。さらにいえば、巳那家のこの国における横暴には、この老体といえどもいささか目に余るところがある」

「では手伝っていただけるのですね」

「うむ。一両日、待っていただく」

考えがあるのか、大河内弁護士は、重々しくそう告げた。

それからの二日間を、希郎は、大河内法律事務所が用意した帝国ホテルの一室で過ごした。希郎にはまだ、帰る家がない。亡くなるまで父が住んでいた家は、どこかにあるのだろうが、みづきを救いだすまでは、まだそこに足を踏みいれる気はおきなかった。

二日後の夕方、希郎は大河内法律事務所で三人の男たちと向かいあっていた。

ひとりは女性のような言葉づかいをして、着ているものや仕草も、妙に女性的な、シドニー根岸という年齢不明の人物、そして濃く陽焼けし、ずんぐりとした体格を似合わないスーツに押しこめている村崎という五十くらいの男、さらに四十二、三で、黒人との混血とわかる、浅黒い肌をしたマービンという物静かな男だった。村崎はシドニー根岸をうす気味悪そうに眺めているが、マービンの方は、まるで気にするようすはない。

三人を紹介した大河内弁護士はいった。

「この三名が希郎右衛門殿をお助けする人物だ。明日にでも若狭へ向かわれるがよい」

「よろしく」

シドニー根岸は身をくねらせ、希郎に手をさしだした。握りしめた希郎の手に、はっと息を呑み、いう。

「あら。お顔に似合わず、しっかりした掌だこと」

その動作を嫌悪の表情で見やり、村崎が野太い声でいった。

「村崎です。若狭の海なら任せてください。俺の家は江戸時代から若狭で漁師をやっとりますから」

マービンは低く落ちついた声をしていた。

「マービンです。あなたを守るのが私の仕事だ」

「おひとりで？」

マービンは微笑んでみせた。

「ミスター・マービンは、破壊活動のプロだ。安心して任されるがよい」

大河内弁護士がいった。どうやら、村崎が船を操り、マービンが希郎のガードをして
兵頭組と戦う役をひきうけるようだ。だがシドニー根岸の役目がわからない。

「たとえ暴力団が相手といえど、日本は法治国家、希郎右衛門殿はまさか軍隊をひきつ
れて乗りこむ気でおられたのではないだろうな」

大河内弁護士の言葉に希郎は頬が赤らむのを感じた。

「そんな……。でも、どうやるのか何か計画がもうあるのですか」

大河内はマービンを見た。

「説明をしてやってくだされ」

マービンは小さく頷いた。細身で無駄のない体つきをして、革のパンツに身を包んだ
この男が破壊工作のプロだとは、希郎にはとても思えなかった。

「実際に島に上陸するのは、私と希郎さんのふたりだけです。村崎船長は船で、シドニ
ーには、本土で待っていただく。まず私は、松鐘島に正規の客として渡船で渡る。島に

あるホテルを予約し、兵頭組の迎えに乗るわけです。そのための手は打ってあります。

島内に入ると、ほとんどの客は、ホテルか旅館で女性をあてがわれ、さらにそれらの女性を連れて、島内にある別のクラブやスナックにでかけます。ホテルであてがわれた女性が気にいらなければ、そこで別の女性を指名することもできる。どちらにしても、女性連れではない人間は、兵頭組の関係者でなければひどく目立つ。もちろん、島にいる女性は、ホテルや旅館の従業員を含みすべて兵頭組に縛られている人たちだ。そこがつけめなのです」

「僕はいったい――」

「あたしの出番よ。希郎右衛門ちゃん」

シドニー根岸がウインクした。

「あなたのことは、兵頭組の連中にはもちろん知らされているだろうから、あたしが絶対に疑われないようにしてあげる。あたしはメイクアップの天才なの」

「メイクアップ!?」

マービンが笑みを浮かべ、いった。

「私のアイデアです。希郎さんには女性に化けていただく。女性の格好をしている限り、兵頭組の連中は、あなたを自分たちが管理している女性のひとりだと思う。私とあなたが連れだって歩きまわっても、疑われる可能性は低い」

「ぼ、僕が女の人に!?」

「若いし、お顔も小さいから大丈夫よ。うんといい女にしてあげる」

希郎は呆然として大河内を見やった。

「驚かれるのも無理はない。だが、それがいちばんの策だと儂も思う」

大河内は平然といった。

「棗の若様は、俺が、兵頭組の目にはつかん場所に上陸させます。奴らを一度、痛い目にあわせてやりたかった」

村崎がいった。

「この男は、息子を兵頭組に殺されたのだ。島の女の足抜けを手助けしたばかりに」

大河内がいう。

「うちの倅は、頭はあんまりよくなかったが、気だてのいい奴でした。兵頭組に雇われて、渡船をやっとったんだが、フィリピンから連れてこられた娘に惚れちまって……連れて逃げてくれと頼まれて――」

村崎はつらそうにいった。

「奴らにひとアワふかせてやるなら、何でもやりますぜ」

「わかりました」

希郎は頷いた。

「皆さんの力をお借りします」

「舞鶴までヘリをチャーターしてある。詳しい話は機内でされるがよかろう」

大河内はいった。

## 3

二日がさらに過ぎた。ヘリで舞鶴に飛んだ四人は、村崎の親類がやっている民宿に泊まっていた。目立たないよう昼間は行動を控えた。村崎の親類の話では、警察による急襲を防ぐため、松鐘島に近い若狭のすべての港周辺では、兵頭組の息のかかった者たちが、不審な他所者の出入りに目を光らせているという。

一日めの晩、マービンとシドニー根岸が遅くにでかけていき、夜明け近くに戻ってきた。シドニー根岸は帰ってきたとき、どこで手に入れたのか、希郎の体にぴったりと合うサイズの女ものの洋服を抱えていた。マービンの方は手ぶらだ。

翌日の昼近く、希郎は、小さなボストンバッグを手にしたマービンを表に送りだした。

「これから港にいき、兵頭組の手配した渡船に乗って松鐘島に渡ります。私のことは兵頭組の連中には、関東からやってきたミュージシャンで大麻の密売人だと売りこんであります。もちろんそのための手は打ちました」

マービンは片目をつぶっていった。

「そのための手?」

「東京のヤクザの大物には、何人か命の貸しがある人間がいますからね。私の身元を兵頭組に保証させたのです」

ことをなげにマービンはいった。だが小さなボストンバッグひとつで、いざというときに全島にいる兵頭組の組員を相手にできるのだろうか。

希郎の疑念を読みとったように、マービンはいった。

「上陸するときは、奴らの手で身体検査を受けなければなりませんから、銃やナイフなどの武器は何ももってはいきません。希郎さんの手で、ランデブー地点まで運んできてもらいます」

「それはいつです?」

「明日の晩です。今夜ひと晩をかけて、私は島のようすを探ります。そして明日の夜、希郎さんと合流する」

「わかりました。気をつけて」

マービンはにっこりと笑った。

「私のことは大丈夫。希郎さんこそ、慣れないハイヒールで足をくじかないようにしてきてください」

でていったマービンのうしろ姿を見つめ、希郎は不思議な気持になった。ついこのあいだまでは、神に仕える身分であった自分が、人殺しのプロともいえる男と親しげに言葉を交わしている。それも、何の恐怖も嫌悪感もなく。おそらくは、マービンがそれほどの危険人物だとは、少しも感じられないからだろう。

「松鐘島までは船でどれくらいかかるのです？」

希郎は、かたわらに立っていた村崎をふりかえった。

「海さえ荒れていなきゃ、およそ四、五十分です。だが、潮(しお)の流れが複雑なので、泳いではとても渡れません。松鐘島のあたりは特に潮が速いもんで、俺ら漁師でもよう泳ぎきらんですわ」

村崎はいった。

翌日の夜、夕食を終えるとすぐに、シドニー根岸が希郎の部屋に現われた。

「さあ、お着替えの時間よ、希郎右衛門ちゃん」

手にはフリルのついた、ピンクの派手なワンピースと化粧品などをいれた大きなバッグがある。

「そ、それを着るんですか」

「そうよ。サイズはぴったりの筈。そうね、このドレスには長い髪が似合うからカツラも用意したわ。その大きなお耳も隠さなけりゃいけないし」

希郎はさしだされたワンピースを手に呆然とした。確かに見つからないためには名案かもしれないが、女装とは。

「でもこっそり上陸するのでしょう。そこまでしなくとも……」

「馬鹿ね、あんなところで、マービンとあなたが男ふたりでうろついていたら怪しまれるだけじゃない。さっ、早く、洋服を脱いで！」

シドニー根岸はてきぱきといって、自ら希郎のはいているスラックスに手をのばしてきた。

「じ、自分で脱ぎますから」

「うん、もう。早くして」

身をくねらせていうシドニー根岸に、希郎は、もう覚悟を決めるほかない、と悟った。これは自らが選んだ道なのだ。

希郎は下着を残し、洋服を脱ぎ捨てた。

「まあ！　希郎右衛門ちゃんて、思ったよりずっとたくましいのね」

シドニー根岸は希郎のむきだしの胸板を見て目を丸くした。うっとりと指先で触れてくる。希郎は鳥肌が立った。

「あの、まず何を？」

「あ、忘れてた。これよ」

我にかえったシドニー根岸は詰め物の入ったブラジャーをさしだした。

「ぺちゃんこの胸じゃ魅力がないでしょう。あたしがつけてあげる」

希郎の背後にまわり、ホックを留めた。

「そうしたらこれ」

パンティストッキングをはかされた。ストッキングに包まれた足が自分のものではないように見え、そう感じた自分自身に、再び希郎は鳥肌が立った。

「はい、お洋服。ファスナーは私が上げてあげるわ」

希郎はいわれるままにワンピースを身に着けた。

「じゃ、こっちにきてすわって。お化粧をする番よ」

シドニー根岸は手慣れた動作でバッグを開いた。希郎の頭にカツラをかぶせ、いったんようすを見たあと、カツラを脱がせて、白粉（おしろい）をはたきつける。さらに、頬紅（ほおべに）、口紅、アイライン、アイシャドウと、その化粧はつづいた。化粧が濃くなるにつれ、希郎は顔の皮膚呼吸ができなくなってくるような息苦しさを感じた。女性は毎日、よくこんな苦痛に耐えていられるものだと、感心する。

「いいわ、とっても。あたしが思った通り、希郎右衛門ちゃんはすごく化粧映（ば）えがする」

仕上げにカツラをかぶせ、ためつすがめつしたシドニー根岸はいった。

「あの……。鏡を見せてくれませんか」

「いいわよ、はい」

さしだされた手鏡をのぞき、希郎はぎょっとした。そこにいるのは、まさしく女性としか思えない自分の姿だった。シドニー根岸の技術はたいしたものだった。男らしいごつごつとした頬の線を消し、ふくらみのある女性的な顔だちにかえられている。

「ありがとう。もう、いいです」

見とれそうになった自分に気づき、希郎はあわてて鏡を返した。

そこへ足音が響いた。村崎がようすを見にきたのだった。

「棗の若様、お仕度の方は――」

ふりかえった希郎を見て、村崎は立ちすくんだ。目がまん丸になり、口がぽかんと開く。

「こりゃ……たまげた。まるで人形のようだ」

「どう？　あたしって天才でしょ」

シドニー根岸は得意げにしなを作った。


二時間後、ワンピースの上にコートをはおり、そのポケットにはき慣れないハイヒールをつっこんだ希郎は、村崎とともに、港に舫われた漁船に乗りこんでいた。

「夜の漁にはまだ時間が早えですから、見つかる心配はありません」

村崎の船は、十人乗りくらいの小型の漁船だった。舫を外した村崎は、希郎に小さな船室に入っているよう告げると、エンジンを始動させた。船体が揺れ、ディーゼルエンジンの強い臭いをともなった排気ガスが吐きだされると、船は漁港を離れた。

「港をでるまでライトはつけませんから」

しゃがんでいる希郎のかたわらで舵輪を握る村崎が、小声でいった。スウェットの上下の上に、ゴムで作られた大きなオーバーウェアを着こんで、頭にタオルを巻いている。

やがて港を離れ、村崎はライトを点けた。それとともに船のスピードがあがり、波を受けた船体が大きく上下をくりかえす。

「もう立っていいですか」

「いいですよ」

希郎は立ちあがった。ふりかえると、明りの点った陸地がすでに数百メートル後方に遠ざかっていて、前方には黒々とした海面がよこたわっている。

「待ちあわせの時間まで、あと一時間ですが、見張りがいるといけないんで、ちょいと急ぎます」

「どこから島に？」

「港のちょうど裏っかわに、ごろた石の浜があります。でっぱった岩場がひとつだけあるんで、そこへ船をチャカ着けしますから、舳先から渡ってください。荷物もありますから、気をつけて」

「わかりました」

二十分ほど船を走らせると、村崎はライトを消して、大きく舵を切った。前方に、光を点在させた島影が見えてくる。

「あれが松鐘島です。港には夜っぴて見張りがおって、俺ら地元の漁師でも上陸させません」

その港を迂回するように、島の反対側に船は向かった。反対側には光はなく、斜面と思しい岩肌に樹木の濃い闇が浮かびあがっている。ところどころ、岩礁が海中から顔をのぞかせていて、それにぶつからないよう岸に近づいていくのは、容易な操船ではなかった。さすがにこのあたりの海を知りつくしたという村崎も、ライトの光なしでは、緊張した表情を浮かべている。

やがて、岸辺から大きく海にせりだした岩場に、村崎は船の舳先を近づけた。ぶつけぬように前進と後退を小刻みにくりかえしながら接近させる。舳先の岩場との距離を三十センチ足らずに保つのだ。

「さあ、若様。渡ってください」

希郎は村崎が船室に隠していた、黒い防水布でできたバッグを肩にかけた。裸足(はだし)で舳先に立ち、岩場との距離が最も近くなる瞬間を見はからって、とび移る。

スカートをひっかけないように苦労した。いくらきれいに化粧していても、びりびりのドレスではかえって人目をひく。

裸足で岩場を渡り、子供の頭ほどの石がごろごろとする浜にでた。希郎が手をふるのを見きわめて、村崎は船の向きをかえた。

これから見張りに見つからない沖合いにでて、希郎からの無線連絡を待つのだ。そのための小型無線機は、バッグの中にある。

村崎の船が海の闇に呑みこまれ、見分けがつかなくなるのを待って、希郎は歩きだした。まとわりつくスカートをからげ、がにまたになる。

マービンとのランデブー地点は、岩場から少し離れた斜面からつきでた松の下だった。

ちょうどひらべったい石があり、希郎はそこに腰をおろした。

そこは、島でも住人の少ない地域にあたるらしく、波の音のほかは、まるで何も聞こえない。

腕時計をのぞいた。これもシドニー根岸が用意した、女ものの小さな時計だ。十一時まで、あと十分と迫っている。

「みごとな女っぷりですね」

不意に声をかけられ、希郎はぎょっとしてふりかえった。すぐ背後に、黒のスーツを着けたマービンが立っていた。この歩きにくい浜を、いつのまに近づいてきたのか。

「なかなか魅力的だ。よこあいからデートを申し込んでくる人物が現われないとも限らない」

マービンは微笑んだ。

「それだけは勘弁してください。荷物です」

希郎は息を整え、バッグをさしだした。

「これはありがたい」

マービンはバッグを開いた。中からとりだしたのは、銃口に長い筒がついた小さな拳銃(けんじゅう)だった。それをまず腰にさし、つづいて、刃渡りが二十センチはある鞘(さや)入りのナイフを右の足首に留める。小型の無線機は上着のポケットにしまった。

その慣れた仕度ぶりを見ているうちに、希郎はようやく、このマービンが、本物の人殺しのプロだと納得できた。

「あの、マービンさん。ひとつお願いがあります」

「何でしょう」

「本当に必要なとき以外は、人を傷つけないでください」

マービンは一瞬沈黙し、希郎を見つめた。かすかな月明りのもとで、その目に苦笑に似た光が浮かぶのを希郎は見た。

「希郎さん。私はこういう仕事のプロだ。したがって、私のすることに無駄はありません」

おだやかにマービンはいった。そういわれては希郎は何もいえなかった。

やがてふたりは斜面をよじのぼり、全島を一周しているという道路にでた。マービンの説明では、この道を一キロほどいくと、島の中心部にあたる歓楽街にでるという。

「今日はきのうに増して、警戒が厳しいようです」

道路にでるとハイヒールをはき歩きだした希郎に、マービンはいった。

「どうしてです？」

「大物の客がきているのです。私のあいかたをつとめた女性の話では、今この島に、若くて美しい処女が連れてこられていて、その女性を今夜買うためにきたということです」

みづきのことにちがいない。希郎ははっとした。

「彼女だ！」

「私もそう思います。客というのは、兵頭組と取引のある、南米の麻薬組織の大物です。スペイン語を喋るボディガードを連れていました」

「麻薬組織？」

「ええ。もともとはアメリカ合衆国にいたのが、国外追放になり、しばらく東南アジアに身を潜めていたのです」

「どうしてそんなことまで？」

「CIAはこの男の暗殺に賞金をかけました。しかし成功する者がいなかった」

マービンは淡々といった。

「私もやってみないかと打診されたことがあるのです。そのときは理由があって断わりましたが、まさかこんなところで会うとは思わなかった。奴も日本では、命を狙われるとは考えていないらしく、たったふたりしかボディガードを連れていません。もちろん、この島に限ってでしょうがね」

「何という男です？」

「リカルド・コルテス。南米のシンジケートでは、〝大佐〟と呼ばれています」

「その男がみづきを――」

「さっきまでコルテスは、兵頭組の幹部といっしょに、ホテルにあるカジノにいました。たぶんあのようすなら、もうしばらくはギャンブルを楽しんでいるでしょう」

「みづきは？」

「それらしい女性は見かけませんでした。いたのは、ボディガードたちのあいかたをつとめるフィリピン人と日本人の女性だけで」

「そこへ連れていってください」

「わかりました。ただし、人前にでたら話しかけないように」

「どうしてです？」

訊きかえした希郎に、マービンは困ったような笑みを見せた。

「忘れたのですか？　あなたの声は立派な男性だ」


ホテルは三階建ての、横長の建物だった。カジノは地下にあって、コルテスの一行は三階に泊まっているらしい。カジノには、コルテス一行のほかにも、十数人の客が女性を連れている。女性のほとんどは着飾った東南アジア系の娘たちだった。コルテス一行の周辺は、ひと目でやくざとわかる男たちがガードしているので、他の一般客は近づこうとしない。

「あの男がそうです」

希郎とマービンがカジノに入っていくと、大勢の客の目がふたりに注がれた。それを無視し、奥へと進んだマービンが希郎にささやいた。

ルーレットのテーブルが正面の奥にあり、銀髪の、口ヒゲをたくわえた浅黒い肌の男がチップを前にすわっていた。細巻の葉巻をくわえ、軍服のような詰襟の服を着ている。背後に二人のボディガードらしい外国人が両足を広げ、腕組みして立っていた。

　カジノそのものは、ラスヴェガスの〈ネロスパレス〉に比べれば、まるでゲームセンターのようにささやかな規模だ。ルーレットのほかは、カードテーブルがふたつと、サイコロを使うテーブルがひとつ、そしてスロットマシンが、二、三十台ほどしかない。

　コルテスがルーレットに興じている姿を見て、希郎は一瞬、ヴェガスでの宇佐見との対決を思いだした。が、今コルテスに勝負を挑めば、たちまち自分の正体がばれてしまう。

　ルーレットテーブルを囲んだやくざたちが近づいてくる希郎とマービンを見た。が、希郎に一瞬怪訝そうな顔をするものの、特に怪しむようすはない。それどころか、

「いい女だな」

「あんな女、いたっけ」

　ささやきあう声が希郎の耳にも聞こえてきた。

　ルーレットのクルピエは日本人だった。なかなかの手捌きだが、やはり〈ネロスパレス〉のクルピエに比べれば、どことなくぎこちない。

　コルテスが無雑作にチップをばらまくと、葉巻をくわえ直し、目を上げた。そのときにはもう、希郎とマービンのふたりは、ルーレットテーブルのかたわらにまできていた。

　コルテスの冷ややかで尊大な目が希郎を見た。目に好色そうな光が宿った。そしてか

たわらに立つマービンを不審そうに見やる。

コルテスは右手の指を曲げ、ボディガードの注意をひいた。

「あの女を、後で呼べ」

スペイン語でいうのが希郎に聞こえた。修道院で身につけた語学力で、希郎は容易にその意味がわかる。

「しかし大佐、今夜は、ヒョードーの推薦する娘がいます」

「どちらがいい女だ？　もしこちらの方がいい女なら、私はこの女をとる」

聞いていて希郎はぞっとした。どうやらコルテスは、女装した希郎を気にいったようだ。スペイン語がわかるのか、マービンも緊張した顔つきになった。

コルテスは、希郎に連れがいることなどまるで意に介していない。

不意にマービンが希郎の耳もとに口を寄せた。

「奴を誘惑してください。ウインクでも何でもいいから、気を惹くんです」

希郎は唖然とした。思わずマービンを見やる。マービンの表情は真剣だった。

仕方がない。希郎は決心し、コルテスの方を向き、微笑んでみせた。麻薬商人の大物が、女装した自分に性的な魅力を感じているのかと思うとぞっとする。

コルテスはにんまりと笑った。再び部下を呼び、いった。

「ヒョードーの推薦するという娘をここに連れてこさせろ。見比べてみたい」

話しているあいだも、目はじっと希郎を見つめている。

コルテスの部下が、すぐそばにいた通訳と思しい男に話しかけた。通訳は仰天したように訊ねかえしたが、部下の強い調子に、しぶしぶ、やくざのひとりを呼んだ。希郎の方をちらちらと見ながら、コルテスの要求を説明している。

そのやくざはコルテスの接待の責任者のようだ。幹部らしく、スリーピースのスーツを着けている。やくざも希郎を見つめ、

「しょうがねえな。待ってろと伝えてくれ」

といい、別のやくざを呼んだ。

マービンの意図を希郎はようやく察した。みづきを閉じこめられている場所からここまで連れださせようというのが狙いだったのだ。この変装が、思いもよらない形で役立った。

そのとき、不意に肩をつかまれ、希郎はふりかえった。別のやくざが立っていた。

「お前、見かけない顔だな。新人か」

希郎は言葉に詰まった。口をきけば、男性であることがばれてしまう。どうやらこの男は、ふだんもこの島にいて、女たちを管理している責任者らしい。

「どうしたんだ?」

テーブルの向こうからスリーピースの男が訊ねた。

「へい。この女、上玉なんですが、見たことがない顔なんです」

「見たことがない?」

「へい。この島の女の顔は、自分は全員知ってる筈なんですが」

周囲のやくざたちの視線がいっせいに自分の顔につき刺さるのを希郎は感じた。

「名前は何ていうんだ」

「………」

「おい、聞こえないのか」

「ボニータ、というそうだ。スペイン人とタイ人の混血でね」

マービンが答えた。男が口調を改めた。

「確かお客さんは、東京からおみえになった……」

「そうだ。彼女とは、このホテルのバーで知りあった。きのうまでの私のガールフレンドは、やや退屈なのでね。何か問題が？」

「いや、別にいいんですが……」

「オウ……」

不意にコルテスがいって、ガタンと椅子を鳴らし、立ちあがった。

「すばらしい。美しい娘だ」

男たちが背後をふりかえった。希郎もふりかえった。

みづきだった。華やかな振袖(ふりそで)を着せられ、チャイナドレスを着けた四十代の女性に手をひかれて、カジノをよこぎってくる。

希郎は懸命に平静を装った。みづきの顔には絶望があふれ、目には屈辱の涙が浮かんでいる。

「お待たせしました。コルテス大佐。いかがです？　ミナの乙女は？」

チャイナドレスの女が英語でいった。

「すばらしい。すばらしい、ミセス・ゴ」

ミセス・ゴ、つまり呉夫人。この女が、みづきを連れ去った、呉俊傑(ごしゅんけつ)の妻で、希郎にとっては伯母(おば)にあたる人物なのだ。

「大佐、彼女は正真正銘の処女ですわ。それも由緒(ゆいしょ)ある、ミナ家の娘です」

「ミナの女たちのことは、私も噂(うわさ)に聞いたことがある。地上の天国を、その小さな体の中にもっている、とな」

コルテスはいい、希郎とみづきを見比べた。

「どちらがいいか、甲乙がつけがたいな」

チャイナドレスの女が怪訝そうな表情を浮かべた。

「どちらがいいか？」

「大佐は、この女も気にいっている」

スリーピースの男がいった。チャイナドレスの女は不審そうに希郎を見つめた。

「あなた、見かけない顔ね」

「彼女は私のあいかただ。だが、場合によってはそちらの紳士におゆずりしてもいい」

マービンがいった。

「ただしそのときは、そこにいらっしゃる美しい日本女性は、私のあいかたになっていただく」

「何をいってるの!?」

「公平な取引ではないかね。お互いのあいかたを交換するのだから」

マービンはのんびりいって、みづきを見つめた。みづきはかたい表情で下を向いている。

「お客さん、それは勘弁してください、この娘はちょっと特別でして」

スリーピースの男がいって、マービンに歩みよった。マービンの腕をとる。

「ちょっとお話が……」

「いいとも」

男にひっぱられるようにして、マービンは、ルーレットテーブルを囲んだ人垣から姿を消した。希郎は、コルテス、呉の妻、みづきと兵頭組のやくざたちとともにその場に残された。

コルテスはらんらんと目を輝かせて希郎とみづきを見比べている。

「ふたりとも私のそばにきて、顔をよく見せてくれ」

みづきと希郎は、やくざたちに押しやられるようにしてコルテスに近づいた。コルテスは興奮し、葉巻の煙をすぱすぱと吐いた。

みづきは自分の運命をあきらめてしまったかのように顔をうつむけたままだった。

「大佐、まだあなたはミナの女の本当の価値がおわかりになっていないようですわね。この子は本当の処女なのですよ。それに比べたらあの娘はただの商売女ですわ」

呉の妻はいらだったように吐きだした。

「確かにそうかもしれん。だが、この女の美しさはどこか私を惹きつけるのだ……」

コルテスはつぶやいた。無表情のみづきから少しでも自分にその目を惹きつけようと、希郎は再び微笑んだ。マービンの姿はあいかわらず見えない。今は自分の力を信ずるほかなかった。

希郎は微笑みながらゆっくりと両手を右耳にのばした。耳には、シドニー根岸が用意した、大きなイヤリングが留まっている。それを外し、コルテスの掌の上に落とす。

希郎の耳が露になった。そのようすをじっと見つめていた呉の妻が、

「――待って」

とつぶやいた。

「その耳の形……へんね、見覚えがあるわ」

そして次の瞬間、さっと顔色がかわった。

「あなた！　まさか！」

みづきが驚いたように顔を上げ、初めて希郎の顔を正面からその目でとらえた。最初はぼんやりとだったが、突然息を吞んで大きくみひらいた。

「お、お前は……」

呉の妻が息を詰まらせ、よろめいた。もはや変装は無駄だった。希郎はみづきの右腕をつかむと、さっとひきよせた。

「迎えにきたよ、なつめさん」

「あなたは……。成田さん!?」

みづきは叫んだ。希郎が〈みはらし園〉のシスター・キャサリンに本当の名を告げたときその場にいなかったみづきは、希郎の使った偽名を口にした。

「そうとも」

そして希郎はカツラをむしりとった。イヤリングを外した瞬間、再び得体の知れない力が湧きあがるのを感じていた。

「な、何事だ！」

コルテスが仰天して、希郎が投げ捨てたカツラを見やった。

希郎は英語でいった。

「初めまして、コルテス大佐、僕の名は、ナツメ、ナツメキロウエモン。ここにいる女性は、僕にとっては従妹にあたる人で、あなたにお渡しするわけにはいかないのです」

「なんだと！　おい！」

コルテスは背後のボディガードをふりかえった。

「私を侮辱したな！」

ふたりのボディガードは上着の内側から拳銃をひき抜こうとした。が、次の瞬間、くぐもった銃声が二発して、ふたりとももんどりうって床に転がった。

全員が総立ちになった。銃声のした方角には、右手に拳銃をもち、左手でサブマシンガンを腰だめにしたマービンが立っていた。スリーピースの男の姿はどこにもない。

「貴様ぁ」

コルテスが叫んだ。マービンは優雅に一礼し、さっと銃口であたりを威圧した。

「初めまして、リカルド・コルテス大佐。あなたの首に、ＣＩＡが五十万ドルの賞金をかけたことはご存じでしたか」

コルテスの顔が青ざめた。

「お、お前たちは何者だ」

「僕の正体については、そこにいる女性から聞くとよいでしょう」

英語でいって、希郎は呉の妻に向き直った。

「おばば様に伝えた通り、みづきは僕が連れて帰ります」

「あなた、気は確かなの。この島は兵頭組の組員が固めているのよ。どこへもいけやしないわ。二人とも殺されるわ」

「お静かに」

マービンがいった。不意に、足もとをつきあげられるような震動とともに、ホテル全体が大きくゆれた。悲鳴があがった。

「爆薬をしかけました。あと数分でこのホテルは粉々にふきとぶ」

マービンの言葉にカジノ中はパニックになった。一般の客や女、そして用心棒の筈のやくざたちまでもが、悲鳴をあげて、地上へ出る階段へとなだれをうった。

爆発がさらにつづき、天井からぱらぱらと漆喰がはがれ落ちた。

「いつのまに?」

希郎はマービンを見た。

「爆薬はきのうのうちに。プラスティック爆薬は、検査にひっかかりませんから。起爆装置はあなたが運んできてくれました」

マービンはいって、肩から吊るしたバッグを示した。

「こんな真似をしてただですむと思ってるの!?」

呉の妻が金切り声をあげた。

「兵頭組すべてを敵に回すのよ」

「兵頭組が何だというのです。僕は巳那家を叩き潰すと誓った」

希郎はいい放った。

呉の妻は息を呑んだ。

「何ていうことを……」

「この黄龍の力にかけて、巳那家の権力をすべて奪いとる!」

残っていた何人かのやくざが希郎にとびかかろうとした。マービンの銃が火を噴き、あわてて床に這いつくばる。

「てめえ、こんな真似して、ただですむと思うなよ！」

島の責任者らしいやくざが叫んだ。

「ただですまないのはそちらだな。今頃、この島に向けて、海上保安庁と京都府警の船が向かっている。島内で銃撃戦があったという通報を受けてね」

マービンが答えた。そしてコルテスの方を向いた。

「大佐、あなたの身柄も日本の警察に拘束されるだろう。そうなれば、アメリカや他の国が引き渡しを求めてくるにちがいない。あなたによって麻薬の害をまき散らされた国々の司法機関がね」

「そんなことはさせん！」

叫んで、コルテスが不意にみづきに躍りかかった。希郎の手からみづきの腕をひき離す。そしてどこからかとりだした拳銃をみづきの喉に押しつけた。

「私はこの島を脱出する。手をだせば、この娘は死ぬぞ」

「この期に及んで悪あがきはおよしなさい！」

「黙れ！　こんなところでつかまってたまるものか」

みづきの体をひきずるようにして、ルーレットテーブルを離れた。

「待ってください、コルテス大佐」

希郎は叫んだ。

「何だ」

「あなたを逃がしてあげましょう」

「希郎さん」

驚いたようにマービンがいった。

「僕たちはこの島の裏側に迎えの船を待たせてあります。もし僕の条件を呑むのなら、その船にあなたを乗せ、安全なところまで運びましょう」

「希郎さん、この男はとてつもない悪党なのですよ」

マービンがいう。

「わかっています。でも彼女を連れていかせるわけにはいかない」

コルテスは狡猾そうに目をきらめかせながら、希郎とマービンを見やった。

「条件というのは何だ？」

「決闘です。僕とあなたで。あなたが勝てばその船に乗ってでていく。負けたら彼女を放し、素直に降服する」

「お断わりだ。この娘が人質である限り、私は逃げだせる」

「僕は確かに手がだせない。だが彼は別だ。五十万ドルのためなら、彼女もあなたも、平気で撃つだろう」

「その通り」

マービンはいって拳銃をおき、両手でサブマシンガンをかまえた。

「そのお嬢さんのことは、私には何の関係もない」

「強がりをいうな！」

「強がりかどうか、試してみますか」

マービンは冷たく、銃口をコルテスとみづきに向けた。

「くっ」

歯がみしてコルテスはマービンを見すえた。希郎はいった。

「いっておきますが、僕は生まれてこのかた、一度もピストルを撃ったことはありません。この勝負はあなたにとって有利だ」

「だが私が勝っても、お前の仲間が私に手だししないという保証はないぞ」

マービンがバッグから携帯用の無線機をだした。

「これがその船を呼ぶ無線機だ」

ルーレットテーブルの上においた。さっとすべらせる。無線機は、テーブルの中央で止まった。

「勝ったらもっていくがいい」

コルテスは迷ったように無線機を見た。そして呉の妻に訊ねた。

「この若造が射撃の訓練を受けていない、というのは本当なのか、ミセス・ゴ」

「え、ええ……。ついこのあいだまで、修道院にいたと聞いています。でも駄目！　コルテス大佐。この男と勝負をしてはいけない」

呉の妻は希郎を見つめ、恐怖のこもった口調でいった。

「なぜだ。私は生まれたときから銃をオモチャにして育った男だ。そんな若造にひけをとる心配はない」

「ちがうの！　射撃の腕の問題ではありません！　この男には、恐ろしい力があるのよ」

　コルテスはせせら笑った。

「どんな力であろうと、一発の銃弾がふき消してくれる」

　そしてみづきをつきとばした。

「いいだろう、決闘だ。銃をとれ」

「マービンさん」

　希郎はいった。マービンは迷うように、そして信じられないように希郎を見つめていたが、

「わかりました。ボスはあなただ」

　といって、自分の拳銃をさしだした。

「気をつけて。引き金をひけば、弾丸はでます」

「ありがとう」

　受けとり、希郎はコルテスに向き直った。

「で、どうするのだ？」

　コルテスは油断なく銃口を希郎に向けながら訊ねた。希郎は懸命に考えた。決闘を、

と口走ったものの、果たしてどうやればよいのか思いもつかない。が、このままではみづきをとり返すことができなくなる。希郎は大きく息を吸い、いった。

「背中あわせで十歩歩き、そしてふりかえって撃ちます」

〝黄龍〟の力にすべてをゆだねるほかない。

　マービンが小さく首をふるのがわかった。とても信じられない、という表情だ。確かにマービンのようなプロにとっては、考えられないほど愚かな賭けとしか思えないだろう。コルテスはにやりと笑った。

「よかろう」

　ふたりはカジノの中央に移動した。みづきとマービン、呉の妻、そして残っている何人かのやくざが見守る中、背中あわせに立った。

「では始めるぞ」

「けっこうです」

　希郎は汗ばんだ手で拳銃を握りしめた。耳がかっと熱くなった。そして不思議にそれ以外の体の部分はすっと冷えてきた。

「一」

「二」

「三」

　ふたりは銃を手にし、背中を向けあったまま歩きだした。

「四」

「五」

「六……」

爆発音が連鎖し、建物が揺れる。ふたりのあいだをさらさらと漆喰がこぼれ落ちた。

「七」

「八」

「九」

「十！」

希郎はさっとふりむいた。だがふりかえった瞬間目に入ったのは、コルテスがまっすぐこちらに向け銃口をかまえている姿だった。

コルテスがにやりと笑った。勝利を確信した笑みだった。希郎は指一本、動かせずにいた。

「アディオス！」

コルテスが引き金をひこうとしたその瞬間、大爆発が起こった。炎が走り、天井が裂けた。希郎もコルテスも、地下のカジノにいた者すべてがよろめき、頭上をふり仰いだ。コルテスが信じられないように大きく目をみひらいた。床を支える梁が大音響とともに崩れ落ちた。瞬く(またたく)まにもうもうたる煙と塵(ちり)がその姿をおおった。

一発の銃声も鳴らなかった。

マービンのしかけた爆薬が、次々にホテル内で爆発し、ついに建物全体が崩れ始めたのだ。

煙が薄れたとき、コルテスの立っていた場所は、巨大な瓦礫（がれき）におおわれていた。

「こんな……こんなことって……」

呉の妻がひきつった声でいった。

コルテスは崩れてきた天井に、完全に下敷きになっていた。指一本残らず、瓦礫の山の中に埋もれている。

希郎はほっと息を吐き、マービンに拳銃をさしだした。

「神の裁きです」

マービンは答えなかった。小さく首をふっただけだ。

「いきましょう」

いって、希郎はみづきの手をとった。

「許さない！　許さないからね！」

呉の妻が叫んだ。

「巳那の女を勝手に自分のものにすることなど、許されない！」

「僕のものにするのではない！」

希郎は叫びかえした。

「人がどのように生きるかは、その人ひとりひとりのものだ。誰のものでもない」

そして、くるりと背中を向けた。

「棗希郎右衛門！」

呉の妻は、希郎の背に金切り声をたてた。

「これですむと思ったら大まちがいよ！」

もちろんすむとは、希郎も思ってはいなかった。

むしろ、これが始まりなのだ。みづきをとり返した今、次には母を捜しだす。

そこにどんな障害が待っていようと、希郎はなしとげるつもりだった。

# 終章　炎の奇蹟

# 1

希郎は東京の病院にいた。そこは大河内重範弁護士によって紹介された、精神科の権威がいるという病院だった。

今、その医師による、みづきの診断が終わろうとしていた。みづきには、横浜山の手の〈聖ソフィア修道院〉から駆けつけたシスター・キャサリンがつきそっている。

みづきが陥っている記憶喪失に回復の途はないか、医師は調べているのだった。

巳那家をとびだしたみづきに、唯一頼る人がいたとすれば、それは二十数年前同じ行動をとった叔母、希郎の母をおいてほかにはなかった。

四カ月前、山の手の外人墓地で、シスター・キャサリンに保護されたとき、みづきはすでに記憶喪失に陥っていた。そのとき身に着けていたのは、ポシェットに入っていた数百万円の現金だけだった。しかし希郎は、亡き父第四十四代棗希郎右衛門の墓石の中から見つかった、狩野永徳の手になる国宝級の日本画「松鷹図」も、みづきと関係があると信じていた。

もしかしたら、父の墓に「松鷹図」を隠したのはみづき自身かもしれない。みづきもまた、同じ場所に記憶を失う直前きていたと、希郎に告げていた。

松鐘島からみづきを救いだした冒険は、希郎にとっては避けては通れない闘いだった。

結果、巳那一族のみならず、西日本最大の暴力団「兵頭組（ひょうどう）」を敵に回すことになったが、それはいってみれば、「宿命」のようなものだった。

京都南禅寺（なんぜんじ）の豪壮な屋敷で、希郎にとっては母方の祖母にあたる巳那一族の支配者、ばば様と見え（まみ）たときから、その「宿命」は決定的なものとなったのだ。

静かな病院の廊下に響いた足音に、希郎は顔を上げた。

医師に送られ、みづきとシスター・キャサリンが診察室をでてきた。シスター・キャサリンは〈みはらし園〉の園児、みのりの心臓手術のため渡米して、二日前に帰国したばかりだった。みのりには、兄のシゲオと、〈みはらし園〉のもうひとりのシスターがついている。

希郎は待合室のソファから立ちあがった。

「どうでした？」

シスター・キャサリンは無言で微笑（ほほえ）んでみせた。みづきは力なく溜息（ためいき）をついた。

「なつめちゃんの記憶喪失は、外傷性の原因によるものではなく、心因性のものですって」

シスターはいった。

つまり頭を打ったり怪我（けが）をしたのが理由なのではなく、何か大きなできごとによるショックが原因で記憶を失ってしまったというのだ。

「だからお医者さまにも、わたしの記憶がいつ戻るのか、はっきりしたことはわからないんです。少しずつ戻ってくる場合もあるし、あるとき突然に戻ってくることもあるって……」

そう希郎に告げ、みづきはシスターをふりかえった。

「わたし、〈みはらし園〉にいていいですか？」

「もちろんよ」

シスターは微笑んだ。

「なつめちゃん——いえ、もうみづきちゃんね。もう本名がそうだとわかったのだから。みづきちゃんの記憶が戻っても戻らなくても、いたいだけ〈みはらし園〉にいて。わたしたちは大歓迎」

「お願いします」

希郎も頭を下げた。シスターはあわてたようにいった。

「何をおっしゃるんです、棗様まで」

「その棗様というのはやめてください。希郎でけっこうです」

三人は病院の玄関をでた。黒塗りの大型車が待っていた。大河内弁護士のさし向けた車だった。診断の結果を待って、銀座の大河内弁護士の事務所に向かい、これからのことを相談する手筈（てはず）になっていたのだ。

運転手が開けてくれたドアから車に乗りこみ、三人は銀座に向けて出発した。診断が思わしくなかったせいもあり、車内の空気は沈んでいる。

「――でもいったい何があったんでしょう」

みづきが口を開いた。

「あの、松鐘島で、あれほど怖いめにあったのに、わたしの記憶は戻らなかった。それ以上のことが、あったのかしら」

つらそうな口調だった。

「あまり思いつめてはいけない」

希郎はいった。

「神様は、きっとみづきのやさしい心を守ろうとして、記憶を消してくださったんだ」

「でも……でもわたしの記憶が戻らなければ、希郎様はお母様と会えない」

「大丈夫さ。必ず会える。僕がこれからいったいどんな生き方をするのか、神様はきっとご覧になっているんだ」

希郎はみづきを元気づけるようにいった。

「きっとそうです。希郎様」

シスターがあいづちを打った。

車はやがて銀座の大河内法律事務所に到着した。三人は大河内老人の待つ、奥の部屋へと案内された。

診断の結果をシスターが報告するあいだ、大河内老人はじっと動かず、無言で聞き入っていた。

シスターの話が終わると、目をみひらき、みづきを見つめた。

「すると、あなたが〈聖ソフィア修道院〉の墓地を訪ねてこられた直後、何かがあって記憶を失くされた、そういうわけですな」

「はい」

みづきは頷いた。老人は希郎に目を移した。

「それを希郎右衛門殿は、第四十四代の墓参りのためだったと考えておられる」

「ええ。ひょっとしたらみづきはそこで母と待ちあわせていたのかもしれません。ところが不測の事態が起こって、母とみづきは会えず、みづきは記憶を失ってしまった」

「ふむ」

老人は嘆息した。

「ありえることだの。儂も実は、ひどく心配なのだ」

「何がです」

「巳那一族だ。松鐘島では首尾よくいったが、当然、巳那一族はこのまま手をこまねいておるようなことはすまい。特に、あの婆さんはの」

ばば様のことをいっているのだ。

「一族が陰からこの国の権力を支配してきた歴史がある以上、連中には決して世には知られておらん闇の手だてがある筈だ」

「闇の手だて？」

　大河内老人は希郎を見すえた。

「刺客だよ」

「刺客……」

　希郎はつぶやいた。

「そうだ。一族の裏切り者、反逆者が、その長い歴史の中ではきっとほかにもでておったにちがいない。しかしそれを闇から闇のうちに密殺してきた者がおるのだ」

「巳那一族の中に、ですか」

　老人は頷いた。

「ふだんは一族を名のらず、ひっそりと別の土地で生きておって、ひとたび命が下れば、暗殺にその身を捧げるような奴らだ」

「ひょっとしたらみづきちゃんは、そんな連中につかまりそうになったのかもしれない」

　シスターがいった。

「あるいは、の。そのショックがもとで記憶を失ったとしても不思議はない」

　老人は頷いた。希郎はいった。

「みづきを守ります。〈みはらし園〉で、共に暮らして。そうすればいつか、みづきの記憶が戻る日がくるでしょう」

「だがそうなれば、奴らには格好の標的だ、希郎右衛門殿。あなたとみづき殿が共にひとつの場所におるのだからな」

希郎は唇を嚙んだ。万一、老人のいう巳那一族の刺客が〈みはらし園〉にいるふたりを襲ってきたら。みづきの命は守れるかもしれない。だが〈みはらし園〉にいる子供たちやシスター・キャサリンまで守りきれるだろうか。

わからなかった。耳のもつ力が、ときには人の生命をおびやかすほどの強大さを発揮することを、京都と松鐘島で希郎は学んだばかりだった。

「ではどうすればよいのでしょうか」

希郎は訊ねた。老人は嘆息した。

「わからん。難しい問題だ。たとえどれほど腕のたつボディガードを雇い入れようと、未来永劫守りつづける、というわけにはいくまい。また、巳那の刺客がいつ、どのような手で襲ってくるか、わかりようもない」

「といって、僕とみづきがびくびくと隠れて生きていくのもまちがっています」

「そうだの」

老人は頷いた。

「希郎右衛門殿は、父上とはちがう生き方を選ばれておる。儂もその生き方に賛成じゃ」

希郎は決心した。

「それならば、〈みはらし園〉で堂々と、刺客がくるのを待つしかありません」

「うむ」

大河内老人は低くつぶやいた。

「儂もこの老体に鞭打ち、できる限りのことをしよう。四代にわたってつづいた棗家当主への、最後の奉公と思って、な……」

## 2

一週間が過ぎた。希郎とみづきの戻った〈みはらし園〉には、何事もなかったかのような日々がつづいた。希郎とみづきは〈みはらし園〉の子供たちとともに平和なときを過ごしていた。

一週間めの夕方だった。夕食の仕度にとりかかる前のひととき、希郎とみづきは、〈聖ソフィア修道院〉の墓地にいた。

それは日課だった。毎日、その時刻になると、ふたりは希郎の父、第四十四代棗希郎右衛門の墓前に額ずくことにしていた。単に父の冥福を祈るのが目的なだけでなく、みづきの記憶をよみがえらせる小さなきっかけにでもなればよいと考えていたのだ。

「あら」

その日も連れだって墓前にやってきたとき、希郎の前を歩いていたみづきが声を発した。

「どうしたんだい」

「見て、希郎様」

父の墓に新しい花束が手向けられている。きのうの同じ時刻にはなかった花だった。手をのばそうとしたみづきを希郎は制した。

「待って。うかつに触っちゃいけない。罠かもしれないのだから」

あたりを希郎は見回した。夕陽のさす墓地に、ふたり以外の人影はない。何か危険なものがしかけられていないかを充分に確認し、希郎は花束をとりあげた。その花束から白い封筒がすべり落ちた。

「手紙だわ」

みづきがいって拾いあげた。封筒の表側には何も記されていない。

みづきから封筒を受けとった希郎は封を切った。和紙を使った便箋が入っている。その便箋に並んだ女性のものと思しい文字を見たとたん、希郎の胸の鼓動は早くなった。

「第四十五代棗希郎右衛門さま」

という文字で手紙は始まっていたのだった。

「第四十五代棗希郎右衛門さま
あなたが日本に帰られたこと、ようやく知りました。さぞやご苦労なされたと思います。ひとりぼっちのヨーロッパでの生活は寂しかったことでしょう。思うたび、胸が痛みました。

けれど、今は立派に成人され、第四十五代の棗家の当主となられた由、心から嬉しく思います。何ひとつしてさしあげられなかったこの身ですが、陰ながらお幸せをお祈りいたします。

機会あらば、お会いできることもあろうかと。今はまだ、そのときではありません。どうかそれまで、みづきの世話をよろしくお願いいたします。

かしこ」

署名はない。が、読み終えたとき、希郎の胸は熱くなった。

母だ。母にちがいない。母は、希郎とみづきがこの〈みはらし園〉にいることを知り、父の墓にこうして手紙を託したのだ。

希郎から手紙を受けとったみづきが目を走らせ、

「希郎様」

とつぶやいた。

「母さんだ。君のことも知っている」

「でもどうして、ここまでいらしたのなら〈みはらし園〉を訪ねてくださらなかったのかしら」

みづきは眉をくもらせた。

「何かきっと事情があったんだ」

そして気づいた。その日は、月こそちがうが、父の命日と同じ日付だった。だから母は墓参りに訪れたのだ。

「母さんは、僕と君のことを心にかけていた。みづき、きっと近い将来、僕らは母さんに会えるよ」

どうすれば会えるだろう。

「そうだ！」

希郎は大声をだした。

「来月の同じ日に、きっと母さんはまたここにやってくる」

「待つの？」

希郎は頷いた。

「そうすればきっと母さんはくるよ」

「いい案だわ」

みづきの顔も輝いた。

「でもこのことは秘密にしよう」

希郎はいった。

「悪いけど、その日がくるまでシスター・キャサリンにも内緒だ」

「どうして？」

「もしこのことがどこからか巳那一族に伝わったら大変だよ。君と僕と母さんまでが、いっしょにいるところを襲われるかもしれない」

みづきは目をみひらいた。

「そう……」

そのとき、不意にみづきは苦しげな表情になった。額に手をあてる。

「どうしたんだ、みづき」

「わからない。でも……」

額にびっしょりと汗の玉が浮かんでいるのを希郎は見た。

「何か、思いだせそうなの……。絵……絵だわ」

希郎は頷いた。

「どんな絵?」

「わたし……絵を受けとったの。ここで。古い日本の絵だった」

「誰から?」

「待って――」

みづきはぎゅっと瞼(まぶた)をつぶった。

「背の高い、きれいな人。やさしい……喋(しゃべ)り方をしてた……わたし、小さな頃、その人によく甘えていたの……。おばさま……『叔母様』って!」

目をみひらいた。

「母さんだ」

みづきは希郎を見返した。だがその目はどこか遠くを見ていた。

「何か、とてもいい香りがしたわ。その人からは」

「香水？」

「ちがう……」

みづきは首をふった。

「そういう匂いじゃないの。甘くて……おいしそうな匂い」

「おいしそうな匂い？」

「ええ。まるで……ケーキを焼いているような匂いだった」

「そういえば――」

希郎はつぶやいた。まだ本当に小さな頃の記憶がよみがえった。

あれは誕生日だったかもしれない。三歳か四歳のときの母さんがケーキを焼いた。

「……思いだした。母さんは、ケーキやクッキーをよく焼いてくれた」

「それよ」

みづきがいった。だがすぐに顔をしかめた。

「ああ、でも思いだせない。そのあと何かがあったの……。とても恐ろしいことが……。

そしてわたしは夢中で逃げた。逃げて、どこかに絵を隠したわ」

「絵を隠したのはここだよ。君は父さんの墓に、狩野永徳の『松鷹図』を隠した」

希郎はいった。が、みづきの表情はかわらなかった。

「思いだせない。ごめんなさい」

泣きそうな顔になった。

「いいんだ、みづき。大丈夫。心配しなくていい」

希郎は慰めた。

いったいそのとき、何が起こったのだろう。それがわかれば、みづきの記憶は戻るかもしれない。

だが、はっきりとしたことがひとつある。

希郎の母は、思いのほか、近くにいるのだ。それを考えると、おさまりかけていた胸の鼓動が再び早まるのを希郎は感じた。


ひと月がすぎた。〈みはらし園〉には平和な日々がつづいていた。もしかしたら巳那一族は、希郎への復讐をあきらめたのではないか——そう思えるほど、何事も起こらない。

横浜元町にあった、呉俊傑の古美術店は、いつのまにかなくなっていた。引っ越してしまったのか、同じ場所で今はブティックが商売をしている。

いよいよ、父の命日と同じ日付の日がやってきた。

夜明け前から希郎は目を覚ましていた。母に会えるかもしれないと思うだけで、昨夜からなかなか深い眠りにつけないのだった。

母に会うとすれば何年ぶりだろう。十六年か七年。

——お母さん
そう呼びかけられるだろうか。呼びかけて、母は応(こた)えてくれるだろうか。

応えてくれるに決まっている。この世で、母親の、我が子に対する愛ほど、無償で限りないものはない。母が希郎と別れたのも、またその愛の深さゆえだったのだ。

母さんと暮らせるかもしれない。ふと想像するだけで、胸の中に熱いものがこみあげてくるのを感じた。

が、一瞬後、この〈みはらし園〉の子供たちのことが心に浮かんだ。あの子たちは、その母親と暮らす幸せを奪われているのだ。

初めてここを訪れ、シスター・キャサリンと話した夜のことを希郎は思いだした。

子供を捨てるような、冷たい身勝手な親と暮らすくらいなら、ここにいる方がはるかにあの子たちは幸せだ——そんなことを希郎はいった。が、シスターはそれを真剣に否定した。

『それはちがうわ。どんなに冷たくても、身勝手でも、親は親よ。あの子たちは、本物の親の愛情に飢えている。口にはださないけれど、ふつうの子供たちと同じように、親といっしょに暮らしたいと願っている』

今、その言葉が痛みをともなって胸によみがえる。

その通りだ。あの子たちよりはるかに年上の自分ですら、母に会えるというだけでこうして、夜も眠れずにいるのだ。

窓から朝の光がさしてくる時刻になると、希郎は矢も楯もたまらなくなった。寝床をぬけだし、墓地に向かう。

その朝は靄もなく、晴れあがっていた。水平線から顔をだしたばかりの太陽の光に、並んだ墓石が長い影を作っている。

その影を踏み、希郎は父の墓へと向かった。

墓の前までくると、膝を落とし、長いラテン語の祈りを捧げた。そしてさらに日本語で父に呼びかけた。

父さん、僕にはすばらしい仲間がいます。その人たちのことを決して忘れはしません。

彼らのためにも、この「黄龍の耳」がもつ力を、けっして邪なことには使わないつもりです。ですから、どうか母さんに会わせてください。

父の墓石を見つめた。もちろん、そこから答えが返ってくるわけではない。しかし、呼びかければきっと、父はどこからか自分を見守っていてくれる、そんな気がしたのだ。

やがて完全に陽がのぼった。シスターが鳴らす、教会の鐘が聞こえてくる。希郎は心臓が強く脈打つのを感じた。

じきだ。じき、母さんに会える。

父の墓前に腰をおろし、膝をかかえた。何かを食べたいとも、水を飲みたいとも思わない。ここでじっと待ちつづける。

太陽はさらに中天にさしかかった。朝食を摂りに現われない希郎をシスターたちは心配しているだろうか。いや、みづきがきっと、シスターにはわけを話しているにちがいない。

希郎は少し申しわけなく思った。シスター・キャサリンもまた、この〈みはらし園〉の育ちで、両親の顔を知らないのだ。なのに自分はここで、母が現われるのを待ち焦がれている。

いや、そうじゃない。もうひとりの自分が希郎にいう。両親を知らないシスター・キャサリンだからこそ、今の希郎の気持をわかってくれる筈だ。

昼を過ぎた。

まだ誰も、墓地にはやってこなかった。

母さん、どうしたの。不安が胸の中でふくらむのを希郎はおさえられなかった。

早くきて。早く会いたい。

まるで十歳にも満たない子供のように希郎の胸ははやっていた。

だが母はこない。

徐々に太陽は西の方角に傾いていった。朝と同じように、しかし反対の方向からさしかかる陽の光に墓石が長い影を落とす。

希郎は強く唇を噛んでいた。そうしていないと涙がこぼれてしまいそうだった。

きっと何か、こられない理由ができたのだ。母は、ここで希郎が待っていることを知らない。だから用事があれば、今日ではなく明日に墓参りをのばすことだってあるのだ。

希郎は重い息を吐き、腕時計を見た。午後五時になろうとしている。十二時間近く、じっとここにすわっていた。

人の気配にふりかえった。

みづきだった。心配そうに佇（たたず）み、希郎を見つめている。

「希郎様……」

希郎はにっこりと笑った。

「こなかった。母さんはきっと今日はこられない用事があったんだ」

みづきは、今にも泣きだしそうに見えた。

希郎は立ちあがり、歩みよった。

「元気をだして」

みづきはかぶりをふった。

「そうじゃないんです。希郎様の気持を思うと——」

「僕は大丈夫さ。ほらっ」

希郎はいって笑い、力こぶを作って見せた。

「わたしが……わたしの記憶さえ戻れば——」

「いけない！」

希郎は鋭くいった。

「そんなふうに考えてはいけない。これはすべて、神様が僕に与えている試練なんだ。僕が『黄龍の耳』の力をもつのにふさわしい人間かどうかを試しているんだ」

「だとしたら神様は意地悪だわ」

「そんないい方をしちゃ駄目だ。神様には神様の考えがあるのさ」

みづきは小さく頷いた。そして希郎の胸に顔を押しつけた。

そのとき、乾いた枯れ葉を踏む足音が聞こえた。

希郎ははっとして顔を上げた。

墓地の入口に人影があった。みづきもふりかえり、息を呑んだ。

人影は花束を抱き、ゆっくりと墓地を進んできた。かげりはじめた光の中で、墓石の碑銘をひとつひとつ読んでいる。

それは着物を着た老婆だった。細く折れそうな体を、腰のあたりで曲げ、慎重に一歩一歩を踏みしめている。

母ではない。母がこんなに年老いている筈はない。

「どなたかのお墓をお捜しですか」

希郎はやさしく声をかけた。老婆は希郎たちの存在に気づいていなかったようだ。びっくりして、思わず花をとり落としそうになった。

「嫌だねえ、驚いちまったよ」

希郎は微笑んだ。

「申しわけありません」

「いいんだよ……。ちょっと頼まれたものだからね。このあたりにナツメさんて人のお墓はあるかい」

みづきが息を呑んだ。

「棗希郎右衛門ですか」

「そうそう、そんな名だよ」

老婆は、花束といっしょに握りこんでいたくしゃくしゃの紙片を広げると、遠目にすかしていった。

「その方ならここです」

希郎は興奮をおさえていった。

「そうかい。ありがとう。どれどれ……、ああそうだ、確かにまちがいない」

老婆はいって、花束を墓石におこうとした。希郎は訊ねた。

「いったい誰方(どなた)から？　実はここで眠っているのは、僕の父なんです」

「えっ。そうかい。そりゃあ、お若いのにお気の毒なことだね。いやね、あたしはこの下の花屋で店番を手伝ってるんだけどね。頼みにきたのは、若くてきれいな娘さんだったよ」

「若い女の人？」

「ああ、そう。そりゃあ、美人だった。あたしにお金をくれて、この墓に花を供えてくれっていわれてね……」

希郎はみづきと顔を見あわせた。若くてきれいな女性とは、いったい誰なのだろうか。

「その人のことをもう少し詳しく話してください」

みづきがいうと、老婆は首をふった。

「うーん、そうねえ。なんだか車できて、お花を選んで、お金だけをおいてすぐでてっちまったからねえ。年は、二十四、五くらいかね。髪が長くて、お金持って感じだったね」

「前に見たことは?」

「ないよ。初めてのお客さんだ」

「そうですか……」

「じゃ……これでいいかね?」

「あ、はい」

老婆は花をおくと、再び腰をかがめて墓地を抜ける道を帰っていった。

その姿が黄昏に吞まれ、見えなくなる。みづきがいった。

「不思議な話ね」

「うん」

希郎はつぶやき、老婆がおいていった花束をとりあげた。封筒がすべり落ちた。

「また手紙だわ」

希郎は拾いあげ、封を切った。きっと母からにちがいない。

だが、中の便箋は以前と同じ和紙ではなく、並んだ字も力強い男性のものだった。そして目を走らせた希郎は、さっと顔から血の気がひくのを感じた。

「第四十五代棗希郎右衛門殿
一族の命によりて、貴君の母をお預かりしている。もし会いたくば、今夜零時、みづきを伴いて、山の手外人墓地入口までこられたし。ただしその折り、忘れず貴君の右耳の穴をリングにて封じてこられたし。もしその約束を違えたる場合、貴君は二度と母に見えることはかなわない。

邪魅」

邪魅。いったい何者なのか。

希郎から手紙を受けとり、目を通したみづきも蒼白になった。

「希郎様!」

「母さんが今日ここにくることを彼らは知っていたんだ。だから先回りして母さんを誘拐した」

「ひどい……」

「母さんを助ける」

希郎はきっぱりといった。

「わたしもいきます」

「いけない。みづきがきたら奴らの思う壺だ」

「でもわたしがいかなければ、この邪魅という人のいう〝約束〟を違えたことになります」

みづきは希郎を見つめ、いった。決意のこもった視線だった。

その通りだ。だが……。

「希郎様はきっとわたしを守ってくださる。そうでしょう?」

希郎は唇を噛んだ。「黄龍の耳」の力は、耳たぶのピアスで制御される。邪魅のいうようにピアスを留めていけば、果たしてどれほどの力が発揮できるのか、希郎自身にもわからなかった。

耳の力がなければ、自分は何もできないのか。

そんなことはない筈だ。ひとりの人間として、大切に思う人を守るのは、「黄龍の耳」を自分がもっているかどうかには関係ない。

しなければならないことなのだ。

希郎は頷いた。

「必ず、守ってみせるとも」

## 3

夜になった。希郎は、大河内老人に電話で、起こったことを告げた。老人は、

「邪魅……。聞いたことのない名だ」

とつぶやいたものの、

「そうして呼びだしおるからには、よほど腕に覚えのある者なのだろう。心してかからねば、命を失くす羽目（はめ）になりますぞ」

警告した。

「わかっています。必ず母さんを助け、みづきを守るつもりです」

希郎は答えた。

「うむ、儂もその邪魅が卑怯（ひきょう）な手を使ったときに備え、手だれの者を用意いたしましょう」

「ありがとうございます。ですが、僕らのことより、〈みはらし園〉をよろしくお願いします、僕らがでていったあとの」

「承知した」

老人は重々しくいった。

「どうやら巳那一族との決戦のとき、ということになるやもしれん」

「はい」

十一時半を回ると、希郎とみづきは〈みはらし園〉をでていった。シスター・キャサリンと子供たちには、邪魅のことは告げていない。ただ、母の居どころをつきとめる手がかりがつかめそうなので、とのみ外出の理由を話しただけだった。

外人墓地へは、歩いても十五分足らずの距離だ。希郎がみづきと並んで歩きだしてすぐ、みづきが緊張のこもった声で呼びかけた。

「希郎様」

〈聖ソフィア修道院〉と〈みはらし園〉の入口につながる坂に、ふだんは見かけない、数台の車が止まっていた。中には、屈強そうな男たちが数人ずつ乗っている。

希郎とみづきが足を止め、見つめると、中からダークスーツを着た、がっしりとした男がひとり降りたった。

「第四十五代棗希郎右衛門様ですね」

男は腰をかがめ、鋭い目を希郎に向け、いった。みづきが息を呑む。

「そうです」

「大河内先生のお申しつけにより、こちらの修道院の皆さんを警護するために参った者です。どうか安心しておでかけください」

希郎はほっと息を吐いた。

「ありがとう。ご苦労さまです」

再び、みづきとともに歩きだした。これで〈みはらし園〉は大丈夫だ。巳那一族が今夜、〈みはらし園〉に対し、何か邪悪なことをしかけようとしても、彼らが防いでくれる。

やがてふたりは、外人墓地の入口についた。鉄製の門が侵入者を拒絶している。

あたりには人影もない。

希郎は腕時計をのぞいた。十二時まで、あと数分を残していた。

大きく深呼吸し、そっと右耳の輪に触れた。松鐘島から無事こちらに戻って以来、一度もこのピアスは外していない。

「誰もいない。でも、少し怖い」

みづきがつぶやいた。その体がわずかに震えていることに希郎は気づいた。みづきの手を握りしめた。

「大丈夫だよ」

みづきは希郎の目を見返し、こっくりと頷いた。

十二時になった。

不意にギギギッと音がして、希郎は体を固くした。みづきが希郎にしがみついた。

門が動いていた。黒塗りの鉄門が、内側に向け、ゆっくりと開いていく。

「希郎様——」

希郎は目をみひらいていた。やがて門は開ききったところで停止した。

あたりに、門を開いたと思しい人の姿はない。

「入れということだな」

希郎はつぶやいた。足を踏みだそうとする。そのとき、みづきが強い力で引きとめた。

「駄目、入っては駄目！」

激しく首をふっていった。そのようすがふつうではないことに希郎は気づいた。

「どうしたんだい」

「わからない。でもいけないの！　この中に入ったらきっと恐ろしいものがやってくる」

そして顔を歪め、息を吐いて額をおさえた。

「ああ……思いだせない。でも何かすごく恐ろしいことがあったの」

「恐ろしいこと？」

「そう。わたし、前にもここにきた。ひとりで……。そしてすごく怖い目にあったの……」

みづきは外人墓地をさまよっているところをシスター・キャサリンに保護されたのだ。みづきのいっているのは、記憶を失うきっかけになったできごとにちがいない。希郎は緊張した。

しかし、この外人墓地の中に入っていかなければ、母を救うことはできない。

「いかなけりゃいけない。この中に母さんがいる」

みづきは頷いた。が、全身を激しく震わせていた。

「頑張る。希郎様、わたしの手をしっかり握っていて」

希郎はみづきの手をあらためて握りしめた。そして開かれた門の中に足を踏みいれた。


外人墓地の中は闇だった。ふだんは照明灯が設置してあるのだろうが、何者かが切ったのか、闇に閉ざされている。

墓地を囲む道の街灯や、ふもとの横浜港の明りで、黒々と浮かびあがる墓石の数々を見てとれるだけだ。

しっかりとみづきの手を握りしめ、希郎は墓地を縫う道を進んでいった。

どこかに潜む者がいるかもしれないが、その気配はまるで感じられない。

やがて希郎とみづきは、外人墓地の中心部にさしかかった。

「希郎様……」

みづきが喘ぐようにいった。みづきの呼吸は、外人墓地に足を踏み入れたときから、浅く、早くなっている。

道の前方に、人影がひとつあった。黒っぽい衣服を着け、体を半分に折っている。

近づいていくと、その姿が、帽子をかぶり、黒の詰襟の制服をまとったものだと知れた。制服の下に黒革のブーツをはいている。

人影は深々と頭を下げているのだった。

二人が立ち止まると、九十度に体を折っていたその人物はゆっくり体を起こした。

「お待ち申しあげておりました」

キィキィという軋むような響きを伴った声が、赤い唇を割って発せられた。

「あなたは――」

希郎はつぶやいた。その男は、京都、祇園町の芸妓、綾音の家まで希郎を迎えにきた巳那一族の運転手だった。神江、といった。

神江は希郎が自分を覚えていたことに満足したようだ。唇が割れ、顔が歪んだ。それは不気味な笑顔だった。

「あなたが邪魅なのか」

希郎は問いかけた。神江は不気味な笑いを浮かべたまま首をふった。

「邪魅様はあちらにてお待ちです」

体を傾け、背後を示した。

そこは外人墓地のつきあたり、横浜港を見おろす丘の先端だった。巨大な十字架が黒々とそそり立っている
「母さんを返せ」

神江は案内するように右手を広げた。

「どうかご自分でお連れください」

「希郎様！」

みづきが握りあった手に力をこめた。

希郎も気づき、息を呑んだ。正面の巨大な十字架に、もうひとつ黒い影がある。十字架に、まさに磔（はりつけ）にされるようにして、人影が縛（しば）りつけられているのだ。

「母さん！」

思わず希郎は声をあげた。

きききっと神江が笑い声をたてた。それにかまわず、希郎は十字架に走りよった。

十字架は、高さ二メートル以上ある大きな青銅の台座の上に立っていた。その下から見上げると、着物を着た女性の両手両足が縛りつけられている。

女性は気を失っているのか、がっくりと頭（こうべ）を垂れていた。

かすかな光の中で希郎はその女性の顔を見つめた。

四十を少し過ぎたくらいだろう。細面（ほそおもて）で寂しげな顔をした女性だった。

母さんなのか？　母さんなのだ。

「母さん！」

希郎はもう一度呼びかけた。しかし女性はぴくりとも動かない。

希郎は唇を嚙み、あたりを見回した。台座によじのぼるための足場を捜したのだ。

そのとき、声が聞こえた。

「よくきた。棗希郎右衛門」

低い、押し殺したような男の声だった。どこから聞こえてくるのかはわからない。十字架の裏側のようにも思える。

「誰だ!?　邪魅か」

「そうだ。一族の命によりてお前を抹殺し、みづきを貰いうける」

「そうはいくものか！」

「聞け」

声に鋭さが加わった。

「お前が今見上げる十字架には爆薬がしかけられている。起爆装置は、私の手の中だ。お前が私のいうことを聞かぬ場合、十字架は粉々に吹きとぶ」

「何をしろというんだ!?」

希郎は叫んだ。

「希郎右衛門様」

神江が闇の中から歩みよってきた。革の手袋をはめた右手を上着のポケットにさしこんだ。ゆっくりととりだされたのは、白い柄のついた西洋剃刀だった。

神江はそれを希郎にさしだした。

邪魅の声がいった。

「受けとるがいい」

「何のためにだ」

「お前が自ら、その右耳を斬り落とすためだ」

みづきが息を呑んだ。

「なんだって……」

「右耳を斬り落とせば、命だけは助けてやろう。さもなくば十字架は爆発する」

「駄目、希郎様」

みづきが悲鳴のような声をあげた。

希郎は目をいっぱいにみひらき、神江の掌にある剃刀を見つめた。

「巳那一族に逆らった愚かしさを、その身でたっぷり味わうのだ」

冷たい汗が全身から吹きだしていた。右耳を斬り落とす――それは「黄龍の耳」を捨てろということなのだ。

「――もし斬り落としたら、母さんの命を助けてくれるのか」

「約束しよう」

「みづきはどうなる？」

「いただく」

「駄目だ！　みづきも自由にすると約束しろ！」

「愚かな。棗希郎右衛門よ、お前には選択の余地はないのだ」

希郎は深々と息を吸いこんだ。どうすればいいのだ。

何か、何か手がある筈だ。

「わたしが帰ります！　だから希郎様と叔母様を自由にしてあげて！」

みづきが叫んだ。

「いけない、みづき」

みづきが突然動いた。希郎のかたわらを離れ、神江の手から剃刀を奪いとった。

闇の中で、開かれた刃がきらめいた。

「みづき！」

「こないで、希郎様！」

みづきは剃刀を自分の喉(のど)にあてがい、後退(あとずさ)った。

みづきは夜空を見上げ、いった。

「もしわたしのいうことを聞かないのなら、この場で喉を斬ります」

邪魅は沈黙した。

が、次の瞬間、くっくっくという声が聞こえた。

何なのだろう、一瞬希郎は思い、そして気づいた。

笑っているのだ。邪魅は笑っている。

希郎の全身がかっと熱くなった。

「何がおかしい！」

希郎は叫んだ。

「本当に愚かな奴らだ。みづき、お前が死のうと生きようと、今のままなら一族は一向にかまわんのだ。記憶の戻らぬお前に、巳那一族の女としての価値はない！」

邪魅はいい放った。

希郎はぐっと奥歯を嚙みしめた。抑えようのない怒りがふつふつと胸の奥から湧きあがってくる。

「許せない……」

あまりの怒りに声が震えていた。

「巳那一族……絶対に許せない……」

みづきは呆然としたように目をみひらいていた。

そして突然叫んだ。

「いやあっ」

ゴゴゴゴ、という固い軋みが聞こえた。みづきが剃刀をとり落とし、両手で口をおさえた。目を、はり裂けそうなほど大きく開いている。

軋みはさらにつづいた。

何が起こったのか。みづきはよろめき、希郎の方に手をのばした。

「希郎様……」

邪魅の笑いはつづいていた。

「思いだしたか、みづき。何があったかを」

希郎は音のする方角を見た。そして驚きに打たれた。

墓石が動いていた。ずるずると、下から持ちあげられ、押しやられて。そしてその裏側から、まっ黒い芋虫のようなものが這いだしてくる。

指だ。

墓の下の死者がよみがえり、墓石をどかして土中からさまよいでようとしているのだ。

神江の姿はいつのまにか消えていた。

「みづき」

みづきは恐怖に顔をくしゃくしゃにし、首をふりつづけていた。希郎ののばした手を、つかもうとしてつかみそこね、その場にしゃがみこんだ。両手で頭を抱え、泣き声をあげた。

これだったのだ。

みづきにも劣らぬ恐怖に背筋を凍らせながら希郎は思った。

動いている墓石はひとつではない。あたりにある、いくつもの墓石が重たい響きをたてずれていた。そして黒い芋虫につづき、ぼろぼろになった衣類に包まれた腕が、それにつづく胴体が、這いだしてくる。

墓の下からよみがえる死者。みづきはその恐怖を目のあたりにした衝撃で、記憶を失ったのだ。

「みづき！」

希郎はみづきの肩を抱こうとした。だが、

「いやあっ、こないで！」

と、みづきはその手をふりはらった。

墓の下からはさらに、肉が爛(ただ)れ落ち、ぽっかりと眼窩(がんか)に穴のあいた死者の首が現われていた。中には溶けて腐った眼球を垂らした者、長い髪を生前そのままに振り乱した者もいる。

墓場から這いでた死者たちは、両手両足を地面につけ、のたうつように前に進みだした。

希郎とみづきを目ざしていた。

「――チャンスを与えてやったのだが、それもここまでだ。棗希郎右衛門よ、みづきとともに死人(しびと)らに黄泉(よみ)の国に連れ去られるがいい！」

希郎はみづきを抱きしめた。最初はあらがったみづきだったが、突然ぐったりと動かなくなった。あまりの恐怖に失神したのだ。

死者たちはずるずると前進をつづけていた。みづきを抱いたまま希郎は後退った。やがて背中が十字架の台座に触れるまでに追いつめられた。

希郎は台座のうしろをふりかえった。そして唇を嚙んだ。

台座は丘の先端に立っており、その先は低いフェンスがはられていて、さらにその向こうは崖(がけ)になっている。

右耳のピアスを外そうか――希郎は右手を耳にのばした。何が起こるのかはわからない。しかし今のこの事態を切り抜けるには「黄龍の耳」の力が必要だ。

だが——。指がピアスにかかったとたん、

「血まよったか、希郎右衛門！　母を粉々にされたいか」

邪魅の声が叫んだ。

希郎の手は凍りついた。死者たちの指先は、もう希郎の爪先まで一メートル足らずに迫っている。

そのときだった。

「目を覚まされよ！　第四十五代棗希郎右衛門殿！」

墓地に老人の声が響き渡った。

4

希郎ははっと目をみひらいた。次の瞬間、煌々としたライトが闇を切り裂き、台座と希郎、みづきを照らしだした。死者たちがぴたりと動きを止めた。

「——何者だ!?」

邪魅が叫んだ。

光の中に声の主が姿を現わした。コツ、コツ、という杖を突く音が響く。

大河内老人だった。杖にすがり、しかし背筋をぴしりとのばして、希郎、みづきと、死者たちをへだてる位置に立った。

老人は左手にハンカチをもち、それを口もとにあてていた。

「見るがよい、希郎右衛門殿」

老人は光の中で杖をふりかざした。希郎は気づいた。

空中に、うっすらとだが、白い靄のようなものが漂っている。

「大河内弁護士――」

「邪魅とやら、姑息な術でたばかろうとしても、その手は通じん」

大河内老人はいった。

そのとき、希郎は、今まで死者と信じていた者たちが、マスクをかぶり、メイクアップをほどこされた、生きた人間であることに気づいた。

空中に漂う白い靄は、ガスなのだ。知覚神経を麻痺させ、恐怖心をあおり、トリックにかかりやすくするために邪魅が流していたにちがいない。

大河内老人は大きく息を喘がせると、胸を張っていった。

「儂は大河内重範、棗家代々に仕える弁護士じゃ。この墓地は、儂の手の者によって包囲されておる。無用な流血を避けたくば、降伏するがよい」

「じじい……」

邪魅の声は歯がみするようだった。

老人がさっと杖をかかげた。

光の中に、戦闘服を着けた男たちが進みでた。片膝をつき、半円形に散開して、肩にアサルトライフルをあてがっている。

老人は目を細めた。

「この者らは、儂が特別に自衛隊の特殊部隊より借りだした。巳那一族ならずとも、いざとなれば権力者を動かすことは可能なのだ」

ざざっと死者たちが動いた。敗北を感じとったように、うしろ向きに這い戻っていく。

希郎の腕の中で、みづきがもがいた。ぼんやりと目を開け、希郎を見上げた。

「みづき！」

みづきは瞬きした。不思議そうに希郎を見つめる。

「大丈夫だ、みづき。トリックだったんだ。誰も君を傷つけない」

「忘れたのか、棗希郎右衛門」

邪魅がいった。

「じじい、よく聞け。棗希郎右衛門の母は、爆薬の上に縛りつけられているのだ。お前らは勝ったわけではない。降伏するのはお前らの方だ」

大河内老人がむっと唸った。

みづきが希郎の腕から離れ、立ちあがった。ようすがおかしかった。何が起こっているのか理解できないようにあたりを見回している。

「邪魅、お前に勝ち目はない！」

希郎は叫んだ。

「ならば、こま切れになった母親の体をかき集めるがいい――」

みづきが頭上を見た。縛りつけられた母を見つめている。

「やめろ、邪魅！」

「よさぬか、邪魅！」

希郎と大河内老人が同時にいった。邪魅はくっくっくと笑い声をたてた。

「ようやくわかったようだな。じじい、手下どもに武器を捨てさせろ」

「――大河内弁護士（せんせい）」

希郎は老人を見やった。老人は目をかっとみひらき、怒りに頰（ほお）の肉を震わせている。

「――ちがう」

不意にみづきがいった。

「ちがう、この人は叔母様じゃない」

十字架をぼんやりと見あげたままだった。

「何だって!?」

「何をいう、みづき！」

邪魅が狼狽（ろうばい）したようにいった。希郎はみづきの肩をつかんだ。

「本当なのか、みづき」

みづきは大きく目を開いたまま希郎をふりかえった。

「あなたは……？」

「僕だよ。棗希郎右衛門、君の従兄だ」

みづきは瞬きした。不意にその目に光が戻った。

「希郎様！　わたし思いだしました！」

そしてさっと十字架をふり仰いだ。

「あの人は叔母様なんかじゃない！　叔母様はちがう人です！」

きええっという叫び声が頭上から降ってきた。まるで怪鳥がはばたくような、ばさっという音がして、黒い影が空中を飛んだ。

希郎は目をみひらいた。

縛られ磔にされていた女性が突然、地上に降り立ったのだ。

それは大河内老人のすぐかたわらだった。全員が驚きに身を固くしていると、女性は不意に長い髪に右手をさし入れた。すっぽりとその頭が外れる。

その美しい細面はそのままで、金色の短い髪を立たせた別のヘアスタイルの人物が出現した。その人物が右手をさっとふると、長い髪のカツラがくるくるとほどけ、老人の首に巻きついた。

あっという間だった。

希郎が母と信じた人間は、大河内老人の首に髪の輪を巻きつけ、締めあげた。

兵士たちがさっと銃の狙いをつけた。

「撃ってはいけない！」

希郎は叫んだ。この距離で発砲すれば、老人にまで弾丸が当たる可能性があった。

う、う、と老人が呻いた。容赦なく髪の輪が、老人のたるんだ首の皮に食いこんでいる。

母であった者は、にやりと赤い唇をほころばせた。

「棗希郎右衛門、初見参」

「邪魅か」

希郎はつぶやいた。

「動くなよ。動けばこのじじいの首がころりと落ちるぜ。髪の中には、強力なワイヤーが仕込んであるんだ」

邪魅はいった。まさしくその声だった。女性のような美しい顔から、低い凄味のある男の声が発せられている。

「嘘だったんだな。母さんを人質にしたというのは」

希郎はいった。

邪魅は笑みを消さず告げた。

「お前の母は、お前の父の墓になど寄りつかんわ。我ら一族の監視の目が怖くてな」

大河内老人がもがいた。が、その細い体からは想像もできない怪力で、邪魅は老人の首をさらに締めあげた。

「じじい、棗の加勢さえせねば、楽に天寿を全うできたものを。あの世で後悔するがいい……」

邪魅は老人の耳にささやきかけた。老人の顔がまっ赤に染まり、そして今度は紫に変色していく。窒息しかけているのだった。

「やめろ！」

希郎は叫び、邪魅にとびかかった。

邪魅はそれを待っていた。希郎が躍りかかった瞬間、老人の体をつきとばし、その髪の輪をほどくと、くるりと体をひるがえして希郎の首に巻きつけた。

「馬鹿が――」

希郎は一瞬で目の前がまっ暗になった。確かに髪の毛には強力な鉄線が仕込まれていた。それが皮膚をつき破って食いこんでくる。

希郎は髪の輪に手をかけ、もがいた。しかし遅かった。耳の奥で轟音が響き、視界が閉ざされ、体が重くなっていく。

そのとき、希郎の手は無意識に動いた。右耳のピアスにかかる。ピアスはそれを待っていたかのように外れて落ちた。

聞こえる筈のない、チリン、という涼しい音を希郎の耳がとらえた。それは外れた封印の輪が地面に落ちてたてた音だった。

何かが起こった。圧倒的な力が体の奥から湧きあがってくる。体全体がふくれあがるような気分。食いこんでいる髪の輪が、体の内側から発せられる圧力で外に押し戻されていく。

「むうっ」

邪魅が唸り声をたてた。希郎の体に起こった異変を感じとったようだ。

ブッ、ブツッという音がした。次の瞬間、首にかかっていた圧迫が消え、希郎の肺に新鮮な空気がどっと流れこんだ。咳きこみながらもふりかえると、分断された髪を手に邪魅が呆然と立っていた。

「信じられん……」

次の瞬間、目をかっとみひらくと希郎を見すえた。

「棗希郎右衛門！　このままではすまさぬ」

そしてくるりととんぼを切って希郎から離れた。

「捕らえよ！」

大河内老人が叫ぶ。が、邪魅の体は驚くほどの身軽さで十字架の台座を回りこむと、フェンスを跳び越えた。

希郎と兵士たちがそこに駆けつけたときには、崖から落ちたか、逃げ去ったのか、その姿は一瞬にして消えていた。

「すべては邪魅のしかけた罠であったということだの」

大河内老人がいった。〈みはらし園〉の一室に、老人と希郎、みづきはいた。シスター・キャサリンは初めて、その夜のできごとを知らされ、驚きを隠せずにいる。

「僕がうかつでした。父の墓に花束と手紙があるのを見て、母だとばかり思いこんでしまったんです」

「邪魅という奴、奇怪な術を使う。巳那一族の刺客として、これまでも変装を得意にしてきたにちがいない」

「ひょっとしたら二番目の手紙を届けにきたあのお婆さんも、邪魅の変装だったのかもしれません」

希郎の言葉に皆は頷いた。

「でも今夜のことでわたしは全部思いだしました。希郎様のお母様――叔母様とお会いしたことも」

みづきがいった。

みづきの話では、四カ月前のあの日、みづきは希郎の父の墓前で希郎の母と会う約束を交わしていたのだった。

希郎の母は、みづきが巳那家を身ひとつでとびだしてきたことを知り、現金数百万円と狩野永徳の「松鷹図」を用意してきた。「松鷹図」は、いざというとき、呉俊傑と取引してみづきの自由を確保する材料にしようと考えていたのだ。一族の出身である呉の妻は、みづきをあきらめないだろうが、呉自身は目のない古美術のためにみづきを見のがすかもしれない。

が、ふたりが会ってその後のことを相談しようとしていると、墓場から死者が這いで て襲いかかってきた。

ふたりは逃げまどううちにばらばらに離れてしまった。

やがて恐怖の一夜が明けると、みづきはその夜に起こったできごとが原因で記憶を失っていた。希郎の母の居どころはおろか、自分の名すら忘れてしまったのだった。

「松鷹図」は、そのときみづきが父の墓に隠したのだ。

「それで母さんはどこにいるんだ？」

希郎はみづきに訊ねた。

「叔母様とわたしが連絡をとりあったのは、JR石川町(いしかわちょう)の駅にある伝言板を通じてでした。わたしが叔母様の消息を知ったのは、偶然に、あるケーキ屋さんで叔母様の姿を見かけたからなんです」

「ケーキ屋さん？」

みづきが希郎の母と出会ったのは、元町の有名なフランス菓子店だった。みづきがそこにケーキを買いにでかけたとき、子供の頃かわいがられた叔母の姿を見かけ、声をかけたのだ。

希郎の母は狼狽し、人ちがいだと告げた。しかしみづきが、希郎の母の行動を知り、その勇気を尊敬していると告げたため、心を開いて、真実を認めたのだった。

「だが、希郎右衛門殿の母上が棗家を去られたのは、あなたが生まれた頃だ。なのにどうしてあなたは母上を知っておられたのだ」

大河内弁護士が訊ねた。

「叔母様はしばらく巳那家の、わたしの母のもとで暮らしていたことがあったんです。わたしが五歳になるくらいまで」

みづきが答えた。

「なんだって」

「そうすることが、つまり巳那家に戻ってくることが、希郎様のお父様が巳那家の手で暗殺されるのを防ぐ唯一の方法だったと叔母様はおっしゃいました」

「すると母さんは、父さんの命を救うために巳那家に戻ったというのか」

「はい。たぶんそれを希郎様のお父様はご存じなかったと思います。その頃は、お父様は希郎様を連れ、日本中を転々となさっておいででしたから。

ですが、わたしが五歳になったとき、叔母様に再婚の話がもちあがりました。巳那家の女をどうしても嫁に欲しいといってきた人間がいたのです。それが兵頭組の組長でした。叔母様は、たとえ離れ離れであっても、希郎様のお父様を愛していらっしゃいました。巳那家は、兵頭の申し出を受けいれ、結婚の仕度を整え始めました。そんなときに、叔母様は再び巳那家をとびだしたのです。そしてそれきり、行方はわかりませんでした」

「……そうであったか」

老人がつぶやくと、シスター・キャサリンが首をふった。

「考えられないわ、そんなこと。まるでそれじゃ封建時代といっしょだわ」

「その通りだ。だがシスター、権力というものはいつの世も封建的なものだ。なぜなら権力者は、自分たちの現在を築いた制度や構造が崩れるのを嫌うからの。新しい制度や構造のもとでは、自分らの権力が失われるかもしれんと恐れるのだ」

「みづきはじゃあ、今、母さんがどこにいるかは知らないのだね」

「ええ。そのときに石川町駅の伝言板で連絡をとりあうことを約束して……。でも手がかりはあります」

「ケーキ屋さん――」

「はい。叔母様もそのお店にはよくいらしてて、そしてご自分でもお菓子の店をやってらっしゃると……」

「そういえばみづきは、母さんからいい匂いがしたといったね」

「そうです。ここでお会いしたときでした。そういったら、『今日、特注のケーキがあって、それをさっきまで焼いていたの』とおっしゃって――」

「ならばあとは造作(ぞうさ)もない」

大河内老人が微笑んでいった。

「東京と横浜のそういう店をとりあえずあたれば、希郎右衛門殿の母上はすぐに見つかる」

「でも、何百軒とあるのでは……」

老人は首をふった。

「希郎右衛門殿、弁護士という商売は、そうした情報を迅速に入手できねばなりたたんのだ。心配されるな。あっという間に見つけてみせよう」

希郎は老人を見つめた。老人はにこにこと笑っている。

「お願いします」

希郎は頭を下げた。

## 5

老人からの連絡は、それから三日後に、早くももたらされた。

「希郎右衛門殿の母上がやっておられるかもしれぬ店が、三軒ほどある。たぶん、そのうちの一軒であろう。当然のことながら、母上は、『棗』『巳那』、いずれの名も使ってはおられんだろうから、これ以上の確認は、希郎右衛門殿自身にでむいてもらわねばなるまい」

「もちろんです。どうすればいいか教えてください」

いよいよ本当に母に会えるのだ。

「これより迎えの車をそちらにさし向ける。それにみづき殿とともに乗りこんでいただきたい。三軒の店の場所は、運転手が知っておる。そちらに近い店から順に回るよう、申しつけておく」

「わかりました。大河内弁護士、本当にありがとうございます」

「なんの。希郎右衛門殿、あなたの人生はこれからだ。まだまだいろいろなことがある。母上と会えたからといって、これからすべてがうまくいくというものでもないことを心していただきたい」

「はい！」

棗希郎右衛門という名を背負い、「黄龍の耳」をもちつづける限り、確かに希郎の人生には今後もさまざまなできごとが起こるだろう。だが自分は、その運命を誇りとして、これからも生きていく――希郎は誓った。

迎えの車は、それから一時間とたたないうちに現われ、希郎はみづきとともに乗りこんだ。

最初に車が向かったのは、関内にある大きなコーヒーショップだった。希郎は車中で耳のリングを外した。母に再会するとき、自分が立派に「黄龍の耳」を受け継いでいることを知らせたかったのだ。

そのコーヒーショップの経営者は独身の女性で、年齢的にも希郎の母に近い、ということだった。だが店に「客」として入り、希郎はすぐにそこが「ちがう」ことを感じた。ケーキを扱っているとはいえ、それは大量生産で作られたもので、「特注」を母が自ら焼くといった、手作りの規模をはるかに超えている。

年齢のわりに派手ないでたちをして、店先で客の相手をするオーナーの姿には、希郎もみづきも見覚えがなかった。

二軒目は、神奈川と東京の県境である多摩川を渡ってすぐの住宅街にあった。上品でこぢんまりとした店の造りで、その店構えを見たとき、希郎は期待した。いかにも母らしい趣味のような気がしたのだ。

が、そこのオーナーの女性も、母とは別人だった。希郎はがっかりした。同時に三軒目に向かう車中で、ひょっとしたら母は、横浜でも東京でもない場所で店を開いているのかもしれないと、思った。

三軒目は、今までの二軒とは少しちがう場所にあった。都内を縦断するようにして車は北東に向かう。

現われた街並みは、洗練された西欧的なものではなく、むしろ古い東京の下町を彷彿させるものだった。

事実、運転手の言葉から、そのあたりが戦後すぐからほとんど街並みのかわっていない住宅密集区であることを知らされた。しもたやと呼ぶのがふさわしいような、小さな家の一軒一軒が、庇と庇を接するようにして建ち並び、曲がりくねった細い一方通行路が家々のあいだを縫っている。そして希郎にはひどく懐かしく思える、「商店街」があった。それらの商店街には、店頭に白熱球を点して魚を威勢のよいかけ声で売る魚屋や、天井から吊るした秤で野菜を商う八百屋、さらに手作りの豆腐や揚げたてのコロッケなどを並べた総菜屋などがある。

「申しわけございませんが、こちらから先には車は入れません。目的の店は、この商店街のつきあたりにございます」

運転手がいったので、希郎はみづきとともに車を降りて歩くことにした。

「なんだか懐かしい……」

「人が生活してるっていう実感があるね」

みづきと希郎は肩を並べて歩いていった。ふたりにも売り子が声をかける。魚の切り身や皿に盛った果物を買わないかと勧めるのだった。

やがてふたりの鼻にぷんと香ばしい匂いがさしこんだ。茶葉を煎る香りだった。希郎はその匂いが大好きだった。胸いっぱいに吸いこんだ。

「希郎様」

みづきが腕をつかんだ。

その香りを漂わせている「お茶」という看板を掲げた店が前方にあった。そしてその「お茶」の下に、小さく「手作り、和洋菓子」と書かれている。

「みづき！」

まちがいない、と希郎は思った。右耳が燃えるようにかっと熱くなったからだ。そして確かめるまでもなく、その店先に、客を送りだした着物の女性の姿があった。白い割

烹着を着け、白い紙袋を手にでていく老人に、

「ありがとうございました」

とにこやかに頭を下げている。

一瞬、希郎は言葉を失った。母の姿を見て、こみあげてくるものがあまりに大きく熱すぎたからだった。

「叔母様！」

みづきが叫び、女性がはっとこちらをふりむいた。そしてみづきと、そのかたわらに立つ希郎に気づき、息を呑んだ。

「母さん……」

ようやく希郎は声がでた。

母だった。ひと目見た瞬間にわかった。二十年近くの空白を越えて記憶が瞬時によみがえった。

「希郎……」

信じられないというように母はつぶやいた。

「希郎ね……」

希郎は大きく頷いた。あたりをかまわずとびつきたいのを懸命におさえていた。ゆっくりと、希郎と母は歩みよった。

「見せて、お顔を――」

母がいい、そしてやさしいその瞳から涙を溢れさせた。希郎も涙が止まらなかった。手を握りあった。

「母さん……第四十五代棗希郎右衛門です」

母が希郎を抱きしめた。その母の体からは、みづきのいった通り、よい香りがした。懐かしい香りだった。

三人は店の奥にある畳の部屋にいた。

そこは本当につつましい家だった。茶と菓子を売る店のほかは、一階には小さな和室と台所が、二階には寝室があるだけで、母はそこでひとり、暮らしているのだった。経済的に余裕がないわけではなく、母もまた、父と同じように、ひっそりとこの下町に溶けこんで暮らしていくことを望んでいたのだ。

「このあたりはお年寄りの方がとても多いの。お年寄りって甘いものが好きでしょう。それにひとり暮らしをしている方には、スーパーで売っているようなお菓子は量が多すぎるの。だからこのお店で、ひとつずつでも、ケーキやお団子を買っていただいているのよ」

希郎はその母の言葉を聞いて嬉しくなった。やはり母は、自分が記憶の中で思い描いていた通りの思いやりのある女性だった。

あらためて見つめてみても、その頃に比べてもほとんどかわっていないように見える。

髪もまだまっ黒だし、わずかに頬のあたりがふっくらとして、目元にやさしげな皺があるくらいだろうか。

「ごめんなさいよ」

店内で塩からい老人の声がした。

「この串団子をもらえんかね」

客だった。毛糸のチョッキを着けた老人が手さげ鞄を手に背中を丸めている。

「あ、はい。いらっしゃいませ」

母が立ちあがった。

「一本でよろしいですか——」

腰をかがめ、老人に歩みよる母を希郎は見つめた。

そのときだった。不意に老人が母を羽交い締めにして、鞄を投げだした。丸まってい

た腰がぴんと伸び、背が三十センチ以上も高くなる。

希郎ははっとして腰を浮かした。老人はにやりと笑った。

「動くなよ、棗希郎右衛門」

「邪魅！」

「お前たちのあとを尾けさせてもらった。こちらの手間を省いてくれて礼をいうぞ」

「母さんを放せ」

希郎は店にとび降りた。

「希郎——」

「母さん、こいつは巳那の刺客なんだ」

　母がはっと息を呑んだ。

「今度は本物の爆弾だ」

　邪魅は母をおさえつけたまま、左手にもったスイッチを掲げてみせた。

　商店街の一軒の店先で起こった騒ぎに、人々が何事かと集まってくる。邪魅はそれを見回し、にやりと笑った。

「このリモコンを押せば、爆発して超高温度の火を噴く。わかるか？　このあたりはあっというまに火の海だ。消防車もなかなか入ってこられない場所だからな」

「卑劣な——」

「受けた借りは忘れない主義でな」

「何が欲しい」

「みづきをいただき、お前には死んでもらう。さもなければ火の海だ」

「邪魅と申したな」

　そのとき、母が凜（りん）とした声でいった。

「そうだ」

「ばば様に命じられて参ったか」

「そうよ。お前の息子は巳那一族に弓を引いた。その報（むく）いだ」

邪魅は母の耳もとで告げた。

母が希郎をまっすぐに見つめた。

「希郎」

「はい」

今までのやさしい母とはうってかわり、毅然とした決意の色を浮かべている。

「この者のいうことを聞いてはいけません」

「しかし爆弾が――」

「爆発させればこの者も死ぬのです」

そして邪魅にいった。

「邪魅の名はわたしも聞いたことがあります。男でもあり女でもある、巳那一族の業を背負った者と――」

「やかましい！」

不意に邪魅の形相がかわった。

「その通りよ。俺は生まれつき、男と女の両方の体をもっている。だからこそ、こうして一族の闇の仕事をしてきた」

「憐れな……」

母がつぶやいた。

「憐れだと？　俺は自分を憐れだと思ったことはない。俺でなければできない仕事がたくさんあったからな」

希郎は気づいた。邪魅は両性具有者なのだ。だから、男にも女にも完璧に化け、刺客の仕事をやってのけられるのだ。

「わたしが憐れと申したのは、体のことではない。汚れきった闇の仕事でもしなければ、一族の中で居場所を見つけられなかった、その生き方をいったのです」

「ネズミのように隠れていたくせに何をいう」

「ならばわたしを殺しなさい。わたしを殺せば、刺客としての仕事は終わる筈。希郎は巳那一族の人間ではありません」

「いったろう。ばば様の命令だと――」

希郎はふたりと店の床に投げだされた鞄を交互に見つめた。この爆弾さえ何とかすれば、母を救うチャンスはある。

「ばば様、ばば様と、お前にはひとりの人間としての誇りはないのですか」

「何だと――」

「人はどのような生まれであろうと、誰からも命令されず生きていく権利があるのです」

今だ。希郎は鞄にとびついた。胸に抱き、母の店をとびだした。

「何をする!?」

邪魅が叫んで、スイッチを握りしめた。

「希郎！」

「希郎様！」

母とみづきが同時に叫んだ。

「皆んな逃げてください!!」

希郎は目を閉じ、鞄を胸に抱き、地面に転がった。爆発しても、自分の体で炎をくいとめるつもりだった。

「死ねえ！」

鞄が爆発した。希郎は胸に衝撃を受け、まっ赤な炎が全身を包むのを感じた。と同時に、体の中からも炎のように熱いものが噴きあがる。

が、不思議に苦痛はなかった。希郎は目を開いた。炎が体をとり囲んでいる。腕も足も、顔も、炎に包まれている。

だがなぜか熱さも痛みもない。それどころか、衣服すら燃えていないのだった。

邪魅が母をつきとばし、歩みよってきた。希郎が焼け苦しんでいると思ったようだ。

「どうだ、棗希郎右衛門、生きたまま焼かれる苦しみは」

母が、みづきが、人々が、呆然と自分を見つめている。

その邪魅の表情が一変した。希郎が立ちあがり、にっこり笑ったからだった。

「馬鹿な……」

「僕を滅ぼすことはできない」

希郎は告げた。次の瞬間、希郎を包んでいた炎が生きもののようにするするとのびて、邪魅の体に襲いかかった。

あっというまに邪魅の体が今度は炎に包まれた。そして希郎にはまるで何事もなかったかのように、衣服の焦げ跡ひとつ残らなかった。

邪魅が絶叫し、のたうち回った。商店街の人々があわてて、水や消火器のホースを邪魅に向けた。

だが炎が消えたとき、邪魅は、見るもむごたらしい、黒焦げの体となっていた。

「希郎……」

母が駆けよってきた。

「奇蹟だわ」

みづきがつぶやいた。

「『黄龍』の力なのかしら」

母は希郎を見つめていった。希郎はゆっくりと首をふった。

「わかりません。でも、たとえ『黄龍の耳』をもっていなくても、自己犠牲を覚悟したとき、神はその人に微笑みかけるのかもしれません」

母が希郎を抱きしめた。

「その通りね。人を愛し、人を信じたとき、奇蹟というものは起こるのだから……」

「母さん——」

希郎はいって母を抱きかえした。涙が溢れだした。

# 解　説

藪　秀通

本作『黄龍の耳』は大沢在昌の作品の中でも、やや異質なジャンルに属しています。それまでもSFタッチの作品を発表してきた大沢ではあるが、ここまでジュブナイルに寄った作品はほかに例がないです。ここでは本作がどのように書かれていったのか、その成立の背景と、成立に深くかかわった漫画原作集団M.A.T.について、メンバーの一人でもあった私が解説することとしましょう。

一九八〇年代中頃、まだ昭和と呼ばれていた時代、東京六本木の片隅で若者と呼ぶには少し薹の立った男たちが寄り集まっていました。当時ハードボイルド作家として頭角を現し始めた大沢とその仲間たちです。夜ごと気の合った者たちが集まり、酒を飲み、他愛もない話で盛り上がる。どこにでもあるありふれた光景です。ただ三十歳台に突入し無為に時間を過ごすことにやや飽きてきてもいた男たちに、大沢が言い放った一言が怪しい灯をつけました。

「漫画を当てるとデカイ」

すでに青年コミック誌に読み切りの原作を書いていた大沢の言葉は、妙に説得力をもっていました。日頃から、作家になったからにはベンツに銀座にイイオンナ、をモットーにしていた大沢を男たちが絶対的に信用していたことも大きかったに違いありません。漫画原作集団M.A.T.の誕生です。まあ常識的に考えてこんな軽いノリで始まった話が実を結ぶことなどありえないところでありますが、驚くことにこの集団はその後何本もの作品を実際に世に送り出すことになるのです。世の中何が起きるかわからないものです。

今思い返してみれば、「当てるとデカイ」以外にも男たちを熱くする何かがあったということなのでしょう。M.A.T.を結成してからは、ただの飲み会が企画会議に変わりました。月に三回、七のつく日には六本木の大沢宅に集まり、漫画の原作になりそうな話を披露しあいました。もちろん大沢も毎回企画を出します。中にはメンバーの受けが悪くボツとなったものの本人は納得がいかなかったのでしょう、のちに小説として発表され、シリーズ化、映画化された作品もあります。M.A.T.自体の活動もやや不純な動機で始まったとはいえ、何本かの作品を世に送り出すまでになっていきました。あまつさえ当時、永久初版作家という栄誉をいただいていた大沢の作品より先に重版がかかり、映画化される作品まで出てしまうという快挙を成し遂げてしまいました。「当てるとデカイ」と言った大沢の慧眼(けいがん)を男たちは褒めたたえました。

余談ですが、永久初版作家といえばその当時、銀座のオネイサンに「大沢先生がA級なのは存じ上げてますけど、B級はどなたかしら」と言われたと鼻白んでいましたが本当だったのでしょうか。

　そんなある夜、大沢から一本の電話がありました。「今、新宿が舞台で、改造拳銃が出てくる作品を書いているのだけれど、なにか面白いアイデアない？」というものでした。何を話したかは覚えていないし、おそらく私はたいしたアイデアも出してはいません。大沢にしてもアイデア云々ではなくヒートアップした頭を他愛もないおしゃべりで冷やしたかっただけだったのでしょう。

『新宿鮫』爆誕です。大沢は一躍表舞台に躍り出ました。当時の熱気は凄まじいものでした。私が漫画原作の打ち合わせでとある出版社を訪れると、普段話しかけてきもしない編集長や、口もきいたことのない役員が我々の打ち合わせの席にやってきて、大沢や『新宿鮫』のことを熱く語り始めるのです。『新宿鮫』の少し前からブレイクの兆しが見えていた大沢には少なからぬ出版社から原稿の依頼がきていました。本来ならこれを機に次はわが社にという編集者たちが引きも切らぬということを想像していましたが、実際はそうではなかったといいます。彼らは口々に自分のところの仕事は後回しでいい、はやく『新宿鮫』の二作目を書けということでした。「読者が待っている。いや、俺がはやく読みたいのだ」と。それほど『新宿鮫』の登場は事件だったのです。大沢は覚悟を決めます。『新宿鮫Ⅱ　毒猿』の執筆にとりかかりました。

　その時意外な人物から、仕事の依頼がきます。週刊少年ジャンプ編集長です。今度「ジャンプノベル」という小説誌を出すので小説をお願いしたい。週刊少年ジャンプの漫画の原作となる小説を書いてもらいたいのだと。「うちは毎週六百万部のダイレクトメールを読者に届けています。一割の読者がコミックスを買ってくれれば六十万部で
す」すごい言葉です。大沢も感動しました。大ヒット作『新宿鮫』の二作目を成功させ
なければというプレッシャーの中、大沢はこの依頼を二つ返事で受けることとします。
あの週刊少年ジャンプです。大沢の心はあの六本木の夜の時と変わっていませんでした。
「漫画を当てるとデカイ」初志貫徹です。
　そうして生まれたのが本作『黄龍の耳』です。読者をここまで意識して書いた作品は
後にも先にもないでしょう。冒頭に少し異質な作品と書いた理由はここら辺にもあるよ
うな気がします。しかし大沢が作家として大注目され気合が入りまくった時期の作品で
す。それだけのはずはありません。主人公棗希郎右衛門が秘められた力で巨大な敵に立
ち向かっていく。展開も早く読者を決して飽きさせない作品です。希郎右衛門が成長し
ていくところなど、ある意味ビルドゥングスロマンの香りもします。
　小説版「黄龍の耳」の連載が開始されるとほぼ同時に、漫画化の企画もスタートしま
した。小説版の掲載誌が元々漫画の原作を広く求めるという性格もあったのでしょうが、
ここからの展開は大沢をはじめM.A.T.のメンバーの予想をはるかに上回るスピード
でした。
　ただ、小説版だけでは週刊誌連載には原作量が明らかに足りません。原作となるべき
小説版は完結どころか、巳那一族が出てきたあたりまででした。私が、初めて小説版を

読んだのは、大沢の手書き生原稿です。ただ、主人公棗希郎右衛門のキャラクターは、私にはとても魅力的に感じました。これはいけそうだと思ったことも事実です。

そこで以前、集英社の月刊誌にオリジナルの連載をしていた私が漫画化に際しての脚本を書くことになりました。

作品の魅力を余すことなく漫画化するために、掲載誌は小説ジャンプではなく、青年誌ヤングジャンプとなりました。作画は、「マッド★ブル３４」など大ヒット作の井上紀良先生です。

担当編集者との打合せの中で、漫画版は、棗希郎右衛門の設定はそのままに、井上先生の描く魅力的な女性たちが数多く活躍する展開としました。編集部も力を入れてくれ、表紙と巻頭カラーを飾り華々しく連載はスタートします。しかし、原作も脚本もストックがない状態での連載開始です。週刊誌連載一回分、二百字詰原稿用紙二十枚に追われる日々でした。今考えると冷や汗ものですが、当時は棗希郎右衛門にせかされるように勢いに任せて全力疾走しました。小説版と漫画版ではかなり内容に違いがあるのはそういう理由があるからです。

幸いにも読者からは好評を得ることができ、人気投票で一位を取ったら原稿料を上げてあげるという、連載開始時の編集長との約束を果たすことができました。コミックスもよく売れてくれました。

あの六本木の夜の大沢の怪しい一言が現実となったのです。

大沢はといえば『黄龍の耳』以降も作品を順調に発表し続け、漫画版の連載が続く中、『新宿鮫Ⅳ　無間人形』で第110回直木賞を初ノミネートで受賞することになります。小説版『黄龍の耳』を書き始めてからわずか二年半足らずのことです。今思い返してみれば橐希郎右衛門、黄龍の耳の力は、ほかでもない作者本人に宿っていたのではないかと、考えずにはいられません。

（やぶ・ひでみち　M.A.T.メンバー）

本書は一九九七年十一月、集英社文庫として刊行されたものを
再編集しました。

単行本　『黄龍の耳』『黄龍の耳Ⅱ』

初出　「ｊｕｍｐ　ｎｏｖｅｌ」ｖｏｌ・１〜４
「終章　炎の奇蹟」は『黄龍の耳Ⅱ』刊行時書き下ろし

## 大沢在昌の本

### 漂砂の塔（上・下）

北方領土の離島で日本人技術者が変死。捜査権も武器もない捜査官の石上が、真相解明のために送り込まれる。圧倒的スケールの長編小説！

## 大沢在昌の本

### 夢の島

二十四年間音信不通だった父が亡くなり、形見の絵を手にすることになった信一。途端に怪しい人物が現れ、次々と事件が起きる。父の遺産とは一体？

集英社文庫

集英社文庫

黄龍（こうりゅう）の耳（みみ）

2022年7月25日　第1刷
2022年8月14日　第2刷

定価はカバーに表示してあります。

著　者　大沢在昌（おおさわありまさ）

発行者　徳永　真

発行所　株式会社　集英社
東京都千代田区一ツ橋2-5-10　〒101-8050
電話　【編集部】03-3230-6095
【読者係】03-3230-6080
【販売部】03-3230-6393（書店専用）

印　刷　大日本印刷株式会社

製　本　大日本印刷株式会社

フォーマットデザイン　アリヤマデザインストア　　マークデザイン　居山浩二


ISBN978-4-08-744409-4 C0193